ふたたび夜が来るまでに逃げよう。誰とも巡り逢わないように、ひとりの黄昏を、逃げよう。
I MUST RUN AWAY BEFORE THE NIGHT FALLS.RUN ALONE IN THE DUSK.SO THAT I WOULD MEET NO ONE.
けれど、巡り逢う。それは生まれ落ちてからちょうど二百度目の、新月の夜のことだ。
HOWEVER, THE FATE MADE THE TWO MEET.AT THE NIGHT OF A NEW MOON.IT WAS THE NIGHT OF TWO HUNDREDTH NEW MOON HE HAD SEEN IN HIS LIFE.
JN282716

CRISTOFORO
クリストフォロ
「そんな運命は、ぼくが喰らってやる」
I WILL FINISH A FATE LIKE THAT.

「ずっとわたしのそばにいろ」
THEN YOU SHOULD NEVER LEAVE MY SIDE.
MINERVA
ミネルヴァ

PAOLA
パオラ
「その太刀は貸しているだけだ。必ず持って帰ってこい」
I ONLY LET YOU USE THAT SWORD.
SO YOU MUST BRING IT BACK TO ME NO MATTER WHAT.
GILBERTO
ジルベルト
ないかって」

DID I NOT TELL YOU?
THE BEAUTIFUL NEVER DIES.
「言ったでしょう？
綺麗なものは死ねないのだって」
FRANCESCA DA ZACCARIA
フランチェスカ・ダ・ザカリア
I'VE BEEN ANXIOUS.
MAYBE I'M NOT AS GOOD AS I SHOULD.
「なんの役にも立っていないんじゃ

剣の女王と烙印の仔 I
THE SWORD QUEEN AND THE BRANDED CHILD
杉井光
Hikaru Sugii

CONTENTS

RABORAZIA
ラボラジア
XELUCINIA
キセルキニア
CELUMANIA
ケルマニア
SANTUARIO
聖都
サンカリヨン
SANTCARILLON
女王直轄領
MEDOCCIA
メドキア
ZAPPANIA
ザッパニア
ザカリエスコ
ZACCARIESCO
ZACCARIA
ザカリア
KOMONDOR
コモンドール
プリンキノポリ

剣の女王と烙印の仔 I

杉井 光

MF文庫J

カバー・口絵・本文イラスト●夕仁

THE SWORD QUEEN AND THE BRANDED CHILD

1　獣《けもの》の仔《こ》

あなたの父親は獣なのだ、とクリスは母親から教えられた。

だから、荒野《こうや》へ帰った。もういない。

あなたには、わたししかいない。

わたしだけを見て、わたしだけを飲んで、わたしだけを食べて、生きていきなさい。

七つのときまで、クリスは藁《わら》や薪《まき》が積まれた倉に閉じ込められて暮らしていた。陽《ひ》を浴びたこともほとんどなく、不気味なほどの白い肌に育った。甕《かめ》の水に映《うつ》った自分の顔が、美しい母親そっくりになっていくのを確かめることだけが、唯一《ゆいいつ》の慰《なぐさ》めだった。

――ぼくには、母様《かあさま》しかいない。

生まれつき身体《からだ》が弱かったクリスは、冬が巡《めぐ》ってくるたびに胸を患《わずら》って血を吐いたが、母親は手を霜焼《しもや》けだらけにして摘んできた野草や、自分の食べるぶんの芋粥《いもがゆ》を与え、血が喉《のど》に詰まらないようにと夜通し眠らずに看病してくれた。

――母様がいなくなったら、どうしよう。

母の腕の中で目覚めた朝、すぐそばでうつらうつらと微睡《まどろ》むやつれきった顔を見つめ、クリスは、病《やまい》のものとはちがう胸の痛みを覚えた。

——母様《かあさま》がいなくなってしまったら、ぼくのことを憶《おぼ》えている人がいなくなる。

大丈夫、と母親は言って、両手を握《にぎ》り、額《ひたい》に口づけをしてくれた。クリスの額と、それぞれの手の甲には、うっすらと赤い蚯蚓腫《みみずば》れでできた紋様のような痕《あと》があった。これはあなたが獣《けもの》の国につながっているというしるしだ、と母親は教えてくれた。だから大丈夫。あなたは獣の仔《こ》なのだ。わたしを食べて、その命を、血を、肉を、永遠にあなたのものにすればいい。

明かり取りの窓から見える月がいちばん細くなる夜、痕はぼんやりと青白く光って、ほのかな甘い痛みを宿した。だれかが自分を呼んでいるような気がした。

けれど、母親が嘘《うそ》をついていることを、クリスも薄々感じ取っていた。

ときおり、だれかが母親のもとを訪ねてきた。閂《かんぬき》のかかった扉越しに、クリスはその話し声に聞き耳をたてた。

夫が殺されて以来、おまえはひきこもってなにをしているのだ、と年老いた声が母親をなじるのを何度も聞いた。倉の中で物音がしたという者がいる。おまえはなにか隠していないか。

まさか、あのときの赤子《あかご》を棄《す》てずに育てているのではないか。

村人たちに見つけられたのは、七歳の冬のことだった。

母親の悲鳴が聞こえ、倉の扉が踏み破られた。大人の男を見たのは、そのときがはじめてだった。何人もが踏み込んできて、クリスを床土に押さえつけた。母親の泣き叫ぶ声が耳に突き刺さった。おびえと痛みと怒《いか》りのせいで、額と両手の痕が激しく熱を発していることに、しばらく気づかなかった。

『この子は災《わざわ》いの獣だ』

長老らしき老婆が、潰《つぶ》れかけた目でクリスの顔をのぞき込みながら言った。

『ごらん、額のしるしを。この子は人の幸《さち》を喰《く》らう。そして自分だけ生き延びる』

『なぜ赤子のときに殺さなかった。川に捨てろと言ったのに』

『なぜ隠してここまで育てた』

なぜ殺さなかった。戦《いくさ》のときに敵に乱暴されて産《う》んだ子ではないか。不吉な。災いを呼んだらどうする。また村が兵たちに襲われたらどうする。殺せ。殺せ。

村の者に取り囲まれ、責められ、汚物を投げつけられながらも、クリスの母親は幼い息子を胸に抱きしめてかばい続けた。

そのぬくもりが、クリスの憶えている母親の最後の感触だ。

その新月の夜、村は夜盗《やとう》の集団に襲われ、家々は残らず焼かれ、村人たちはみな殺された。母親はクリスの目の前でなぶり者にされながら息絶えた。

そこからどう生き延びたのか、憶《おぼ》えていない。

気づくと、暗闇《くらやみ》と燃えさかる火と、焼けた鉄のにおいがクリスを取り巻いていた。涙に混じった煤《すす》がべっとりとクリスの頬《ほお》にこびりついていた。

目の前に転がっているのは、母や村人たちの骸《むくろ》だけではなかった。薄汚《うすよご》れた革鎧《かわよろい》の中でねじくれた、賊《ぞく》たちの屍体《したい》も、そこかしこに倒れていた。

クリスは、白い爪痕《つめあと》のような新月が上天を過ぎてしまうまでのひどく長い間、呆然《ぼうぜん》と土の上にへたり込んで、広がっていく血の池と、そこに映《うつ》る炎の先を見つめていた。

すぐそばで火の粉を噴《ふ》き上げて剥《は》がれ落《お》ちながら家が燃えている。

唇とあごの震《ふる》えが止まらないのは、寒さのせいではなかった。

——母様《かあさま》が、死んでしまった。

——なのにどうしてぼくは、生きてるんだろう。

——どうして、ぼくだけが、生きてるんだろう。

——もう、動きたくない。

——このまま、母様のそばで。

——母様のとなりで、目を閉じよう。

そうすればじきに、燃えさかる屋根が落ちてきて、なにもかもを呑《の》み込《こ》むだろう。屍《しかばね》となってなお美しい母親のもとに、這《は》い寄《よ》ろうとしたときだった。不意にクリスは、自分が握《にぎ》りしめているそれに気づいた。

剣だ。太い反り身の刃《やいば》が、血にまみれている。

胡乱《うろん》な視線を持ち上げ、首を巡《めぐ》らせる。傍《かたわ》らに倒れた賊たちもまた、みな同じ造りの山刀《やまがたな》を手にしているのに気づいた。では、奪《うば》ったのか。

まさか。自分にそんなことができるはずがない。

刃の血は——だれのものだろう。そうだ。なぜ村人たちだけではなく、夜盗《やとう》までもが、頸《くび》を裂《さ》かれ、革鎧ごと腹をえぐられ、臓腑《ぞうふ》を晒《さら》して倒れている？

——ぼくが、殺したのか。

——それなのに……

——間に合わなかった。

——母様を、死なせてしまった。

——助けられなかった。

——どうして……

クリスは刃を見つめ続けた。鋼《はがね》の鈍《にぶ》い光に、震えも、動悸《どうき》も、吸い取られていく。家の柱が火に呑まれて爆《は》ぜる音も遠ざかる。

——どうして、殺したんだろう。

——母様を、助けられなかったのに。

——どうして、こんなに心が凪《な》いでいくんだろう。

——助けられなかったのに……

そして、あの声をはじめて聞いた。

(喰《く》らえ)

(ひとの命運を啜《すす》れ)

獣《けもの》の声だ、とわかった。剣を握《にぎ》りしめて真っ白になった手の甲で、紋様が、目に痛いほどぎらついていた。額《ひたい》に手をやると、灼《や》けるように熱い。

(喰らえ)

(喰らって、飲み干して、生き残れ)

――この、獣は……

――母様《かあさま》と、同じことを言っている。

それは、おぞましく、けれど甘美《かんび》な符合だった。

母の血と、名も知らぬ村人たちの血と、夜盗《やとう》たちの血とが、混じり合って一筋の川となり、クリスの手元まで流れてきて、指の間にたまりをつくる。

獣が血を啜る音さえも、聞こえた。

もう一度、母親の言葉をたどる。

わたしだけを見て。

わたしだけを食べて。

わたしだけを飲んで。

生きていきなさい。

けれど、もう母親はいない。

それならば、だれを食べて、だれを飲んで、生きていけばいいのだろう。

だれの体温に、しがみつけばいいのだろう。

だれか、見つかるのだろうか。巡《めぐ》り逢《あ》うのだろうか。

その人を、喰らわなければいけないのだろうか。

それならば、渇《かわ》いたまま。飢えたまま。だれとも巡り逢わず、ひとりで……

クリスが立ち上がり、剣を引きずり新月を見上げながら一歩踏み出したとき、背後で炎に巻かれた家の壁と支柱が砕《くだ》けて崩《くず》れるのが聞こえた。

背中に火の粉を浴びながら、クリスは夜の中へと押し出され、歩き始めた。

2 前夜

THE SWORD QUEEN AND THE BRANDED CHILD

「それで？　今、十七歳だと言ったな？　十年もどうやって戦場で生き延びてきた」

激しく爆《は》ぜる焚《た》き火《び》の向こうから、不潔な髭面《ひげづら》の大男が訊《き》いてくる。

「おまえのその剣、東国の業物《わざもの》だろう。名だたる騎士しか持っておらんはずの品だ。たらし込んで寝床《ねどこ》に忍び入って盗んだか？　か、は、はは」

　こんな品のない男でも、聖王国軍から正式に薔薇《ばら》章と紫の旗を与えられた騎士だった。長い戦《いくさ》で国は疲弊《ひへい》し、山賊《さんぞく》あがりのような少人数の傭兵《ようへい》団の長にも騎士の位を与えなければ軍が立ちゆかない時世《じせい》なのだ。

　クリスは、直談判《じかだんぱん》しようとしたことを真剣に後悔しながら、髭面から目をそらす。暗い草むらのそこかしこに野営の幕屋《まくや》が張られ、火を囲んだ屈強な傭兵たちが何人も、酒の後の余興とばかりに、こちらをじろじろ見て聞き耳を立てている。

　今夜で隊を脱《ぬ》ける、と言いに来ただけなのに、なぜ酒の席の与太話《よたばなし》につきあわされなければならないのか。

「おまえの背丈《せたけ》よりも長いではないか。おれによこしたらどうだ。おまえにはそんな剣より、おれの股間《こかん》の剣を扱う方が似合っているだろう。今夜、幕屋に来い」

下卑《げび》た笑いがいくつも、炎を揺らす。クリスは胸に抱いた剣を引き寄せる。

「この剣は、プリンキノポリ遠征に参加したときに、敵将を殺して奪《うば》ったものです」

人の話など聞いていないのではないかと思いながらクリスは言った。

名高い敵から奪った武具は、クリスが職を得るための道具だった。ひとつの傭兵団に長く留《とど》まれず、その女のような見た目からきまって腕を見くびられるクリスにとって、手っ取り早く武功《ぶこう》を証《あか》すものが必要だったのだ。

募兵《ぼへい》のときには、この熊《くま》のような団長が相手ではなかった。クリスの腕前を見たのも、契約期間について話したのも、年老いた士官だった。今は怪我《けが》で隊を離れているせいで、話がこじれてしまっているのだ。

「ふん。おれが募兵に立ち会っておれば、小姓《こしよう》としてそばに置いたものを」

団長はにやにやと笑ってクリスの全身をねめ回す。そのような目で見られることは珍しくなかった。従軍の男娼《だんしよう》と間違われることも多かった。

「なぜ団に身を置かぬのだ。ここも今日で脱けるだと？　明日は総攻撃だぞ。こちらは賊軍どもの十倍はいるというのに、臆《おく》したか」

「頭《かしら》。そいつは腰抜けだ。男のできそこないよ」

すぐそばで火にあたっていた傭兵の一人が言って、まわりが笑う。

「此度《こたび》の戦、敵方《てきがた》に《塩撒《ま》き》がおるという噂《うわさ》がある。おおかたそれを聞いて逃げ腰になったのだ」

「他《ほか》の隊でも、それ聞いて脱走した若造が何人もいるらしいぞ」

「くははは。《塩撒《ま》く死神》か。敗走兵どものたわごとじゃねえか」

「鎧《よろい》もなしに、白い衣《ころも》で、戦場をうろついてるってんだろ」

「矢も投《な》げ槍《やり》も、あたらんとか」

「そんなやつがいるものか」

その噂《うわさ》は、クリスも耳にしたことがあった。《塩撒き》——戦場に塩を撒く死神。

ここ数年、傭兵《ようへい》たちの間で話にのぼる怪異だ。見たら死ぬ、などと言われている。まともにとりあう者はいない。昔から戦場には、この手の流言が多いのだ。見たら死ぬのであれば、だれがその死神の存在を伝えたのか、と笑い話に落ち着く。

「近頃《ちかごろ》はくだらん化け物の噂ばかりだな。ご大層《たいそう》な異名《いみょう》持ちの」

「《塩撒き》だの、《星喰《く》らい》だのと。餓鬼《がき》を寝かしつける夜語りじゃあるまいに」

「《星喰らい》か。はは。あれも嘘《うそ》っぱちだろう。しんがりで千人隊が全滅して、そいつだけ仲間の命を喰らって生き延びただとか」

「先の国境の戦《いくさ》、五十人ほどで敵地を突っ切って、そいつだけが大将首を持って生きて帰ったなどと聞いたぞ」

「ははは。馬鹿《ばか》な。もしそんな武功《ぶこう》があったら、とっくに爵位《しゃくい》をもらっとるわ」

「ほんとうにそんなやつがいたら、はらわた引きずり出して厄除《やくよ》けにするがな」

クリスは二の腕に強く爪《つめ》を立てた。

《塩撒く死神》など、知ったことではない。けれど、《星喰らい》の名は、捨て置けなかった。なぜならそれはクリス自身に与えられた、呪詛《じゅそ》の名だ。酒を手に粗野《そや》な笑い声をあげている傭兵たちは、まさか星喰らいの獣《けもの》と呼ばれて忌避《きひ》されている男が、こんな年端《としは》もいかない子供だとは思っていないのだろう。

「震《ふる》えておるな」髭《ひげ》の傭兵団長が、クリスを見てそう勘違いする。「餓鬼は夜語りが怖《こわ》いか。それで脱《ぬ》けると？　馬鹿を言うな」

「月の終わりまで、という契約でした」

「ふん。知らぬわ」

やはり団長には伝わっていなかったのだ。クリスはため息をつきそうになる。

額《ひたい》と両手にうずきを感じた。

クリスがひとつの傭兵団なり騎士団なりに所属しないのは、この獣の烙印《らくいん》のせいだった。ひとたび獣が目覚めれば、周囲の者の命を容赦《ようしや》なく啜《すす》るのだ。村の長老がいみじくも言い表した通り、獣は《人の運勢》を喰らう。新月の夜に近づくにつれ、クリスの近くにいる人間には理不尽《りふじん》な不運が訪れる。まだ幼かった頃《ころ》、クリスを拾ってくれた傭兵団は、それで壊滅《かいめつ》した。

もう、まわりを巻き込むのはいやだった。

「験《げん》が悪い。士気にも関《かか》わる。もうこの話はやめろ」

団長は野太く低い声で斬《き》って捨《す》てた。クリスが押し黙り、戦いのさなかにどうやって隊を脱《ぬ》けるか考えていると、団長はすぐに相好《そうごう》を崩《くず》す。

「怖《こわ》ければ後陣《こうじん》で待っておればよい。夜は兵どもの相手で忙しいぞ」

クリスはぞっとした。団長の声から、冗談《じょうだん》の雰囲気がなくなりかけていたからだ。熊《くま》のような巨体が立ち上がり、焚《た》き火《び》を迂回《うかい》して近づいてくる。

「ま、待って」

クリスも腰を浮かせた。後ずさろうとしたとき、背後から肩と腕をつかまれる。

「隊を脱けるなんて気を起こさせんようにせんとな」

耳元に酒くさい息とともにそんな声が吐きかけられる。首だけねじって肩越しに見ると、兵の赤ら顔。一人ではない。三人がかりで、羽交《はが》い締《じ》めにされている。クリスの手から剣が離れて地面に転がった。酔っているときに話すべきじゃなかった、と悔《く》やむ間もなく、団長の手がクリスの襟《えり》をつかんだ。

「や、やめっ」

「ぶふふふ。女みたいな声あげやがって」

「暴れるんじゃねえ」「長《おさ》の後はおれたちで可愛《かわい》がってやる」

毛むくじゃらの顔が近づいてくる。怖気《おぞけ》が立った。殺すか、いや、ここでそんなことをしたら団の連中に袋だたきにされる、でもこのままじゃ——

そのとき唐突《とうとつ》に、空を裂《さ》く音が、クリスと団長の顔の間を横切った。熊の顔がさっと退《ひ》く。その鼻がしらに、赤い筋ができて、血が垂れる。

「……なッ」

小さな投《な》げ槍《やり》だ。すぐ傍《かたわ》らの地面に刺さり、石突《いしづ》きを震《ふる》わせている。

「だれだッ」

クリスを押さえつけていた兵たちも色めき立って剣を取り上げた。右手からなにかすさまじい威圧感《いあつかん》を覚えたクリスは、地面に這《は》いつくばって自分の剣を引き寄せる。

いつの間にか、あたりが静まり返っている。酔っただみ声も、器《うつわ》を打ちつける音も聞こえなくなって、炎が薪《まき》をはむ音だけが取り巻いている。

篝火《かがりび》の脇に、人影があった。光の中に一歩出てきたその長身の男は、壮麗《そうれい》な純白のサーコートをまとい、紫のタバードを肩に羽織《はお》っていた。なでつけた漆黒《しっこく》の髪、鷲《わし》のように鋭い目。若さのせいか、傲岸《ごうがん》な空気が濁《にご》りなく全身を取り巻いている。

「自軍の若い兵を手込《てご》めか。軍紀が乱れているな。豚のにおいがする。反吐《へど》が出そうだ」

男は、冷えた鋼《はがね》のような声で言った。

「てめえかッ」「どこの隊だ、若造」「うちのもんじゃねえな！」

「鼻の礼させてもらうぞッ」

焚き火を蹴《け》り散らして、四人が一斉《いっせい》に刃《やいば》を振り上げ、飛びかかった。

一瞬後——

周囲の兵たちに、ひたひたとざわめきが伝わっていく。大声をあげる者はなかった。みな唖然《あぜん》としていたのだろう。

筋肉の塊《かたまり》のような四人の身体《からだ》が、折り重なるようにして地面に倒れていたからだ。いつの間に抜いたのか、若い男の手には、反り身の剣が握《にぎ》られている。けれど、血はどこにも流れていない。

クリスの目にはかろうじて、なにが起きたのか見えた。稲妻《いなずま》のような速さで繰《く》り出《だ》された剣先が、前の二人の首筋に触れた。ぞっとするほどの早業《はやわざ》である。

しかし恐ろしいのはその先だった。剣で触れられた二人が、いきなり振り向き、後ろの二人を押さえ込んだのだ。

まるで、見えない糸に全身をからめとられ、動かされたかのように。

「お、おいなにしやがる！」「か、身体が勝手に」「なんだこれ」

傭兵《ようへい》たちの巨体が土の上でもみ合う。

クリスの額《ひたい》の烙印《らくいん》がざわめく。あきらかに、尋常《じんじょう》の業ではない。

——なんだ今のは。

——何者なんだ。

そこでクリスは気づく。紫は聖王家に連なる者しか身につけられない色だ。そして、タバードの肩に刺繍《ししゅう》された紋章は、二頭の一角獣《いっかくじゅう》に支えられている。あれは——

「——コルネリウスさま！　おひとりで、危のうございます！」

そんな声が篝火《かがりび》の光のずっと外から聞こえ、数人の足音が近づいてきた。光の輪に入ってきたのは、小ぎれいな軍服を着た年若い侍従《じじゅう》たちだ。

「コルネリウスさま、本陣にお戻りください」

「なぜこのような末端部隊に」

侍従たちが、小汚《こぎたな》い傭兵の一団を見回して眉《まゆ》をひそめる。

「豚の群れを眺めるのに子守を連れてきては、大公家《たいこうけ》が笑われる」

コルネリウス、と呼ばれたその貴族の若者が、唇を歪《ゆが》めて侍従に答えた。

その名を聞いて、傭兵たちのだれもが固まっていた。クリスにも、聞き憶《おぼ》えがあった。

王配候《おうはいこう》コルネリウス・エピメクス。

聖王家の婿《むこ》となる権利を有した、全貴族の頂点に立つ三大公家のひとつ。武名を馳《は》せたその若き当主《とうしゅ》は、この遠征軍を率《ひき》いる将軍でもあり、また名高い剣士でもあった。

血を流させず敵を斬《き》り伏《ふ》せる、妖剣《ようけん》の使い手である——と、噂《うわさ》される。

「な……ぜ」

仲間の腹の下からようやく這《は》い出《で》た傭兵団の長が、手をわななかせながら呻《うめ》いた。

「将軍が、こ、こんなところに」

それから思い出したように膝《ひざ》をついて頭を垂れる。ともに襲いかかろうとしていた者たちも一斉《いっせい》に平伏《へいふく》した。

「豚が喋《しゃべ》るな」

コルネリウスは吐き捨てた。

それから、その視線の刃先を、クリスにぴたりと向ける。

クリスは動けなかった。畏《おそ》れのせいではない。烙印《らくいん》が、熾火《おきび》のように熱くなったからだ。どうしてかはわからない。ただクリスは、銀を練って鍛《きた》え抜いたかのような鋭さを宿すコルネリウスに、底冷えのする不気味さを感じていた。

——どうして、将軍がこんなところに。

——山ひとつ向こうの本陣にいるはずなのに。

剣を鞘《さや》におさめたコルネリウスが、歩み寄ってくる。クリスは礼も忘れて後ずさった。

「おまえの顔を見にきた」

腰をかがめて顔を近づけ、コルネリウスが言った。

——ぼく……を？

困惑がクリスの両腕をこわばらせる。王配候《おうはいこう》が、流浪《るろう》の傭兵《ようへい》をなぜ知っているのだろう。

「そこの豚は知らずに雇《やと》ったようだが、おまえが思っているよりも、《星喰《く》らい》の顔は知られているぞ」

コルネリウスの指がクリスのあごにかけられる。ざわめきが拡散していく。

「あれが」「あんな餓鬼《がき》が？」「まさか」

そんなつぶやきが泡のように生まれては弾《はじ》ける。

「何人の猛者《もさ》をこの細腕で屠《ほふ》った？　自軍もろとも」

コルネリウスの残忍な笑《え》み。

「デクレヒト司教領《しきょうりょう》の砦攻《とりで》めのときにも、潜入した四百人が全滅しておまえひとりが生き残り、門を開いたのだと聞いた」

クリスは唾《つば》を飲み下す。大公《たいこう》の視線から目をそらせない。

「なぜそれほどの武勲《ぶくん》がありながら、正規軍に加わって恩給《おんきゅう》を受けない？」

鈍《にぶ》い刃《やいば》でなぶるようなコルネリウスの声。

「この刻印《こくいん》のせいか」

はっとして飛び退《と の》こうとしたクリスの顔を、コルネリウスの手がつかむ。指を眼球にねじ込まれるかと思うほどの強さだ。けれどその冷たい両手の間で、震《ふる》えも怖気《おぞけ》も消えていく。額《ひたい》の烙印が新月を待たずに光を帯びているのが自分でもわかる。

——どうして獣《けもの》のしるしのことを知っている。

「おまえの生まれはブラヴォワ郡の山間だろう。あそこは昔、私の父が攻め落とした領地だ。獣の仔《こ》の噂《うわさ》は聞いていたぞ。刻印がはっきり見えるほどに育ったら見に行くつもりだったが、山賊《さんぞく》もろとも自分の村を焼いて消えたと聞いて、私も父も悔《く》やんだものだ」

コルネリウスがクリスのあごをぐっと持ち上げる。

「しかし、戦場で逢《あ》えるとは思っていなかった。ふん。……たしかに、刻印だな」

指先が額をまさぐる。烙印が熱い。

——この男は。

——この男は、危険だ。いつか、いつかぼくを。

冷たい衝撃《しょうげき》、それから痛みが右半身を打った。目の前が暗くなる。

手をつき、身を引き起こす。地面に叩《たた》きつけられるように投げ捨てられたのだと、ようやく気づいた。紫のタバードをひるがえし、男の背中はすでに篝火《かがりび》の向こうにある。まだ地面に這《は》いつくばっている傭兵《ようへい》団長に歩み寄ると、「起きろ、豚」と冷たく言った。

「きさまの隊は先陣に組み込む」

「……はっ？　い、いや、はい、あのう、しかし契約では、おれたちは」

コルネリウスの手が一閃《いっせん》した。湿った音が砂を打つ。次の瞬間、団長の耳から血が噴《ふ》き出し、熊《くま》には似つかわしくない情けない悲鳴をあげて、耳を押さえうずくまる。

今度は、いつ抜刀《ばっとう》したのか、クリスにさえ見えなかった。

「豚は喋《しゃべ》るなと言っただろう」

コルネリウスは、尖《とが》った氷柱《つらら》をゆっくりと肉に突き刺すような声で言った。剣を再び鞘《さや》におさめると、懐《ふところ》に手を入れる。

取り出したのは、一本の巻紙だった。蝋《ろう》の封に捺《お》された印を見て、全員が息を呑《の》む。翼のある車輪。聖王家の頂で諸国を統《す》べる、女王の紋章だ。

「託宣令《たくせんれい》だ。契約に優先する」

団長の熊のような巨体が、土にへばりつくように平伏《へいふく》する。

託宣。すべてを見通すテュケーの神から女王に下されるという預言。聖王国の覇権《はけん》を支えてきた力であり、この国にいる限り、託宣令に逆らえる者はいない。

ただ、暗がりの中でいくつか舌打ちが聞こえた。

ほんとうに託宣《たくせん》なのか、知れたものではない。そんな空気が伝わってくる。

女しか生まれない聖王家にかわって、王配候《おうはいこう》の三家が実質的にこの国の執政《しっせい》を握《にぎ》っている。そのために彼らは、託宣令《たくせんれい》と偽《いつわ》って数々の横暴を通してきた。子供ですら知っていることだ。かといって、ここでコルネリウスに異を唱《とな》える者、その巻紙を開いて読ませろと追及する者などはいるはずもなかった。

静まり返った中、コルネリウスは巻紙を懐《ふところ》にしまい、クリスの方をちらと見やる。

「その《星喰《く》らい》を脱走させたりするなよ。正体《しょうたい》が知れて、逃げるやもしれん」

クリスはぐっと声を詰まらせた。

コルネリウスの目が暗闇《くらやみ》を突き通してクリスの額《ひたい》を穿《うが》つ。

「おまえはどのみち、逃げられない。這《は》いずり回《まわ》って、血反吐《ちへど》を吐いて、なにひとつ手にしないまま、だれとも巡《めぐ》り逢《あ》わないまま、死ぬ。獣《けもの》の死に方だ。烙印《らくいん》がそうさだめた」

若き王配候は、タバードをひるがえして背を向けた。

遠ざかる白い影を、侍従《じじゅう》たちが追いかける。

やがて、火の熾《おこ》る音と、夜半《よわ》の風鳴りだけになる。

いや、もうひとつ。クリスは胸に手をあてる。肋骨《ろっこつ》が内側から痛むほどの鼓動だ。まだおさまらない。

——あの男……なにを知っている？

——ぼくの、このしるしのこと。ぼくよりもずっと深く、知っていた。どうして。

——さだめ、だって？　ふざけるな。そんなものに小突《こづ》き回されなくたって。

——どうせ、ぼくは戦場でひとり、のたれ死ぬ。

「……《星喰らい》……」

「疫病神《やくびょうがみ》……」「こっち見てるぞ」「なんでおれたちの団に」「くそ、ついてねえ」

傭兵《ようへい》たちのつぶやきが、クリスの肌にまとわりつく。

「頭《かしら》。あいつ追い出しましょう、不吉だ」

「馬鹿《ばか》野郎。大公《たいこう》の話聞いてなかったのか。逆らったら耳ひとつじゃ済まねえぞ」

「てめえらちょっと黙ってろ！」

声を背中に聞きながら、クリスは火から離れた。いくつもの視線だけが粘《ねば》りついて離れない。暗い空を見上げる。月はない。明日が新月だ。

ふたたび夜が来るまでに逃げよう、とクリスは思った。

だれとも巡り逢わないように、ひとりの黄昏《たそがれ》を、逃げよう。


けれど、クリスは巡り逢う。

それは生まれ落ちてからちょうど二百度目の、新月の夜のことだ。

THE SWORD QUEEN AND THE BRANDED CHILD

3 剣《つるぎ》の女王

荒野《こうや》の彼方《かなた》の稜線《りょうせん》で、陽《ひ》の最後の破片が押《お》し潰《つぶ》されようとしている。うずくまったクリスの足下《あしもと》に散らばる紅《くれない》は、その落日の飛沫《しぶき》のようだ。

腕ごと引きちぎられた鎧《よろい》、折れた長槍《ながやり》、ひしゃげた弩《おおゆみ》、無数の屍《しかばね》、それらを濡《ぬ》らす血。

赤い溜《た》まりは、陽が深い紫の中に沈み込んでしまう前のほんの一瞬、燃え立って銀色になり、這《は》いつくばったクリスの顔を映《うつ》し出す。闇《やみ》に溶ける髪、氷の肌、いとけない少女にも見える貌《かお》、その額《ひたい》にぎらつく禍々《まがまが》しい烙印《らくいん》。

——また、ぼくだけが生き残った。

クリスは額に手をやる。青白い光を帯びたしるしは、わずかに熱をもっている。もう一方の手で、血の中から自分の剣を引き上げる。

溜まりから指ですくった血を、額に塗《ぬ》りつける。骸《むくろ》の敷き詰められた大地にひとり残されるたびに、クリスはきまってそうした。肌に血を吸わせれば獣《けもの》の渇《かわ》きが癒《い》えるのではないかと、かすかな望みをかけて。無駄なまじないだった。獣の飢えは、現実の血などでは満たされない。人の幸《さち》を啜《すす》らせるしかない。烙印が血を吸い取って蠢《うごめ》くような気がするのは、ただの錯覚《さっかく》だ。

それでももう一度、手を血の海に浸《ひた》す。あの、傭兵《ようへい》団長の髭面《ひげづら》も、すぐそばの地面に伏して土と同じ色になっている。目玉には早くも蠅《はえ》がたかっている。

逃げられないまま、戦《いくさ》は日没まで続いた。そうして新月がのぼり、獣が目を覚ましたのだ。何人の敵兵を斬《き》ったか、わからない。視界に動くものが絶えたとき、生き残っていたのは、クリスだけだった。

月を仰《あお》ぎ、錆《さ》びた鉄に似た肌触りの風に身を浸す。脇腹に浅い傷があり、血が胴衣《どうい》を濡らしていくのがわかった。失われていく血と、獣の啜りあげる血が、体内でせめぎあう。死に至るほどの傷ではないことをクリスは恨《うら》んだ。

——命を啜るのがいやなら……

——なぜ、戦場をさまようんだ。

——だれもいない山奥でのたれ死ねばいい。

新月のたびに湧《わ》いてくる自問を、クリスは噛《か》み殺《ころ》す。

ほんとうは、人の命運を喰《く》らう悦《よろこ》びに突き動かされているのではないか。

この獣は、自分自身ではないのか。

じきに、無数の怒声《どせい》や金属のぶつかり合う音が聞こえてきた。首を巡《めぐ》らせると、地平近くに炎がいくつも見える。ひるがえる紫の三角旗は聖王国軍の守護騎士団のものだ。そして飛び交《か》う火矢の軌跡。

痺《しび》れた足を土に突き立て、剣を支えにして、立ち上がる。

――行くのか？

――またぼくは、殺しにいくのか。

クリスたちの傭兵団《ようへいだん》は、捨て石だった。今ならばそれがわかる。突出したところを包囲されて全滅した。敵である連合公国軍の包囲網が攻撃のために固まったところを、さらに倍する聖王国軍が包囲して殲滅《せんめつ》する作戦だったのだ。

コルネリウスの残忍な笑い顔が浮かぶ。

――あいつは、ぼくをこうやって殺すつもりだったのか？

――ぬるいことを。もっと、ひどい戦場に送り込んでくれればよかったのに。

クリスはまた生き残った。雇《やと》い主《ぬし》は死んだ。このまま屍骸《しがい》に混じって朝を待てば、どこへなりと逃げられただろう。

けれどクリスの足は、鉄のにおいと悲鳴の流れてくる風上へと向かっていた。

（そうだ）

（命を喰《く》らいにゆけ）

獣《けもの》が囁《ささや》く。クリスは足を引きずりながら砂岩の斜面をのぼっていく。丘の頂に這《は》い上《あ》がり、吹きつける戦《いくさ》の音を――怒号《どごう》と金属音と泥《どろ》を散らす蹄《ひづめ》の音を顔に浴びる。黒く熱い血が湧《わ》き上《あ》がってくる。松明《たいまつ》の火を照り返す、鎧《よろい》、矛《ほこ》、剣。矢を受けてのたうち回る軍馬。地響き。クリスは血のにおいに引き寄せられていく。

――おかしい。

敵の部隊が見えない。闇《やみ》にはためくのは紫の旗だけだ。だれと戦っている？

馬の悲痛ないななきに混じって、おびえきった兵たちの叫び声が聞こえてきた。

「塩撒《ま》き」「塩撒きだ」「死神――」

クリスはその名を聞いて、はっとして駆《か》け出す。槍衾《やりぶすま》の密集隊形が破られ――

それが、見えた。

白い炎のようだった。

闇を切り裂《さ》いて降り注《そそ》ぐ矢の雨の中、ひらひらと、その炎は踊っていた。

白い舌先は、衣《ころも》だ。神殿で舞う巫女《みこ》のような、風を切る翼の袖《そで》。そこに混じる赤は、振り乱されて燃え立つ長い髪。ときおり炎を切り裂く鈍《にぶ》い光は、巨大な刃《やいば》だ。

――女？

クリスは慄然《りつぜん》とする。少女だ。身の丈《たけ》ほどもある無骨《ぶこつ》な大剣を手にした少女が、矢の雨と怒号と剣風《けんぷう》の中で、舞っている。

「射《う》て！　射てェッ！」

裏返った声の号令とともに、再びの矢が射かけられた。少女の袖がひるがえり、大剣が虚空《こくう》を薙《な》ぐ。まるでその軌跡に吸い込まれるかのように、矢が空中で弾《はじ》かれる。クリスは息を呑《の》んで足を止める。少女は弓隊の方を見てもいない。隊列の破れ目に突っ込み、そのまま大剣を振り下ろす。何本もの槍と兵の上半身とが血しぶきに混じって跳《は》ね飛んだ。荒れ狂う白い炎は燎原《りょうげん》を走るように武装兵の一団を呑《の》み込《こ》んで、地面に薙ぎ倒《たお》していく。

近づくにつれ、少女が鎧《よろい》すら身につけていないのが見てとれる。四方八方から突き出される槍《やり》は、むなしく衣《ころも》の袖《そで》を裂《さ》くばかりだ。

——じゃあ、あの噂《うわさ》はほんとうだったんだ。

戦場に塩を撒《ま》く死神。

その姿を見ただけで呪《のろ》われ、死に至るという、最も忌《い》むべき存在。

数多《あまた》の部隊が、その死神一人に壊滅《かいめつ》させられ、かろうじて生還《せいかん》した者たちはうわごとのように告げた。

死神は、白い衣と炎の髪を持つ——女だった、と。

真実だったのだ。

クリスが紫の旗のもとにたどり着いたとき、あたりには骸《むくろ》の山があるばかりだった。夜《よ》風《かぜ》に血が煙《けむ》り、そのただ中に、少女は大剣を支えにして立っていた。

赤い髪が舞い上がる。地面に落ちた松明《たいまつ》の火が、その顔を照らす。

美しさがクリスの足をすくませた。血糊《ちのり》がこびりついた頬《ほお》、火を宿す大きな黒い瞳《ひとみ》、凛《りん》とした意志をたたえた細い唇。凄惨《せいさん》なまでに麗《うるわ》しい少女だった。

土を舐《な》める松明の火と、風にもてあそばれる折れた旗、赤い髪。他《ほか》に動くもののない乾ききった闇《やみ》の中で、少女がクリスをじっと見つめたまま、言った。

「……おまえが、わたしを殺す者か」

思いがけず幼く、けれど少女の儚《はかな》げな容貌《ようぼう》には残酷なほど似つかわしいその声が、言葉

が、くすぶる火を揺らす。クリスの心さえも。

——なにを言っているんだ、こいつは。

——それは……

——それは、ぼくの言葉だ。

——おまえこそ、死神なんだろう。ぼくを殺してくれるんじゃないのか。

「おまえがクリストフォロだろ？　顔も、その剣も、視《み》たのと同じだ」

クリスは息を呑《の》む。

だれにも名乗ったことがない、おそらく、死んだ母親しか知らない、ほんとうの名。

「どうして……ぼくの名前を」

「おまえが名乗った。……ううん、わたしを打ち倒した後で、名乗るんだ。それから、その剣をわたしの胸に突き立てる。そのとき、おまえはめそめそ泣いてた」

クリスは、背筋《せすじ》を這《は》い回《まわ》る寒気《さむけ》に耐えきれず、剣を抱きしめるように構えた。

少女は、大剣を地面から引き抜き、無造作《むぞうさ》に切《き》っ先《さき》を持ち上げる。

笑っているのか、泣き出しそうなのか、悔《く》やんでいるのか、怒《いか》りを押し殺しているのか。嚙《か》みしめた唇から血の気が引く。

「どうやっても、この夜だけは、避けられなかった。今も、おまえに殺されているところしか視えない。そうして、おまえはここにいるじゃないか。わたしを殺すために」

——ぼくがここに来ることを、知っていたのか。

クリスは震《ふる》える指を剣の柄《つか》にきつく巻きつけながら、思い出そうとする。《戦場に塩撒《ま》く死神》と接敵《せってき》し、わずかながらも生き残った兵たちの言葉。矢も、投《な》げ槍《やり》も、かすりさえしない。一片《いっぺん》の鋼《はがね》もまとっていないのに、何者も、傷ひとつ負《お》わせられない。まるで、あらゆる刃《やいば》の動きが――

最初から、わかっているかのように。

クリスも剣を持ち上げた。両手と額《ひたい》の烙印《らくいん》が熱を発している。皮膚《ひふ》が溶けてなにかが体内から出てきそうなほどだ。

――殺すのか。

――ぼくは、この娘を。

――殺して、喰《く》らって、飲んで、また生き延びるのか。

(そうだ、喰らえ)

(その命運を、喰らえ)

獣《けもの》が囁《ささや》いた。剣を握《にぎ》る手に力が流し込まれる。

骸《むくろ》の山の中に立つ、白い炎がゆらりと傾《かし》いだ。次の瞬間、真紅《しんく》の髪が跳《は》ね上がり、クリスの視界を白光が斜めに切り裂《さ》く。

すぐ目の前に、少女の眼があった。そして、クリスがとっさに掲《かか》げた刃に、交差する大剣の太い刀身。腕もろとも叩《たた》き斬《き》られそうなほどの衝撃《しょうげき》だった。

「おまえみたいなッ」

少女が顔を歪《ゆが》めて言葉を吐きかけてくる。

「力に流されてふらついてるだけのやつに、殺されるなんてッ」

クリスはぞっとして、腕に力を込め少女を押し戻し、飛《と》び退《の》いた。烙印《らくいん》の光が暗闇《くらやみ》の中に尾を引く。剣先が触れ合うか否《いな》かの間合いを隔《へだ》てて、二人の視線が交《まじ》わる。

少女の眼に、はっきりとした怒《いか》りが燃えている。

――力に、流されている。

「……知ってるのか。ぼくの、しるしのことまで」

「おまえが喋《しゃべ》ったんじゃないか、わたしを殺した後で、わたしの骸《むくろ》に向かって！」

少女は大剣を払い上げた。腕が肩からもげそうなほどの強さでクリスの剣が弾《はじ》かれる。

「おまえが何人巻き添えにしようと知ったことか、死にたければ自分で喉《のど》を掻《か》っ切れ！　なぜッ、なぜわたしの前に立った！　なぜわたしの道と交わった！」

再び二人の剣がぶつかり、火花が夜に散る。

「おまえなんて、おまえなんて！　どこかで母親のかわりでも見つけて、ずっと隠れて暮らしてればよかったのにッ」

大剣の先が弧《こ》を描いて大地をえぐりながら、下方からクリスの胴に叩《たた》き込《こ》まれた。すんでのところで剣の腹で受けると、両足が地面から浮く。

「なぜ戦場に来た！　何度も、何度も、何度もおまえの姿を視《み》た、何度もおまえの剣に貫《つらぬ》かれた！　他《ほか》の死なら、どれも変えられたのに！　おまえは、おまえだけはッ」

鈍《にぶ》く光る旋風《せんぷう》が右から左からクリスを打ちのめした。砂を蹴《け》り散らして退《しりぞ》きながら、かろうじて剣で受け流す。距離をとってはだめだ、ばらばらに引き裂《さ》かれる。クリスは引いた足で踏みこらえて、真上からの深い一撃を刀身に滑《すべ》らせ、少女の懐《ふところ》に飛び込んだ。肩から肋骨《ろっこつ》にまで走る衝撃《しょうげき》。つばぜり合いのまま、お互いの吐息《といき》が触れられそうなほどの近くでにらみ合う二人。少女の深い瞳《ひとみ》の中に、クリスが映《うつ》っている。

「何度もおまえを視た。おまえだけは、この眼から離れなかった」

少女の熱い吐息混じりの声に、刀身がかすかに曇《くも》る。

「なぜ、ここに来た。なぜ、わたしに──」

烙印が過熱する。少女の声を、獣《けもの》の咆吼《ほうこう》が押《お》し潰《つぶ》す。

(喰《く》らえ)

(この者の命運を喰らえ)

少女の眼に映り込んだ烙印の紋様が青白く燃え上がる。

──ぼくを知っていた。

──ずっと、ぼくを見ていた。

──それじゃあ、ぼくは……これのために。

「……名前は?」

クリスの言葉に、少女の眉《まゆ》が歪む。

「名前、教えて」

「だって、はじめて逢《あ》ったわけじゃ——ないんだろ」

クリスの身体《からだ》は弾《はじ》き飛《と》ばされた。少女のすさまじい膂力《りょりょく》に慄然《りつぜん》としながら、地面に這《は》いつくばり低い構えをとる。

けれど、追撃《ついげき》は来なかった。

少女は大剣の刃先を地にうずめて、立ちつくしている。その眼から、先刻《せんこく》までの張りつめた鋭さが消えている。かわりに蝋燭《ろうそく》の火のように揺らめくのは、戸惑《とまど》いだ。

「……おまえは、……そんなことは、言わなかった」

母を求める迷子みたいな声。

「わたしの名前を？　なぜ。そんなこと、訊《き》かないはずだ。おまえは、一度もッ」

「そんなの知るか」

クリスの声は、焦《こ》げくさい風にまぎれて、かろうじて少女のところにまで届く。唇を引きつらせて黙ったので、それがわかる。

「死神なんかじゃないんだろ。人間の名前があるんだろ。なら教えろ」

言葉を吐き終えると、砂混じりの唾《つば》を飲み下し、剣を握《にぎ》り直す。

「……おまえはっ、名前なんて知らない相手を、何人も——殺してきたんじゃないのか」

少女が揺らいだままの声で訊き返してくる。

「なぜ、わたしの」

「な……んで」

「だって、ぼくを待ってたんだから」

少女の顔が凍《こお》りつく。

――母様《かあさま》しか、いなかった。

――その母様も、いなくなった。

――ぼくとつながっている人なんて、いなかったはずなのに。

――ずっと、ぼくを見ていた。ずっとぼくを待っていた。

「待っていたわけじゃないぞ！」

剣先で砂を散らし、少女が追い詰められたような声をあげる。

「ぼくは待ってた」

クリスがそう言うと、少女の声は、半開きの口の中で固まってしまう。

――たぶん、この夜、ここで巡《めぐ》り逢うために、ぼくは戦場に来たんだ。

――でも、そうして出逢《で》ったこの娘を……

――ぼくは、また喰《く》らう。

少女の唇が、様々な形にさまよった。やがて、ひとつの言葉にたどり着く。

「……ミネルヴァ」

クリスはじっと少女の顔を見つめてしまう。その名前の響きが、あまりに澄んでいて。

少女――ミネルヴァは、気まずそうに視線をそらす。

「なんだその顔。名を教えろと言ったのはおまえじゃないか！」

「いや……うん。きれいな名前だなと思って」

ミネルヴァははっとし、大剣を持ち上げて、かすかに色づいた顔を隠した。

「なにを。ばかなこと……言ってるんだ」

――ほんとうだ。なに言ってるんだ、ぼくは。

――どちらかは死んで、もう、こうして言葉を交《か》わすこともできないのに。

ミネルヴァの身体《からだ》が、ゆらりと傾いて、再びその白い衣《ころも》の袖《そで》が風をはらんだ。次の瞬間には白い炎がクリスの眼前に現れ、すんでのところで顔の高さに持ち上げた剣に、分厚い鉄塊《てっかい》がすさまじい勢いで叩《たた》きつけられた。


クリスは一度だけ、獣《けもの》とじかに話したことがある。

村を出てから最初に拾われた傭兵《ようへい》団は、しわくちゃで隻眼《せきがん》の老戦士が率《ひき》いている百人に満たない隊で、部下たちも古兵ばかりだった。クリスは無愛想《ぶあいそう》なわりに気に入られて、なかなか懐《なつ》かない仔猫《こねこ》のような扱いを受けた。隊の多くの者は、クリスが耳も聞こえず喋《しゃべ》れもしないのだと思っていただろう。

幾度《いくど》かの新月が巡《めぐ》ったが、目立った不幸はなかった。そのたびにクリスが宿営を逃げ出しては連れ戻されていたのと、戦《いくさ》があまりなかったせいだ。

しかし、老頭領がじきにクリスの剣の腕に目をつけた。

『こりゃ生まれつきの傭兵だ』

『才だけじゃない。ちびっこいのに目に殺気がある』

『剣がなけりゃ噛《か》み殺《ころ》してやるって顔してやがる』

『とんでもねえ剣士に育つぜ』

頭領の見る目は確かであり、その予見は残酷なまでに的中した。クリスの初陣《ういじん》は十歳のときの籠城《ろうじょう》戦だった。クリスは補充の武器を手に城内を駆《か》け回る使い走りだったはずが、気づけば槍《やり》と弩《おおゆみ》を手に城壁際《ぎわ》に立っていた。何人もの敵兵を射殺《いころ》し、突き落とした。戦の昂奮《こうふん》のせいで、耳の中にこだまするあの声は気にかけなかった。

一筋の月が暗い空にのぼる頃《ころ》、鉄砲水とともに城門が破られた。敵軍が川上の堤《つつみ》を破ったのだ。すでに生き残っているのは頭領やクリスを含め数十人だった。目の前で老戦士が残った片目に矢を受けて倒れ、烙印《らくいん》のぎらつく自分の右手が無意識に動いて、老いた手から剣をむしり取ったところまでは憶《おぼ》えている。

次にクリスが我に返ったとき、そこは荒れ野の真ん中だった。水浸《びた》しの土にところどころ砂岩が突き出して、弱々しい月の光に短い影を伸べていた。

振り向くと、燃える城塞《じょうさい》の影が遠くに見えた。

クリスは泥《どろ》の中に膝《ひざ》をついて、しばらくそれをじっと見つめていた。夜空を焼く炎の色が目に痛く、視線を落としたとき、自分が握《にぎ》りしめている抜き身の剣が、頭領から奪《うば》ったものだというのに気づいた。何人分もの血が刃《やいば》や柄《つか》にこびりついていた。

(みな、喰《く》らった)

声が聞こえた。

(命運を啜《すす》り、飲み干し、そうしておまえは生き残った)

泥に剣を突き立て、両手を水に沈め、クリスは吐き気をこらえた。

村を焼いた、あのときと同じなのか。

どれだけ殺しても、生き残るのは、自分だけなのか。

(そうだ)

(傍《かたわ》らにいる者はみな、喰らう)

(汝《なんじ》が——吾《われ》が、喰らう)

獣《けもの》が愉《たの》しげにうめいた。

それははじめて、クリスの問いかけに答えた言葉だった。

「……おまえは——」

クリスは、水面《みなも》に映《うつ》って揺れる自分の顔を見つめながら、声を吐き出した。

「だれなんだ。……なんで、ぼくの、中に、いるんだ」

獣は答えない。かわりに、額《ひたい》の烙印《らくいん》が、笑うように明滅《めいめつ》する。

ここに名が記してある、とでも言いたげに。
吾は汝に刻《きざ》まれている。
永遠に、そこにいる。
汝とともにいて、触れる者の命運を喰らう。
――それじゃあ、ぼくは。
――ずっとこうして、触れ合った人たちの血を啜って、朽《く》ちさせながら。
――ひとりで歩いていくのか。
――ずっと、ひとりで。
――ひとりで……

クリスはまぶたを開いた。
すぐそこに、新月よりもなお青ざめた、震《ふる》えるほど美しい少女の顔がある。少女は唇を嚙《か》みしめて目を伏せ、紅《くれない》の髪が垂れてクリスの喉《のど》にまで落ちかかっている。頰《ほお》に、冷たい鋼《はがね》の感触。頭のすぐ横に、大剣が突き立てられているのだ。ようやく、自分が土の上に仰《あお》向《む》けに倒れているのだと気づいた。ミネルヴァが腹の上に膝をついて、剣を支えにのしかかってきているのだ。

右腕が痺《しび》れている。持ち上げようとした自分の剣が、ひどく軽い。

——そうだ、あのとき……

——剣を折られたんだ。

ミネルヴァの剣嵐《あらし》をすべて受け流していたクリスの剣が、何度目かのつばぜり合いを解いた瞬間、根元から叩《たた》き斬《き》られたのだ。そのまま突き倒され、クリスは気を失った。

——なんで……ぼくは、まだ生きてるんだ。

「なぜ」

ミネルヴァの唇の間から、漏《も》れた言葉がクリスの喉元《のどもと》に落ちて、肌を灼《や》く。

「なぜ、お前はこんなに弱いんだ」

喉をつかまれる。悔《くや》し涙が落ちてきそうだ。

クリスにもわからない。獣《けもの》の啜《すす》る活力があってさえ、勝てる相手とは思えない。その力が、両腕から消えたのだ。もはやミネルヴァの剣撃《けんげき》を受け流すことすらできなかった。

首をねじり、小さく息を呑《の》む。手の甲の烙印《らくいん》が光を失っている。

——獣の飢えが、消えている。

——新月の夜が明ける前に、獣が満たされてしまった？

——今までそんなこと、一度もなかった。

「なぜ！　こんなはずじゃない、おまえはっ、わたしを殺すはずだったのに！」

——なに言ってるんだ、こいつは。

　——そっちこそ、ぼくを殺してくれるんだろ。

「……未来が、わかるの？」

　ミネルヴァは目を見開き、それから細め、唇を歪《ゆが》める。

「……みんな視《み》える。……変わっていく、すべての像が視える。おまえは、ずっと、この夜にいた。おまえに殺される、それだけは、その運命だけは、変えられなかったのに」

　首に巻きついたミネルヴァの指は冷たく、クリスの体温を奪《うば》っていく。

「声が、聞こえた。汚らわしい、人のものじゃない声だ。あれはなんだ」

　ミネルヴァが酸《さん》のような言葉を吐き続ける。

「喰《く》らえ……と……あれは、なんの声だ。おまえはいったいなんなんだ。血塗《ちまみ》れの腭《あぎと》さえ視えた。そうして——」

　首筋に食い込む指の力が、弱まる。

「死が、視えなくなった。消えてしまった。なぜッ」

　クリスもたしかに感じた。獣の喉鳴り。悦《よろこ》びに濡《ぬ》れて震《ふる》える牙《きば》。

「おまえは、わたしを殺す運命だったのにッ」

「じゃあ、たぶん——」

　自分の声が甘く心臓を刺すのを感じながら、クリスは言った。

「その運命は、ぼくの獣が喰らったんだ」

　ミネルヴァの、澄んだ黒玉《こくぎょく》の瞳《ひとみ》に、まるでひびが入ったかのように影が差す。

どうしてだろう、とクリスは思う。獣《けもの》は人の幸《さち》を喰《く》らって、自分を生かす。村の長老はそう言っていた。獣自身もそう答えた。

死すべきさだめを喰らって、その者を生かしてしまうことなど、あるのだろうか？

——もう、それもどうでもいい。

——これでようやく眠れるんだから。

——こいつはぼくを喰らって、生きていけばいい。

目を閉じて、身体《からだ》を貫《つらぬ》く鋼《はがね》の冷たさと熱さを、じっと待った。

けれど、襲ってきたのは頬《ほお》の熱と甲高《かんだか》い音。そして、じわりと浮き上がる甘い痛みだ。

「ふざけるな！」

襟《えり》首をつかんで持ち上げられ、クリスは目を開いた。目の前に紅潮《こうちょう》したミネルヴァの顔がある。頬をもう一度、平手ではたかれる。

「おまえ、そんなに死にたいのか！」

声を出せず、クリスはただミネルヴァの手の中でうなずく。少女の両眼は今にも涙の中に沈んでしまいそうで、それは心の最も深い部分をじかにつかんで揺さぶられるような、痛ましいほどの美しさだった。

——なんで泣いてるんだ。

——だって、ぼくは汚《きたな》らしい獣なんだ。

——こんなにきれいなものを喰らってまで、生きていかなきゃいけないのか？

クリスは顔から地面に叩《たた》きつけられた。落ちてくる刃《やいば》を見つめながら死のうと、身を起こしてミネルヴァに向き直ると、少女は紐《ひも》でつないだ当て革の簡素な鞘《さや》に大剣をおさめて背負っているところだった。

呆然《ぼうぜん》と、土の上にへたり込んだまま、ミネルヴァを見上げる。

「立て」少女の固い声が降ってくる。

「……なんで」

「いいから立て。帰隊する。おまえは捕虜《ほりょ》だ。連れていく」

「殺せよ」

腹を蹴《け》られた。クリスは土の上をのたうち回りながらむせた。

「おまえはわたしに負けたんだ。どうしようとわたしの勝手だ」

クリスの喉《のど》で、様々な言葉が、これまでの年月の中でだれにも向けたことのなかった言葉たちが、這《は》いのぼろうとしてはよじれ、しおれ、消えていく。

「どうして」

ようやく、引きずり出した、かすれた声。

「ぼくを、連れていって、どうしようってんだ」

「わたしの奴隷《どれい》にする」

「ぼくのこと、知ってるんだろ。こいつが」クリスは自分の額《ひたい》に指を突き立てる。「人の運を食べるんだ。そばにいたらみんなろくでもない目に遭《あ》う。だから殺して——」

「わたしはおまえに殺されるはずだったんだ！」

ミネルヴァの声が、クリスのか細い声を遮《さえぎ》る。

「おまえがその運命を喰《く》ってしまったんだろう、それなら！」

一歩、もう一歩、ミネルヴァは歩み寄って、手を差し伸べてくる。

「ずっとわたしのそばにいろ。死が巡《めぐ》ってきたら、それを喰らえ。わたしだけを、わたしの命だけを喰らえ」

わたしだけを見て。

わたしだけを飲んで。

わたしだけを食べて。

生きていきなさい。

母の言葉が、ミネルヴァの声に重なる。

そばにいて、死の運命を、喰らう。他《ほか》のだれも、傷つけないように。ミネルヴァの命を、護《まも》るために。そんなことができるのだろうか。

——そんなことをしてまで、ぼくは……

——生きなきゃいけないのか。

風が巻き起こした紅《あか》い炎の髪に、新月が隠れる。

少女の瞳《ひとみ》が濡《ぬ》れているのが、影の中でわかる。

——この娘のために？

——そんなこと……
「そんなこと。……いつまで、続ければいいんだ」
「聖王家を、滅《ほろ》ぼすまでだ」
ミネルヴァが答えた。
クリスは息を呑《の》む。少女の両眼が、なお深い闇《やみ》の底に沈んだからだ。
不意にクリスは悟《さと》る。
この娘は、自分よりもずっとずっと暗い夜の中を歩いて、ここまで来たのだ。
そして、クリスと出逢《であ》った。
——母様《かあさま》は、助けられなかった。
——どれほど殺しても。喰《く》らっても。助けられなかった。
——でも、ぼくはこの娘に出逢った。
——それなら……

クリスは、差し出されたその手を、そっと握《にぎ》った。

THE SWORD QUEEN AND THE BRANDED CHILD

4 銀の雌《めん》鳥《どり》の旗

夜明け前に、二人は寒々しい針葉樹《しんようじゅ》の森の端にたどり着いた。

馬や宿営用具を調達《ちょうたつ》している余裕はなかった。追っ手がかかっていたからだ。夜半頃《やはんごろ》、川を挟《はさ》む崖《がけ》の上を歩いているとき、崖下《がけした》から無数の蹄《ひづめ》の音と男たちの声が聞こえた。

「おい、でも、死神なんだろ。百人隊が一人に全滅させられたっつう」

「鉄板みたいな剣を持ってたんだろ。《塩撒《ま》き》に間違いねえ」

「は、ただの噂《うわさ》だ。びびるんじゃねえ」

「そうだ。どこぞの若いのを殺さずに捕虜《ほりょ》にして、連れて逃げてんのを見たんだ。死神がそんなことするもんか。馬もなかったし、遠くに行ってねえはずだ」

岩にへばりついて聞き耳を立てていたミネルヴァが、ぐっと喉《のど》を鳴らした。

「ほんとに女だったのか。見間違えじゃねえのか」

「ほんとだってぇの。踊り子みたいな衣《ころも》だったし、えらい若くて別嬪《べっぴん》だった。へ、へ、あんな死神なら憑《つ》き殺されてもいいから一発お願いしてえもんだ」

「ほんとに《塩撒き》なら報奨金《ほうしょうきん》がどんだけ出るか」

二人は顔を見合わせた。声と明かりが遠ざかるのを待って、ミネルヴァはクリスの首につないだ縄《なわ》を引っぱって立たせた。捕虜《ほりょ》なので、両手も縛《しば》られている。その状態で暗い崖《がけ》の縁《ふち》を歩くことには辟易《へきえき》していたクリスだったが、追っ手がいるとなるとミネルヴァに従うしかない。陽《ひ》が昇るまでに身を隠せる場所に入らなければならなかった。

歩きづめで森に着いた後も、気の休まる間はなかった。松明《たいまつ》を連ねて土を蹴《け》り散らす騎馬隊を、幹の陰で何度もやり過ごした。かなりの数の追っ手が捜索《そうさく》に駆り出されていた。

——ぼくと一緒だからか。

ミネルヴァひとりなら、逃げ切れたかもしれない。

「馬鹿《ばか》なことを考えるな」と言ってミネルヴァは縄を引っぱり、クリスを巨木の根の洞《ほら》に押し込む。二人がゆうゆう入れるほどの大きさだ。

朝が訪れようとしていた。しらしらと湿った光が梢《こずえ》の間から射《さ》し込《こ》み、鳥の啼《な》き声がそこかしこで交《か》わされている。深い森の中とはいえ、日中に歩いていればたちまち見つかってしまうだろう。だから洞の中に隠れて夜を待つのだという。

「国境まで出れば、どうにか……」

「どこに戻るつもりなんだよ。だって、ひとりだっただろ。他《ほか》のやつらは全滅したんじゃないのか。あの包囲殲滅《せんめつ》戦は、王国軍が十倍以上——」

「十倍がどうした。それくらい切り抜けているはずだ」

あの何十枚と重ねた絹布のような包囲陣を、切り抜けている？　そんな部隊が、烏合《うごう》の衆である連合公国軍にいるというのか。

「銀卵騎士団《ぎんらんきしだん》だ」

ミネルヴァがぼそりと答えた。クリスは息を呑《の》む。

その名は――クリスもよく知っていた。

ザカリア公国に雌鶏《めんどり》を旗印《はたじるし》にした奇妙な騎士団がある、という噂《うわさ》は、物笑いの種として聖王国軍の間にも広まっていた。女や子供を大勢連れた、物見遊山《ものみゆさん》の一行のような連中だという。道理で雌鶏などという、のんきな旗をいただいているわけだ――と。

その旗印が恐怖の象徴となるのは、東方の七公国がプリンキノポリの盟約《めいやく》によって連合公国軍を編み、聖王家に叛旗《はんき》をひるがえしてからすぐのことである。

神出鬼没。兵力が読めない。追撃《ついげき》すると背後を衝《つ》かれる。七倍の軍が壊滅《かいめつ》。尾ひれのついた噂が戦場を駆《か》け巡《めぐ》った。明らかに非現実的な風評もあった。けれど幾多《いくた》の激戦をくぐり抜け、いまだに銀卵騎士団が武名を馳《は》せていることはたしかだ。

戦場に塩を撒《ま》く死神も、銀の雌鶏の旗も、聖王国軍の者にとっては等しく幽鬼《ゆうき》のような存在だった。それが、まさかつながっているとは。

「だから、あの包囲も絶対に突破している」

ミネルヴァはクリスのすぐそばに腰を下ろし、自分に言い聞かせるように繰り返した。

「ぼくも……その、騎士団に、連れて帰るつもり？」

「当たり前だろう」

クリスは唇を噛《か》んでうつむく。まだ、迷っている。関《かか》わる人を増やしたくない。みな、クリスを忌《い》み嫌うだろう。長くともにいれば、獣《けもの》の烙印《らくいん》のことを、そのおぞましい力の糧《かて》がなんなのかを、知られてしまう。そうなれば、罵《ののし》られ、礫《つぶて》で打ち据《す》えられ、呪《のろ》いを吐きかけられるだろう。村人たちに見つけられたあの夜のように。

それは——耐えられない。

だからこそクリスは、同じ場所にとどまらず、ひとりで戦場をさまよっていたのだ。

ミネルヴァもひとりであったならよかったのに、と思う。

「……なんで騎士団から離れてたんだよ。あんな王国軍の真ん中に、ひとりで」

「わたしは血の海の中で殺されるはずだった！」

ミネルヴァは縄《なわ》でクリスの首をねじり上げた。

「団にいてその夜を迎えたらどうする、まわりを巻き込むんだぞ」

どうせ死ぬから、それで、敵しかいないような死地に、進んでやってきたのか。

そしてクリスに出逢《であ》い、命運を喰《く》われた。

まだ不思議だった。この獣は、人の幸《さち》を貪《むさぼ》り喰らい、凶運に突き落とすのではなかったのか。なぜミネルヴァに限って、死の不幸を喰らって生かしたのだろう。

ミネルヴァが、特別だからか。

「でも……」

すでに終わったことについて話している自分を奇妙に思いながらも、クリスは続けた。

「ぼくは事実、あそこにいたんだ。騎士団にずっといれば、けっきょくこんなことにはならずに済んだんじゃないのか」

——そうすれば。

——こんなに、迷わずに済んだ。

——ひとりの渇《かわ》いた夜が、ずっとずっと続いていくだけだったのに。

「それは、視《み》えない者の考え方だ」

吐き捨て、ミネルヴァは洞《ほら》の奥にクリスの身体《からだ》を押しやる。

「わたしがもし留《とど》まっていたら——おまえが、騎士団と接触していた。そうなるように紡《つむ》がれている。この世はそういうふうに造られているんだ」

クリスは、ぐっと唾《つば》を飲み込んで、ミネルヴァの横顔を見つめる。

この世はそういうふうに造られている。

最初から、みんな決まっている。

よく聞く言いぐさだった。教会で肥《こ》え太る司教たちも、戦《いくさ》のたびに畑を焼かれ掠奪《りゃくだつ》される農民たちも、それぞれちがう顔とちがう声とで、この言い訳を口にするのを聞いた。

けれど、少女が吐き出す言葉には、真実の重みがある。

「……ほんとに、先のことが、なんでもわかるの？」

「なんでも、じゃない」

膝《ひざ》を立て、顔をうずめるミネルヴァ。

「痛みだけだ」

「……痛み？」

「わたしが傷つくときの、死ぬときの、痛みだ」

クリスは息をひそめ、ミネルヴァの言った意味を呑《の》み込《こ》もうとする。

「いつも視《み》えるわけじゃない。眠っているとき。目を閉じているとき。最初はいつも痛みから始まる。それから、自分の死の光景」

——そうか。ぼくに殺されるところも、視たのだと言っていた。

「戦《いくさ》のさなかでは、ほんの一瞬先の死も視えるようになることがある」

ミネルヴァはそうつぶやいて、大剣を抱き寄せる。

クリスはぞっとする。戦場に塩を撒《ま》く死神。矢も槍《やり》も剣も、最初から読み切っているかのように、躱《かわ》される。実際に刃《やいば》を交《まじ》えたクリスには、それが嘘《うそ》ではないとわかった。

「なんでも見通せるわけじゃない。できれば、視たくもない」

吐きかけた言葉で、刃が白く曇《くも》る。

——痛み。

——もし、死の痛みをそのまま予見するのだとしたら。

——ひどい力だ。

「今は視えない。張りつめていたものが切れてしまった。だから、敵に見つかったら切り抜けられるかどうか」

「そこまでして、ぼくを連れてかなくても」

「黙れ。絶対に連れて帰る。こんな、こんなところで、くだらない運命なんかに殺されてたまるか。おまえはそのための道具だ」

大剣の刃の腹に、きつく指を立てるミネルヴァ。

――なにかに、追われているみたいだ。

死をはねのけて生きようとしているはずなのに、ミネルヴァの蒼白《そうはく》な横顔は、なぜか血の海に映《うつ》ったクリス自身の顔を思い出させた。

――ぼくらは、同じだ。

――お互いのどうしようもない宿命をお互いに食らいつかせて。

――そうやって、生きていくしかない。

――それなら……

「……わかったよ」

クリスのつぶやきに、ミネルヴァは刃の向こう側《がわ》で、ちらとだけ目を上げる。

「連れていけばいい。ずっと、ついてく」

――死なせたりしない。

騎士団の者たちに疎《うと》まれてもいい。耐えればいい。奴隷《どれい》としてミネルヴァのそばにいて、ミネルヴァだけを見て、ミネルヴァとだけ言葉を交《か》わせばいい。

「ぼくの、烙印《らくいん》のことは、絶対にだれにも言わないで」

「言うものか。もしおまえが団の者の命を喰《く》らおうとしたら、その場で斬《き》る」

——それでいい。

——そうなる日まで、ミネルヴァを蝕《むしば》む死を喰《く》らって、その命を護《まも》って、生きる。

「だから縄《なわ》ほどいてよ」

「なぜだ。ふざけるな。おまえは捕虜《ほりょ》だぞ」

「逃げたりしない。このままじゃ歩きづらいし、敵に遭《あ》ったときに戦えない」

「逃げるにきまっている。信じられるか。だいいち、武器もないくせに」

「奪《うば》えば——」

「いいから少し黙って目をつむっていろ」

ミネルヴァは洞《ほら》の口に大剣の刃をめり込ませて、クリスの言葉を遮《さえぎ》る。

「陽《ひ》が沈んだら出る」

それきりミネルヴァは黙ってしまう。けれどじきに、眠っているわけではないのに気づいた。少女の漆黒《しっこく》の瞳《ひとみ》は、葉の間の、白み始めた空をじっとにらんでいる。

「……寝ないの？　夜じゅうずっと歩きっぱなしで」

「おまえがいるのに眠れるか！」

「なんにもしないよ」

「眠るのはきらいだ。死ぬところを視《み》るから」

クリスは唇を噛《か》んで黙るしかない。

——何度、自分の死を視てきたんだろう。

――何度、ぼくに殺されてきたんだろう。

けれどミネルヴァはそのうちに、船を漕《こ》ぎ始めた。剣を支えに気丈《きじよう》に起きていようと気を張っていたのも束《つか》の間《ま》のことで、やがてその上半身が傾く。

両手を縛《しば》られたままのクリスは、あわててミネルヴァの身体《からだ》を胸で受け止めた。

ぴったりと触れた体温。少し苦しそうな寝息。

なぜだか、クリスの方がほっとしていた。

――それでも、どうして戦場に。

――戦いから遠ざかっていれば、死の命運なんて、たやすく避けられただろうに。

戦いながら、這《は》い寄《よ》る死の姿からほんの少しずつ我が身をずらし、また次の死を皮一枚でやり過ごし……そこまでして、なぜ戦場にいるのだろう。

――そうだ。たしか、聖王家を滅《ほろ》ぼすのだと言っていた。

――王家に恨《うら》みがあるのか。

クリスはミネルヴァに出逢《であ》ったときから引っかかっていることがあった。言葉遣《づか》いが、どこか貴族調なのだ。一時期、地方豪族《ごうぞく》に仕えて可愛《かわい》がられ、読み書きや作法まで教えられたこともあるクリスには、それがわかった。

――身分の高い生まれなのか。いや……

すぐそばにあるミネルヴァのまなじりを見つめ、不意に、その符合に気づく。

死を予見する。

予見。

聖王家の、託宣《たくせん》。

聖王家を、滅《ほろ》ぼす……。

——まさか。

クリスは首を振った。そんなことがあるはずはない。

聖王家の託宣は欺瞞《ぎまん》であると、クリスは思っていた。同じ疑いを抱く者は多い。神からの託宣で未来がわかるなど、馬鹿《ばか》げている。王家が諸国を抑えつけるための威光として創《つく》り上《あ》げた嘘《うそ》だ。そう見なしていた。

けれど、ミネルヴァの『死を予見する』力は、本物だ。それは身をもって感じた。

この世には、たしかに、そういう力があるのだ。

——でも、まさか。

——そんなわけがない。

クリスは自分でも気づかないまま、願っていた。この少女が細い肩で負《お》う重荷が、それほどのものであってほしくないと。


枯れ葉を踏む足音で、クリスは目を覚ました。

暗い中で、ひっきりなしに梢《こずえ》がざわめいているのが聞こえる。濡《ぬ》れた空気のにおい。

——雨だ。

胸元で、ミネルヴァの頭がもぞもぞと動いた。そっと声をかけようとしたクリスの耳に、再び先ほどの足音、そして男の声。

「……さっきの樹にも血が付いてたぞ」

「犬がいりゃあな」

「この雨じゃ、においも流されちまわあ」

「おい、血が見つかったのはほんとに本陣に知らせたのか」

ミネルヴァが、ばっと髪を振り乱して起き上がった。その瞳《ひとみ》に瞬時に光が戻る。クリスに頭を預けていたことに気づいたのか、頬《ほお》を染めて眉《まゆ》をつり上げ、口を開きかけたので、クリスはあわてて「しッ」と低く声を発して制した。

洞《ほら》の口の方を見やったミネルヴァも、はっとして身を奥へ——クリスの方へと寄せる。

「あの血なら、もう死んでるんじゃねえのか。報奨金《ほうしょうきん》がぱあだ」

「コルネリウスさまは屍体《したい》でもかまわねえとおっしゃってたぞ」

「生け捕《いど》りにしたら正ブリゲーデン金貨で二十枚出すっつう別口がおるのよ。おれたちはそれ狙《ねら》いだ。将軍閣下に突き出しても大した金にならんさ」

「どいつもこいつも、祝勝の酒なぞそっちのけよ。闇雲《やみくも》に捜《さが》しに出てる」

「どうりで増援《ぞうえん》が来ねえわけだ」

「かえって好都合よ。二十枚は山分けだからな。先を越されたらかなわん。急ごう」

ごくり、とミネルヴァが喉《のど》を鳴らすのが聞こえた。クリスの胸に、その細い指が食い込む。声と足音が遠ざかり、雨音にまぎれてしまうと、いきなりクリスを押しのけてミネルヴァは腰を浮かせた。

「お、おまえっ、寝てる間に、な、なにをした！」

「……なんにもしてないよ。そっちが勝手に眠っちゃって」

「ばか言うな、わたしがッ」

ミネルヴァは首の縄《なわ》をぎりぎりと引っぱり上げてクリスを責める。けれど、自分からクリスに頭を預けて眠ってしまったことはミネルヴァにもよくわかっているらしく、その先の言葉はぐっと呑《の》み込《こ》んで、手を離した。

「……くそ。おまえみたいなの前で、眠ってしまうなんて」

ミネルヴァは歯噛《はが》みし、大剣の表面に爪《つめ》を立てる。

「よく眠ってたみたいだから、起こせなくて」

「よく眠っていただとッ？」

──なんでそこで怒るんだ。

クリスは訝《いぶか》りながらも、ミネルヴァからなるべく離れようと、洞《ほら》の奥の方に後ずさる。

「……ほんとになにもしてないのか？　わ、わたしのっ、髪なでたりしてなかったか」

「してないってば。腕縛《しば》られてるだろ」

「あ、う……」ミネルヴァは恥ずかしそうに足をじたじたさせる。

「どんな夢見てたんだよ……」

「視《み》なかった」

ふくれっ面で大剣ごと膝《ひざ》を抱え、ミネルヴァが言った。

「……え？」

「死ぬところを、視なかった。……そんなの、はじめてだ。くそ、なんなんだおまえは」

「なら、いいじゃないか」

「よ、よくな――」顔を上げ、クリスと目が合い、ミネルヴァは頬《ほお》を染めて胸のあたりまで視線を落とす。「もうっ、知るか！」

「ぼくも」

ミネルヴァの横顔を見つめる。

「眠れるなんて思ってなかった。だれかが近くにいるのに」

体温が触れ合うほど近くにいるのに。

「なんだか、安心する。……不思議だけど」

――それはたぶん、ミネルヴァがぼくよりも強いからだ。

――この獣《けもの》に、喰《く》らわれてしまわないから。

けれど、どういう意味で受け取ったのかミネルヴァは耳まで赤くなり、クリスの怪《け》我《が》をしている腹に拳《こぶし》をぐりぐりと押しつけた。

「な、なんだよ、痛い」

「うるさい。いいから黙ってろ」

ふいと外に目をやる。雨雲のせいなのか、日が暮れたのかはわからないが、すでにほんの三歩先の樹もよく見えないほど暗くなっていた。ミネルヴァがぶっきらぼうに言う。

「そろそろ出る。この雨、たぶん強まるばかりだ」

「谷の口はふさがれてるんじゃないかな。追っ手が来てたってことは」

「そのときは――」

ミネルヴァは大剣の柄《つか》をきつく握《にぎ》りしめる。

「突破する」


木々の間から、左右に迫る黒々とした威圧感《いあつかん》――谷の両側の崖《がけ》が見えるようになった。聖王国軍は網《あみ》を張っているだろうか。このあたりにも陣があったはずだ。少なくとも千人隊が詰めているはずで、突破できるとはとても思えない。

――ミネルヴァなら、あるいは。

――いや、今は……視《み》えないんだった。

三歩前を行く炎の髪を頼りに歩きながら、身体《からだ》の前に組んで縛《しば》られた両手に、力を込める。手の力だけでほどけるほどやわな縛り方ではない。しかし、いざとなれば関節を外しても。

雨音に、ふと、べつの音が混じった。ミネルヴァとクリスは同時に立ち止まり、首を巡《めぐ》らせて、あたりを押し包む暗闇《くらやみ》を目で探る。ちら、と明かりがまばらに見えた。ミネルヴァが大剣の当て革を外して構える。

――囲まれている！

土が滑《すべ》り落ちる音、金属がぶつかり合う音。松明《たいまつ》の爆《は》ぜる音。それらが、二人を取り囲んで輪を狭《せば》める。炎を照り返す鎧《よろい》が闇の中にいくつも見えた。

木々の間に姿を見せた兵たちの数を、クリスはほとんど無意識に値踏みする。百人はいるだろうか。両手は崖で、逃げるには包囲を突破するしかない。

「おい、あの剣」「あ、ああ、」「あれで何人殺《や》ったか……」

ごつごつした唾《つば》を飲み下す音さえ聞こえた気がした。松明の火に浮かぶ聖王国軍兵たちの顔はどれも、言い知れぬ恐怖にこわばっている。

「だれか行かねえのか」「くそ、びびりやがって」「死神なんかじゃねえ、見たやつが言ってただろ」

だれかが松明を投げた。クリスの足下《あしもと》に明かりが落ち、ぬかるみでくすぶりながらも、二人の姿を照らし出す。

「……ほんとに女だぜ」「若いな」「見ろ、どこが死神だ。おびえた顔してやがるぜ」

「へへ。いい女じゃねえか。おれたち全員の相手をするにゃ、ちょいと餓鬼《がき》すぎるか」

「捜《さが》しに出た連中は気の毒に、雨に降られた上に無駄足か」

「勝手に出張《でば》った連中が戻ってくる頃《ころ》には、もう使い物にならんかもな」

ミネルヴァは剣の柄《つか》を握《にぎ》りしめ、肩を震《ふる》わせる。首筋が怖気《おぞけ》だっているのがわかる。

「こ、この、は、恥知らずども……」

女と見れば盛《さか》るのが傭兵《ようへい》の常だ。ミネルヴァほどの美しさであればなおさらで、これまでそういった目にさらされてこなかったのだろうか、とクリスは訝《いぶか》る。

だとしたら、こんな連中に捕《と》らえられてしまったら、死ぬよりもなお苦痛な――

「きさまら無駄口を叩《たた》くな。そやつひとりに何人がやられたと思っている」

全身甲冑《かっちゅう》の騎士が正面の林から姿を現し、兜《かぶと》のひさしを跳《は》ね上げて、貧相《ひんそう》な口髭《ひげ》をたくわえた顔をのぞかせる。

「公国軍の残党だな。おとなしく投降しろ。抵抗すれば、女とて容赦《ようしゃ》せんぞ。この場で死んでもらう」

「隊長、生け捕《い》《ど》りにせにゃ報奨金《ほうしょうきん》が」「金貨二十ですぜ」「殺すにゃもったいねえ上玉《じょうだま》だ」

「黙れ、きさまらコルネリウス閣下の下命《かめい》をなんだと思っておる！　弓兵、前へ――」

弩《おおゆみ》を構えた兵たちが下生《したば》えをかきわけて出てきたのが見えたときだった。クリスの目の前で、白と紅《あか》の炎が揺らめき立った。ひとつの言葉も交《か》わさず、二人はほぼ同時に走り出した。正面の斜面を駆《か》け上がると、包囲する兵たちの間から歓声とも怒声《どせい》ともつかぬ叫びがあがる。

しかし、面白がって昂奮《こうふん》している空気は一瞬にして凍《こお》りつき砕《くだ》けた。ミネルヴァが摺《す》り上げた大剣の一振りが、鎧《よろい》で固めた三人の兵の胴体をまとめて薙《な》ぎ斬《き》り、雨の中に盛大な血しぶきを撒《ま》き散らしたからだ。

「――う、射《う》てッ！　い、いや待て射つな味方にあたる！」

騎士の裏返った声が、兵士たちの混乱した声、具足《ぐそく》や武器のぶつかり合う音に呑《の》まれる。矢がまばらに飛んだ。何本かが大剣に遮《さえぎ》られ、一本がミネルヴァの腕をかすめて血の筋を走らせる。視《み》えていないのだ、とクリスはミネルヴァに駆け寄ろうとする。

「おまえは先に行け、わたしが食い止める！」

ミネルヴァが叫んで、弓兵の居並ぶ斜面の上にまで一気に駆け上った。悲鳴とともに剣《けん》風《ぷう》が巻き起こり、弩ごと叩き斬られた腕が宙に舞う。

「囲め！　槍《やり》で囲め、臆《おく》するな！」

騎士が声を張り上げる。白い炎が木々の間を舞い、大剣の刃《やいば》が閃《ひらめ》くたびに血混じりの泥《どろ》が弾《はじ》ける。

「崖《がけ》に追い詰めろ、弓兵、左右に開け！」

生き残った弩の使い手たちが広く散って展開するのを見て、クリスは走り出した。

「ミネルヴァ！」

クリスが大声で呼ばわるのと同時に、弓弦《ゆづる》の音が無数に聞こえた。ミネルヴァがはっと気づいて大剣を持ち上げる。八方から矢が降り注《そそ》ぐ。

「――く、あっ」

クリスは苦悶《くもん》の声を漏《も》らしながら、ミネルヴァの背中に倒れ込みそうになる。

「お、おまえッ」

振り向いたミネルヴァの顔が青ざめる。かばうように覆《おお》い被《かぶ》さったクリスの脇腹に、矢が何本も突き刺さっているのが見えたのだろう。

「先に行けと言ったのにッ」

「……逃げるなって言ったじゃないか」

「ばかっ、そんなのっ」

ミネルヴァがクリスの頭をつかんで泥《どろ》の中に叩《たた》き伏せた。頭のすぐ上を分厚い刃《やいば》が通り過ぎ、何本もの槍《やり》と兵の腕とがへし折られてちぎれるのが見えた。

「おまえに助けられるいわれはない！」

矢と槍を刃で払いながら、ミネルヴァは後ずさる。すぐ後方に黒々とした崖《がけ》があった。追い詰められている。隊長らしき騎士が斜面の下で、勢いづいて剣を振り回しながら次々と命令をわめいている。

「囲め！　囲めェ！　距離をとって一気に突け！」

一斉《いっせい》に突き出された槍のほとんどが、ミネルヴァの剣の一振りで弾《はじ》かれる。しかしそれをすり抜けた二本の穂先が、太ももと脇腹を切り裂《さ》いた。

「――ぅッ」

雨で重たく濡《ぬ》れた衣《ころも》が血で黒く染まる。大剣の動きが鈍《にぶ》る。痛みのせいで両腕を使えないのだと気づく。しかしクリスも泥《どろ》の中を転げ回って敵の刃をかいくぐるのが精一杯だ。矢傷の痛みは消し飛んで、ただ脇腹から血と体温が流れ出していくのだけはわかる。

ぬかるみの中で、ぼんやりと意識が遠ざかる。目だけが、濡れた紅《くれない》の髪を追う。

——ミネルヴァ。

——死なせない、絶対に死なせたりしない。

——いなくなってしまったら、ぼくがしがみつくものが、なくなる。

——絶対に……

「——ああああああああアッ」

自分の絶叫と、両手を縛《しば》る縄《なわ》が引きちぎられる感触と、そして空《くう》を切り裂く刃の音が、クリスを雨の中に引き戻す。ほとんど無意識に右手が跳《は》ね上がった。振り下ろされた刃を素手で受け止めたときの痛みも、感じなかった。斬《き》りかかってきた兵が、ひぐっと恐怖に引きつった声をあげる。

剣をむしり取り、身を沈め、刃を鎧《よろい》の継《つ》ぎ目に突っ込んだ。武器を奪《うば》われたその兵は、血しぶきをあげて斜面を転がり落ちる。視界の端を紅色《あかいろ》の髪がよぎり、一歩退《ひ》くと、背中に頼りなげな冷えきった身体《からだ》が押しつけられた。

クリスとミネルヴァは剣を手に、背中合わせに立っていた。じりじりと輪を狭《せば》める数百の敵をにらみ据《す》える。お互いの呼吸や鼓動さえも聞こえそうだ。

「なぜ逃げない！」

肩越しにミネルヴァが叫んだ。

「こいつらの目当てはわたしだ、おまえまで戦うことなんて」

クリスは剣の血を払うと、背中合わせに立つミネルヴァに言い返した。

「ずっとそばにいろって言ったのはだれだよ！」

「な、お、おまえ、さっきからっ、そんなこと言ってる場合かッ」

「ぼくは奴隷《どれい》なんだろ。ミネルヴァのものなんだ。逃げるわけない。この先ずっと——」

吐き出した言葉は血の味がした。

「その死を、喰《く》らってやる」

ミネルヴァの答えはなかった。ただ、胸に息が詰まったような呼吸音が、雨と迫る足音との間にかすかに聞こえただけだ。

「一気に押《お》し潰《つぶ》せ！　もはや生《い》け捕《と》りなど考えるなァッ！」

騎士が金切《かなき》り声《ごえ》で号令を下す。槍《やり》や剣を手にした男たちが泥《どろ》を踏み散らしながら殺到する。クリスとミネルヴァはお互いに背中を預けて剣を低く構えた。

獣《けもの》のように目を血走らせながら飛びかかってくる兵の姿が見えた瞬間、クリスの腕は無意識に跳《は》ねる。振り下ろされた棍《こん》ごと腕を断ち切り、返す一撃を首に食い込ませる。血しぶきをあげて倒れる身体《からだ》から刃《やいば》を引き抜きざまに、脇から斬《き》りかかってきた男のあごを後ろ手に断ち割る。何度も敵の剣がクリスの肌をかすめた。けれどその一瞬後にはクリスの刃が相手の腕を切り裂《さ》いている。

どれほどの骸《むくろ》が足下《あしもと》に倒れたか、わからない。

雨と血の重み、冷たさと疲労のせいで、両腕は鉛《なまり》のように鈍《にぶ》く垂れ下がっている。背中越しにミネルヴァのぜいぜいという息づかいが聞こえる。目がかすんで、敵の残りの数がよく見えない。雨粒のざわめきと、敵隊長のわめきちらす声との区別もつかない。

「囲み、破れるか？」

ミネルヴァの切れ切れの囁《ささや》きだけがようやく聴《き》き取れる。クリスは頭を巡《めぐ》らせる。半数は殺しただろうか。今なら崖《がけ》沿いに谷を走り抜けられるだろうか？

けれどそのとき、背後から聞こえてきた声と、闇《やみ》に浮かぶ無数の明かりとが、クリスを絶望の底に突き落とす。

「隊長、捜索《そうさく》に出てたやつら戻ってきました！」

「ぐずぐずしおって、手こずったわ！」

生け捕りの報奨金《ほうしょうきん》に目がくらんで捜《さが》しに出ていた者たちが、隊に戻ってきたのだ。クリスはミネルヴァの腕を引いて谷の出口へと——まだ百人隊の半数が固まっている方へと駆《か》け出した。突破できるかはわからない、しかし待っていれば挟撃《きょうげき》される。

「馬鹿《ばか》め、あぶり出されてきたわ！　迎え撃《う》て！」

クリスは獣の咆吼《ほうこう》をあげて槍衾《やりぶすま》の中に飛び込んだ。

——せめてミネルヴァだけでも。

腕や脇腹に食い込む槍《やり》を無視し、剣を振るう。乱れた隊列を騎士が必死に制する。

「無茶《むちゃ》をするな!」

ミネルヴァが悲鳴に近い声をあげる。もう、正面を力ずくで突き破るしかない。萎《な》えた腕で剣を持ち上げる。血と脂《あぶら》に塗《まみ》れた刀身が、何度目かの槍で突き折られる。屍《しかばね》から武器を奪《うば》い、泥《どろ》の中を這《は》いずり回《まわ》り、槍をかいくぐって兵の足を払った。

左腕はとうに冷たい無感覚の中に沈んでいた。腹をえぐられ、ぬかるみに膝《ひざ》をついた。ミネルヴァが悲痛な声で自分を呼ぶのが聞こえた気がした。騎士が高笑いをあげながらクリスを剣で指し、無数の穂先がクリスに迫った。

空《くう》を切る無数の音が聞こえたのは、そのときだった。

指揮官の騎士が、いきなり白眼を剥《む》き、口をあんぐりと開けたまま前のめりに倒れた。泥水がしぶきをあげる。

「隊長ッ?」「――ああああッ」「ぐァッ」

くぐもった声をあげて、兵たちが次々に倒れていく。身を起こしたクリスは、泥水と血で霞《かす》んだ視界の中、谷の向こうから闇《やみ》を裂《さ》いて飛んでくる幾筋《いくすじ》もの矢を見た。

「なんだ」「お、おい、どこから射《う》ってきてるッ?」「隊長が――」

背後からもうろたえた声が聞こえる。その声に恐怖が混じったのは、部下たちと折り重なるようにして倒れた騎士の向こう、木々の間に無数に灯《とも》る松明《たいまつ》が見えたときだ。

炎が照らし出す、旗印《はたじるし》。

「あ、あれ――」「嘘《うそ》だ、なぜ」「馬鹿《ばか》な……こんなところにッ」

浮かび上がる意匠《いしょう》は、卵を守るように抱きかかえ、しろがねに輝く翼を広げた――雌鶏《めんどり》だ。


「――殲滅《せんめつ》せよ！」


暗闇《くらやみ》と炎の合間から、凛《りん》とした声が響いた。女の声だ。水を跳《は》ね上げる足音がざわっと高まったかと思うと、クリスの視界に、長弓を構えた兵たちの姿が映《うつ》った。振り向くと、聖王国軍の傭兵《ようへい》たちが木々の間を散り散りに逃げていく。その背中に、雨にもまさる勢いで矢が射かけられ、甲冑《かっちゅう》姿が次々と倒れて斜面を転げ落ちていく。

クリスは地面に伏せたまま、呆然《ぼうぜん》とその様を見ていた。

すぐそばの朽《く》ちた木に、ミネルヴァが身を寄せて、青ざめた顔で荒い息をついている。

やがて「やめ！」の号令とともに、降り注《そそ》ぐ矢が絶える。さきほどと同じ、女の声。

ややあって、近づいてくる足音に、クリスはほとんど力の入らない手で剣を握《にぎ》ったまま振り向いた。

松明を持った侍従《じじゅう》たちと、一団の騎士に囲まれて、一人の――蜂蜜《はちみつ》のように色濃い黄金の髪を輝かせた若い女が、こちらに歩いてくるのが見えた。傲岸《ごうがん》そうな気品があふれ、激しい雨さえも、その女性のまわりにだけは降っていないように見えるほどだ。

先ほどの号令の主《ぬし》なのだろうか。だとしたら、これほど若い、しかも女が——

名高い銀卵騎士団《ぎんらんきしだん》の、指揮官だというのか。

信じられなかったが、疑う余地はなかった。女は衣《ころも》の上から胸と肩だけを覆《おお》う壮麗《そうれい》な装飾鎧《よろい》をまとい、タバードを上半身に巻きつけていた。その右肩には、ザカリア公の紋章が刺繍《ししゅう》されている。

クリスの脇を一団が通り抜けるとき、その女だけが、好奇心にあふれた視線をちらと向けてきたのに気づいた。取り巻きの男たちはクリスに目もくれず、「ミィナ、無事か！」「無茶《むちゃ》しやがって！」と口々に言いながらミネルヴァのところにまっすぐ向かう。

金髪の女が、騎士たちをかき分けるようにしてミネルヴァに最初に歩み寄る。

「ああ、ミィナ。ごめんなさいね。もっと早く来られれば、あなたの美しい肌がこんなに傷つかずに済んだのに」

血で汚《よご》れた紅髪《あか》を手で梳《す》きながら、金髪の女はからかうような声で言った。

「賭《か》けはあたくしの勝ちね。言ったでしょう、綺麗《きれい》なものは死ねないのだって」

ミネルヴァは鬱陶《うっとう》しそうに、その女の手を払いのける。

「黙れ。ほんとうにわたしは死ぬはずだったんだ。だから——」

「あら。わかってるわ。いいのよ。あなたが勝手に隊を抜け出したのも、あたくしたちを案じてのことだと言いたいのでしょう。負け惜《お》しみは聞きたくないわ」

「負け惜しみじゃないぞ！」

声を荒らげたミネルヴァは、傷に響いたのか、脇腹を押さえてうずくまってしまう。

「愉《たの》しい喧嘩《けんか》は後にしましょう、逃げた方たちが増援《ぞうえん》を呼んで戻ってくるわ。あなたたち、ミィナを馬車まで運んであげて」

「自分で歩ける！」

「だめ。あなたの珠《たま》のお肌も、なめらかな手足も、あたくしの財産よ。無理はいけないわ。ところでミィナ」

ようやく金髪の女は、振り向いた。その真っ青な瞳《ひとみ》と、クリスの視線が絡《から》み合う。

「あちらの可愛《かわい》らしい方はどなた？」

ミネルヴァもまた、こちらを見た。クリスが視線を移すと、ふいと目をそむける。

ようやく、今さらのように、クリスの胸の中でむずがゆい安堵《あんど》が生まれる。生き延びたのだという実感が、雨で冷えきった肌の下で広がっていく。

それはおそらく、ミネルヴァの恥じらう顔を見たからだ。

「――あれはわたしの奴隷《どれい》だ」

そう答えるミネルヴァの声を聞きながら、クリスは不意に押し寄せてきたなまあたたかい無気力に全身を浸《ひた》し、泥《どろ》に引きずり込まれるようにして気を失った。

THE SWORD QUEEN AND THE BRANDED CHILD

5 気《け》高《だか》き女《め》狐《ぎつね》

フランチェスカ・ダ・ザカリアは、様々な武勇伝で知られるが、中でも最も有名なひとつは、十五歳までに断った求婚が百を超えるという逸話《いつわ》である。

東方七公国の筆頭《ひっとう》ザカリア公の孫として生まれ、幼い頃《ころ》から才色兼備で知られたフランチェスカには、当然ながら祖父や父が見繕《みつくろ》った申し分ない血筋の婿《むこ》候補が大勢いたが、そのことごとくを彼女は袖《そで》にした。理由はどれも「つまらない男だから」であった。

破談《はだん》が百に届いたとき、さしもの温厚な老ザカリア公も、孫娘を呼びつけて詰問《きつもん》した。

『フラン。おまえはいったいどんな男なら満足なのかね』

『あたくしよりも強くて、あたくしよりも美しい方です』

『どちらかならいるかもしれぬが、両方は無理であろう』

『そんなことありませんわ。戦場にはいらっしゃるはず』

フランチェスカは騎士団の訓練場に顔を出すようになり、公爵家にとってはさらなる頭痛の種となった。

訝《いぶか》った父親は、部下である老練の騎士を呼びつけて訊《たず》ねた。

『フランは騎士団などに入り浸ってなにをしておるのだ。訓練を眺めておるのか』

『いえ。それだけではございませぬ』

『まさか訓練に参加しておるのではあるまいな』

『いえ。それどころか』

父親は腰を抜かした。フランチェスカは訓練を指導していたのである。

一年後、領地内で起きた大規模な暴動に、フランチェスカはわずか五十名の精鋭《せいえい》の騎士たちを率《ひき》いて出撃すると、電光石火《でんこうせっか》の用兵で教会に討ち入り、指導者的立場にあった司祭らを捕《と》らえ、ほぼ無血で鎮圧《ちんあつ》に成功した。

この噂《うわさ》はただちに諸国へ広まった。このときに囁《ささや》かれた数々の評判の様子について、こう表した詩人がいる。曰《いわ》く、雨乞《あまご》いの祈りのようであった。はじめに下々の者ども、農民や町民が喝采《かっさい》の盛大な火を焚《た》いて騒ぎ、少ししてから天上の貴族社交界がどんよりと黒く曇《くも》り、小言と陰口の雨を降らせ始めた——と。

公女にあるまじき蛮行《ばんこう》はよせと、父親も祖父も口をそろえてフランチェスカをたしなめたが、無駄だった。毅然《きぜん》としてこう答えたのだ。

『領地を護《まも》ることはザカリアの家に生まれた者のつとめです』

普段、滅多《めった》に怒らない老ザカリア公だが、ひとたび我慢の限界に達すると周囲の意見には耳も貸さず、とんでもない沙汰《さた》を下すことがあった。このときがそうである。引退を表明し息子にザカリア公爵の地位を譲ると、息子が暫定的《ざんていてき》に就《つ》いていた騎士団長の地位をフランチェスカに与えてしまったのである。

『もはや、道楽で騎士団を連れ回しているなどとは、内の者にも外の者にも言わせぬ。そのかわりに、騎士のつとめを果《は》たせぬときはそなたといえど軍規に従って罰するぞ』

『願ってもありませんわ』

こうして公爵家は愛娘《まなむすめ》を戦場に放《ほう》り出《だ》した。

あらためて城の中庭に騎士たちを呼び集め、フランチェスカは指揮杖《しきじょう》を手に言った。

『あなたたちは正式にあたくしのものになったわ。だから、あたくしにふさわしい騎士団の名と旗を決めることにしたの』

男たちは快哉《かいさい》を叫んだ。

銀の卵を抱いた雌鶏《めんどり》の旗印《はたじるし》が血煙《ちけむり》の空にひるがえり、王国全土にその勇名を轟《とどろ》かせるのは、それから三年後のことである。


「おれもその旗揚《あ》げの場に居合わせたわけよ。けつの穴が五倍に広がったかと思うくらい興奮したもんさ」

クリスの傷を縫《ぬ》いながら、若い軍医は銀卵騎士団《ぎんらんきしだん》の歴史について喋《しゃべ》り通しだった。火にかけられた鉄鍋の中で湯がたぎり、天幕の中は白い湯気でいっぱいになっているが、話に夢中で気づいていないようだ。ニコロと名乗ったその医者は行儀《ぎょうぎ》悪く肩まで伸ばした茶色い髪を無造作《むぞうさ》に後ろで束《たば》ね、片眼鏡を鼻にのせた優男《やさおとこ》で、とてもそうは見えないが薔薇《ばら》章を持つれっきとした騎士であるという。

「団長は実際には、美しいか強いか、どちらかだけの者も大好きなのさ。だから近衛《このえ》も若くて可愛《かわい》い子ばかりなんだな。ミィナ、パオラ、それから今はいないが……」

指を折りながら女の名前を数える軍医。クリスはしばらく呆然《ぼうぜん》としていた。あるまじきことが多すぎて、なにから驚いていいのかわからない。

——いったいなんなんだ、この騎士団は。

団長は十八歳の公女、軍医は遊び人の風体。ちょくちょく天幕をのぞきにくる連中も、育ちのよい騎士ばかりではなく目つきが悪い傭兵《ようへい》連中なのだが、捕虜《ほりょ》であるクリスに向けてくる視線には、敵意と同じくらいの好奇心が含まれている。

こんな空気の軍ははじめてだった。

飢えがないのだ、とクリスは気づく。戦《いくさ》や、金や、享楽《きょうらく》への飢え。どこの兵団にも漂う獣《けもの》臭さ。それが感じられない。あのミネルヴァなど、その最たる例だ。

——そうだ、ミネルヴァは？　無事なのか？　怪我《けが》をしていたはずだ。

「あの、先生」

「ニコロでいい」と軍医は笑って、それから急に頬《ほお》を引き締める。「いいか、この銀卵騎《ぎんらんき》士団《しだん》で『先生』という言葉を口にするな。それは死神よりおっかねえやつの呼び名だ」

そんなの知ったことではない。

「ミネルヴァは、どうしてるんですか」

「今頃《いまごろ》はパオラが看《み》てるだろ。女には女の衛生兵、ってな、フランチェスカが堅苦しいこと言いやがるんだ。みんなおれにまかしておけば身体《からだ》の隅々《すみずみ》まで診《み》て——っておい、どこ行くつもりだ寝てろ！　おまえはミィナよりよっぽど深手なんだから！」

立ち上がりかけたクリスは、ニコロに肩を引っぱり戻される。敷布に押しつけられ、全身の痛みに顔をしかめた。

「無事、なんですか？　あいつ、だいぶ怪我して……」

「おまえさんに比べりゃなんてことねえよ。なんなんだ、まったく」

クリスは天幕の染みだらけの布を見上げて、息をつく。

——無事なのか。よかった。

——ぼくはミネルヴァにしがみついていなきゃ、生きてけないんだから。

「おまえ王国の傭兵だろ。なんでそんなミィナの心配するんだ。ほんとに奴隷《どれい》なのか？」

寝返りを打ち、ニコロに背を向ける。

「なんだよ。教えてくれないのかよ。いいじゃねえか、どうせあとで根掘り葉掘り訊《き》かれるんだし」

顔の前に手をかざす。烙印《らくいん》は、もう皮膚《ひふ》の赤いひきつりに戻っている。ため息をついた。どうやらこの医者は、少なくともクリスが《星喰《く》らい》だと知らないようだ。

「ぼくは、ミネルヴァと戦って、……負けて、捕虜になったんです。それだけです」

「じゃあ、ミィナが言ってた『夜の色をした髪の、獣《けもの》の仔《こ》に殺される』ってのは——おまえのことか」

クリスは息を呑《の》む。

ミネルヴァは、予見のことを隊の者にも話していたのか。どこまでだろう。烙印《らくいん》については黙っていると約束した以上、クリスのことはあまり知られていないと信じたい。

「あいつ、今日が死ぬ日だっつって隊を飛び出してったんだぜ。みんな生きて戻る方に賭《か》けたから、賭けが成《な》り立たなかったもんよ。あいつを殺せるやつなんざいるもんか」

そうだ。獣の力ですら、殺せなかった。

いや、獣の力ゆえに、ミネルヴァは殺されなかったのか？　そこはわからない。

「でも、なんで生かして連れてきたんだろうな。おまえミィナとなにかあったの？」

「いや……それは……」

きっとこの馴《な》れ馴れしい医者も、クリスが獣だと知ったら、忌《い》むような目で見るだろう。そう思いながら、言葉を濁《にご》す。

けれどクリスが口ごもっていると、ニコロは、いきなりにやにやと笑って、「ああ、なるほど。そうか。そういうことがあったのな。ははあ。そりゃ言えないよな」と、得心《とくしん》したようにうなずく。なにか勘違いしたようだが、クリスは黙っているしかなかった。

「腹を五針縫《ぬ》った。ゆっくり立て。服、着られるか？」

血で汚《よご》れた自分の服ではなく、新しく用意された服に、腕を通す。なぜ捕虜《ほりょ》である自分にこんな上等な衣《ころも》を、と思いながら紐《ひも》を締めようとして、それに気づいた。

「なんですか、これ」

ちょうど胸のあたりにくるように、帯で留《と》められた美しい装飾剣。手首から肘《ひじ》までにも満たない長さで、柄《つか》には『雌鶏《めんどり》と卵』の紋章が彫り込まれている。

「フランチェスカの近衛《このえ》の隊章だよ。胸に巻かれてるのは、フランチェスカへの思いを心の臓にまで刻《きざ》めっていうしるし」

「な……に考えてるんですか！」

思わずクリスは声を荒らげていた。

「ぼくは捕虜なんですよ、なんで武器まで！」

「だから、フランチェスカがおまえを近衛に入れたがってるんだよ」

クリスは唖然《あぜん》とするしかない。近衛に入れる？

それは、つまり――この騎士団の一員になれということなのか？

――冗談《じょうだん》じゃない。そんなことになったら。

だれかが《星喰《く》らい》だと気づく。あるいは獣の烙印にさえ気づくかもしれない。仲間から憎悪され、呪《のろ》われる。それだけではない。ミネルヴァにすら獣の力が抑えられなくなったときに、またいつかのように、仲間を喰らってしまうことになるかもしれない。

それは、もう、いやだ。

だから、ミネルヴァの奴隷《どれい》として、他《ほか》のだれとも触れ合わずにいるつもりなのに。

「いいか近衛《このえ》だぞ？　団長と同じ天幕で寝起きだし、フランて呼んでも許されるし、場合によっちゃ着替えまで手伝わされるかもしれないってのに、なんで嫌がるんだ？　そんなに嫌ならおれと代わってくれ」

「ニコロ、治療が終わったのなら次はあなたのその口を縫《ぬ》ったらどうかしら？」

　不意の声に、床の短剣に手を伸ばそうとしていたニコロはびくっと肩を引きつらせる。

　クリスも驚いて振り向いた。狭い天幕の入り口に、金色の髪の少女が立っている。

「ごきげんよう、綺麗《きれい》な獣《けもの》」

　天幕に入ってきたフランチェスカは、すでに防具をすべてはずして、胸元の大きく開いたドレス風の表着姿《おもてぎ》になっている。とても戦場に出る服装とは思えない。サファイアの瞳《ひとみ》がぐっと近づいてくるので、クリスは思わず後ずさって天幕の支柱に背中を押しつける。

「隊章のことはニコロから聞いたのね？」

　そう訊《き》かれ、クリスは胸の短剣の柄《つか》に手をやり、声をしぼり出す。

「ぼくは聖王国軍にいたんだ。仲間にはなれない」

「あなたは傭兵《ようへい》なのだし、もう雇《やと》い主《ぬし》はいないのでしょう？」

　クリスは言葉を呑《の》み込《こ》んで、フランチェスカの可笑《おか》しそうな顔をにらみ、うなずく。

「ミィナがあなたを拾ってきたのよ。そして、あたくしはミィナの主君。だから、あなたはあたくしのもの。わかる？」

　耳からあごにかけてを、蠱惑的《こわくてき》な手つきでたどられる。冷たく柔らかな指先。

「あたくしには、星の数ほどの剣と兵があっても足りない。あなたも、必要なの」

「なんで――」声が喉《のど》に粘《ねば》つく。そもそも、この騎士団はなんなのだ。普通ならば城館の中でドレスと宝石と舞踏と噂話《うわさばなし》にうつつを抜かしているべき公女が、なぜ一軍を率《ひき》いて外征にまで出てくる？　父親から与えられた玩具《おもちゃ》で道楽でもしているつもりなのか。

フランチェスカは肩をすくめ、薄く笑った。

「道楽で、聖王国を倒そうなどとは思わないわ」

クリスは絶句する。聖王国を倒す？

知る限り、どれほど力ある豪族《ごうぞく》も、王国から領地や徴兵権《ちょうへい》や徴税権《ちょうぜい》を取り戻すために戦っているだけだった。王国を倒すなどと大言壮語《たいげんそうご》した者はいない。

それを、十八歳の小娘が――

そのとき、天幕の入り口が再び跳《は》ね上がった。

「フランっ！」

駆《か》け込んできたのはミネルヴァだ。袖《そで》とつながった肩衣《かたぎぬ》をはずしており、さらした白い肩も、血のにじむ包帯が巻かれた腰も、痛々しいくらい細い。とてもあの大剣を軽々と振り回していた《死神》とは思えない。

「勝手なことはするな、それはわたしのものだぞ！」

「ミィナの、なんですって？」

「わたしの奴隷《どれい》だと言ったじゃないか！」

「薔薇《ばら》章典範《てんぱん》で、戦利品の許可なき私有化は禁じられているわ。お忘れ？」

「う……」ミネルヴァはうろたえて天幕の柱に手をつく。「そいつは人間で、ものじゃないんだから、戦利品じゃ」

「ミィナが今さっき、『わたしのもの』と言ったじゃない」

「あ、あ……」

ミネルヴァは真っ赤になり、支柱をつかんだ手に力を込めた。みしみし、と木材が軋《きし》む音がして、青くなったニコロがミネルヴァに駆《か》け寄る。

「待った待った、おれの天幕ぶっ壊す気か！　落ち着けって、団長に口で勝てるわけないだろ、ミィナはただでさえ頭の回りが鈍《にぶ》いんだから」

ミネルヴァの拳《こぶし》が一閃《いっせん》し、ニコロはクリスのところにまで吹っ飛んできた。すんでのところでその長身を受け止めると、縫合《ほうごう》したばかりの傷口に鈍い痛みが浮かぶ。

「悪い悪い助かった……」

そう言って起き上がろうとするニコロの顔は鼻血で真っ赤に染まっている。

「もう一度言ってみろ、頭の回りがよくなるように首を二回りねじってやるから！」

ミネルヴァはそうわめき、それから痛みに顔をしかめて脇腹に手をやった。そのとき、またも天幕に飛び込んできた人影がある。

「ミィナさん！　いけません、まだ手当て終わってないんですから！」

青い幅広のショールにつばなし帽は、おそらく衛生兵の服装なのだろう。ミネルヴァと同い年かそれよりもさらに年下に見える、まだ面差《おもざ》しに幼ささえ残す栗毛《くりげ》の少女だった。天幕の中の惨状を見回して、それから主《あるじ》の存在に気づき、青ざめて口に手をあてる。

「あ、フランさまっ、申し訳ございません」

「パオラ。ミィナを診《み》るときには首に縄《なわ》でもつけておきなさいと言ったでしょう。滅多《めった》に怪我《けが》をしないものだから、薬のにおいがきらいなのよ」

「わたしは犬じゃないぞっ」ミネルヴァが憤慨《ふんがい》する。

「そ、そうではないんです、フランさまが捕虜《ほりょ》の方を入隊させるというお話をしたら、急に飛び出していって……」

パオラと呼ばれた少女は、おどおどと二人の顔を見比べながらミネルヴァのために申し開きをする。ニコロがクリスの耳元で囁《ささや》いた。

「おまえら二人、そっくりだな……」

ミネルヴァが弩《おおゆみ》の矢のような視線をニコロの額《ひたい》に突き立てるので、医者は情けなくもクリスの背中に隠れた。

フランチェスカが腕組みして言った。

「ミィナはどうして、その綺麗《きれい》な獣《けもの》をとられたくないの？」

「どうして、って！」

ミネルヴァはクリスを、そして他《ほか》の二人の顔を見やって、口ごもる。

「だから。……そいつは、わたしの近くに置いておかないと、だめなんだ。他のやつの近くだと危険だし……」

「離れられない間柄なのね？」

「そういう言い方をするな！　そんな意味じゃない、そいつはただの道具だ！」

——なんの話をしてるんだ、こいつらは。

クリスがあきれていると、ニコロが懲《こ》りずに口を挟《はさ》んだ。

「毎晩夢に視《み》てた男なんだろ。それは当然——」

ミネルヴァの投げつけた手甲《てっこう》がニコロの額《ひたい》に激突し、医者はひっくり返った。フランチェスカはため息混じりに言う。

「パオラ、ニコロの手当てをしてあげて。いくら自称名医でも、自分の顔は治療できないでしょうよ。さ、いらっしゃい、綺麗《きれい》な獣《けもの》」

クリスとミネルヴァだけを連れ、フランチェスカは宿営地の中を横切って歩いていく。

夕暮れの空に粥《かゆ》を炊く湯気が何本も立ちのぼっている。あれからさらにもう一日たって、夜が巡《めぐ》ってきたらしい。

立ち並ぶ天幕のそばで火を囲んでいた兵たちが、通りかかったフランチェスカに会釈《えしゃく》し、それからクリスをにらむ。ひそめた声がいくつも聞こえた。

その中にクリスは、《星喰《く》らい》という言葉を聞き取り、身を固くする。

——知っているやつがいる。

——公国軍にも、知られているのか。

「あなたたち、この獣さんのことは知っているの？」

フランチェスカが足を止めて、火のそばの部下たちに訊《たず》ねた。

「知ってますよ。有名なやつでさァ」

「そいつの鎧《よろい》見ましたか、団長。どこをとっても一級品だが、全部つぎはぎだ」

「伯爵紋入りとか、貴婦人の絵が裏にはめ込んであるのとか、教会の魔除《まよ》けが縫《ぬ》いつけてあるのとか、なあ。よくも集めたもんだ」

クリスは目をそむけてしまう。

「あっちこっちの、名の通った将軍だの騎士だのを殺して奪《うば》った品らしいですよ」

「《星喰らい》ってな。おれたちよりもむしろ王国の連中が聞いてびびる名前だ」

「そいつがいる部隊はきまって全滅するとかって」

棘《いばら》だらけの視線がいくつも、クリスを突き刺した。目をそらしても、肌の痛みのように感じられる。

「ミィナ、なんで生かして連れてきたんだ。おまえを殺そうとしたやつなんだろ」

「そうだ。手足でも斬《き》り落として戦場に転がしときゃよかったものを」

ミネルヴァがなにか言いかけたとき、フランチェスカが手を持ち上げてそれを制した。

「この子はあたくしの近衛《このえ》に入れるわ」

男たちが一斉《いっせい》に腰を浮かせた。離れたところで聞き耳を立てていた者も、息を呑《の》み、立ち上がりかける。

「団長、正気ですか！」

大きな頬傷《ほおきず》のある、最も年嵩《としかさ》の兵が、ほとんどフランチェスカにつかみかからんばかりの勢いで食ってかかった。

「こいつは不吉だ、団に入れるなんてとんでもねえ！」

「うちに置いといたらなにが起きるかわかったもんじゃねえ」

「仲間殺しだ」

何度も聞いた言葉が、クリスの胸を浅く穿《うが》つ。当たり前の反応だった。

――だから、やめてくれ。

――ぼくは奴隷《どれい》でいい。納屋《なや》に転がされて錆《さ》びた鋤《すき》と同じでいい。

――同朋《どうほう》になんて、しないでくれ。

「あたくしが信じられないの？」

フランチェスカが、ぞっとするほど朗《ほが》らかな声で言って、首を傾《かし》げた。口々にクリスを罵《ののし》っていた兵たちも、ぐっと言葉を喉《のど》に詰まらせて色を失う。

「このフランチェスカ・ダ・ザカリアが鍛《きた》え、率《ひき》いて戦う銀卵騎士団《ぎんらんきしだん》が、こんなかわいそうな獣《けもの》の仔《こ》一匹の運んでくる凶事とやらに負けるとでも思っているの？」

兵たちは気圧《けお》され、顔を見合わせ、それから土に膝《ひざ》をついて団長に頭を垂れた。クリスは愕然《がくぜん》とする。

平伏《へいふく》した部下たちを見下ろし、さらにフランチェスカは言う。

「矜持《きょうじ》を抱くのを忘れぬようにと、いつも言っているでしょう。あなたがたの旗にも、あなたがたの主《あるじ》にも、あなたがた自身にもね」

フランチェスカは踵《きびす》を返して歩き出す。ミネルヴァがふくれっ面でその後を追う。

「見ろ。近衛《このえ》に入れるなどと言うからだ。こいつは狂犬みたいなものだぞ、縄《なわ》でつないで奴隷にしておくしかない」

ミネルヴァも困り果《は》てているのがクリスにはわかった。もしクリスが騎士団に害を為《な》すとわかったときには、殺すつもりだったのだ。同朋となってしまったら、そんなことはできない。

「ミィナはそんなにこの綺麗《きれい》な獣を独《ひと》り占《じ》めしたいの？」

「そんなこと言ってないッ」

「あの、フランチェスカ」

二人にだいぶ遅れて、天幕の間の暗がりを歩きながら、クリスは声をかける。

「フランとお呼びなさい。あなたはそれが許される五人目なのよ」

振り向き、指をつきつけてくる公女。クリスは胸に手をやり、そこにくくりつけられた装飾剣をぎゅっと握《にぎ》り、帯を引きちぎって、フランチェスカに向かって突き出した。

「なんのつもり？」

立ち止まり、首を傾げて、獲物《えもの》をなぶる猫のような目でクリスを見据《す》える。

「仲間には、なれない。ぼくは、どこでも忌《い》み者だったし、あんなふうに言われてまで」

ふと気を緩《ゆる》めたら、獣《けもの》の烙印《らくいん》のことまで打ち明けてしまいそうだった。自分はほんとうに人の命を啜《すす》って生きる獣なのだ、と。けれど、それはできない。ミネルヴァのそばにいられなくなる。

「それはどうでもいいの。今のあなたを、どうするかでしょう」

斬《き》り捨《す》てられ、クリスは言葉を失う。

「ミィナのそばにいなければいけない理由があるのではなくて？」

フランチェスカの見透かすような視線と、ミネルヴァの冷たい鉄塊《てっかい》を押しつけられるような視線とに挟《はさ》まれて、クリスは曖昧《あいまい》にうなずく。

「ミネルヴァの、そばには、いたい、けど……」

「おッ、おまえもッ、もう少し言葉に気をつけろ！」

頬《ほお》を染めたミネルヴァに肘《ひじ》打《う》ちを入れられ、クリスは目を白黒させる。

——なんで怒ってるんだ。だって、ほんとうのことじゃないか。

——ぼくはこれからずっと……

——ミネルヴァの命運を喰《く》っていかなきゃいけないんだから。

「あら。まあ、まあ」

フランチェスカはわざとらしく目を丸くして、ミネルヴァに笑いかけ、また歩き出す。

「素敵ね、ミィナ。あたくしもあんなことを言われてみたいわ」

手をはねのけ、フランチェスカのさらに二歩先を行くミネルヴァ。

「理由は、言えないのね？　二人とも」

フランチェスカの問いに、ミネルヴァは鼻を鳴らし、クリスは首を振る。

──言えるわけがない。

──ぼくが、ほんとうにまわりの人間の命運を喰らう獣だなんて、言えるわけがない。

「まあいいわ。とにかくあたくしは決めたの。この子が気に入ったから近衛《このえ》に入れる」

通り抜ける脇で火にあたっている兵たちが、クリスをにらみながら、「近衛……」「あいつが？」──「なんでだ」「また団長が無茶《むちゃ》を……」と口々に囁《ささや》くのが聞こえる。クリスはいたたまれなさで、足下《あしもと》に視線を落とす。

──こんな日と言葉とに囲まれた中で。

──仲間として戦えるわけがないじゃないか。

「だいいちこの綺麗《きれい》な獣は、戦う以外に能がないでしょう」

フランチェスカに言われ、クリスははっとする。

「奴隷《どれい》といってなにをするつもりだったの？　一日中ミィナの髪を梳《す》いてあげるとか？」

「い、いや、だからっ、その」ミネルヴァはしどろもどろになる。

「あたくしのそばに置くのが、いちばん文句が出ないわ。ミィナのそばにもいられるのだし。それくらいわかりなさいな」

クリスはじっと黙って、フランチェスカの言ったことを考える。

たしかに、その通りかもしれない。どのみち、《星喰《く》らい》であることは知られてしままった。この団にいる限り、首に縄《なわ》をつけられていようと、剣を握《にぎ》っていようと、忌《い》まわしい目で見られることにはかわりがない。それなら——

クリスはうなずく。フランチェスカは満足げに目を細めてうなずき返してきた。

どす黒い気持ちで、胸の短剣を押さえる。

——ぼくに、だれかを護《まも》るなんてこと、できるのか。

——そばにいるというだけで命を蝕《むしば》む、獣《けもの》なのに。

もし新月の夜に、ミネルヴァでも抑えられないほどの獣の飢えがやってきたら。

そのときは、またひとりで逃げよう。それしかない。

ミネルヴァがむっとした顔で口を挟《はさ》んだ。

「近衛《このえ》に入れるなんてジルベルトに無断で決めたら、あいつ怒るぞ」

「近衛隊長だからって、あたくしの決定に口は挟ませない。それにジルは今いないもの」

「いない？　どうして」

「敵陣に潜《もぐ》り込んでもらってるの。そろそろ戻ってくるはずだけれど」

「敵陣に？　なんでそんな、我々は撤退《てったい》中だろうが！」

フランチェスカはミネルヴァの肩をつっついた。

「どうしてあなたたちが谷を突破できたと思うの？　ジルに金貨を持たせて、《塩撒《ま》き》を生け捕《いど》りにしたら報奨金《ほうしょうきん》、と広めさせたのよ。だからあんなに手薄だったの」

ミネルヴァはあんぐりと口を開けて、足を止めてしまった。クリスも同じだった。

そうだ。二人を追っていた敵兵が言っていた。将軍コルネリウスとはべつに、ミネルヴァに報奨金をかけている者がいる、と。

――待ち伏せの兵力を分散させるために、そんな手を。

敵軍に金貨をばらまくとは、大胆《だいたん》にもほどがある。

「だから、ジルが戻ってきたら感謝なさい」

フランチェスカの幕屋《まくや》は、予想以上の豪華さだった。貴族の寝室をまるごと無造作《むぞうさ》に麻袋に詰めて持ってきたかのようだ。全身が埋まりそうな羽毛詰めの寝具、支柱の間に渡された巨大な金銀の旗。公爵家のものと、騎士団のものだ。枕元《まくらもと》には、鎧《よろい》のかわりにドレスが何着も吊《つる》されている。

おまけに、運び込まれた食事が、目を剥《む》くようなものだった。

「なにも食べていないのでしょう。お座りなさいな」

種入りの柔らかいパンも、塩漬《づ》けにされていない肉も、行軍《こうぐん》中に食べたことなど一度もなかった。美味《うま》いのかもしれないがクリスの口に合わない。しかも食事を摂《と》るさまをフランチェスカとミネルヴァにじろじろ見られるので、遠慮して飲み物とチーズだけ口にする。ワインも酸《す》っぱくなっていない上々の物だった。おそらくこの騎士団、移動式の醸造器《じょうぞうき》を所有しているのだろう。

それにしても、とクリスは目を上げて思う。この二人、軍にいることを忘れてしまうほどに食事の作法がしっかりしている。パンは手でちぎるし、口になにか入っていても片頬《かたほお》がふくらんで見えたりしない。フランチェスカはわかるが、ミネルヴァまで？

——こんな、奇妙な居心地の悪さは、はじめてだ。

食事が終わるとフランチェスカがさらにとんでもないことを言い出す。

「真ん中にあたくし、左側にパオラで右側にミィナがいつも寝ているから、あなたは足下《あしもと》にでも寝て」

「ま、待てっ」クリスよりも先にミネルヴァが色を失う。「寝所《しんじょ》も一緒にするつもりか」

「だって近衛《このえ》ですもの」

「ジルベルトはいつも外じゃないか、こいつは男なんだし——」

「あれはジルがいやがるからよ。あたくしは美しい者ならべつに男だろうと女だろうとかまわないわ。こんな綺麗《きれい》な獣《けもの》を足に敷いて眠るのは素敵なことじゃなくて？」

クリスは唖然《あぜん》としっぱなしで、口を挟《はさ》めない。頭が痛くなってきた。

——正気なのか、この女は。

「フランがよくてもっ、パオラだっていやがるだろう」ミネルヴァが必死に言い返す。

「あら。ミィナはいやじゃないのね？」

「そんなことは言ってないッ」

そのとき、天幕のすぐ外に足音が聞こえた。クリスは反射的に、今は帯びていない腰の剣をまさぐった。その規則正しい足音が、女二人の言い合う声にまぎれそうなほどなのに、重武装の金属音を含んでいたからだ。

手練《てだ》れの戦士の足音だ。

「フラン様。戻りました」

振り向いたときには、天幕の入り口に長身の影が立っていた。短く刈り込んだ灰色の髪に、磨きあげた鋼《はがね》の玉のような目。冷たく整った顔は、薄氷の張った深い湖を思わせる。黒く塗《ぬ》った鎧《よろい》の上からでもその鍛《きた》え上げられて引き締まった四肢《しし》が見て取れる。しかし、なにより目を引くのは、腰に佩《は》いた太刀《たち》だ。反り身の美しい片刃には合う鞘《さや》がないのだろう、つないだ当て革で刀身を支えている。

「お帰りなさいジル。ねえ、今ちょうどミィナと話していたの、寝床《ねどこ》を増やそうかと」

男は研《と》ぎ澄まされた太い釘《くぎ》のような視線をミネルヴァに、それからクリスに突き刺し、主人に目を戻す。腰には、クリスに与えられたものと同じ、騎士団の紋章入りの短剣を差している。それでは、この男が近衛隊長のジルベルトなのだろう。

「近衛が増えたの、それで寝所が手狭《てぜま》になって」

「そのようなお話は国に帰ってからにしてください」

ジルベルトは主君の愉《たの》しそうな声をにべもなく遮《さえぎ》った。さらに声を険しくして続ける。

「二方面から追撃《ついげき》が出ています。あと一刻《こく》もすれば追いつかれるでしょう」

THE SWORD QUEEN AND THE BRANDED CHILD

6 撤《てっ》退《たい》戦

幕屋《まくや》の床にフランチェスカが地図を広げ、ジルベルトがそこに丸石を二つ置く。宿営地のある丘陵に向かって、クリスたちが抜けてきた谷から一隊、南西の陣からもう一隊。

「兵種と数は？」とフランチェスカがジルベルトの顔を見る。

「どちらも騎馬隊二千あまり」

そう聞いて、クリスは拳《こぶし》を固くする。

――合わせて四千。ここの四倍だ。すべて騎馬隊だとすると、逃げ切れない。

「だいぶ大盤振舞《おおばんぶるまい》ね。あたくしたちだと気づかれてしまったかしら」

「おそらく。だいぶ金貨を撒《ま》きましたので。申し訳ございません」

「ジルが気にすることないわ。おかげでミィナが無事だったのだもの」

フランチェスカは天幕の外に顔を出すと、大声で撤収《てっしゅう》指示を出した。具足《ぐそく》をがちゃつかせた足音がいくつも散っていく。クリスは自分の二の腕にきつく指を巻きつけて、爪先《つまさき》を凝視《ぎょうし》しながらそれを聞いていた。

――ぼくがやってきたからだろうか。

まだ新月を少し過ぎたばかりだ。獣《けもの》の力の残滓《ざんし》が、また凶運を呼び込んだのか。

幕屋《まくや》の外ではフランチェスカの命じる声が続いている。あわただしい物音は増えるばかりだ。ジルベルトはミネルヴァに一歩寄った。少女は気まずそうに視線をそらす。

「いつ戻った」

「……昨日」

「おまえがなにを視《み》ようと知ったことじゃない。だが、おまえは団を捨てて逃げたんだ」

ミネルヴァは自分の腕に爪《つめ》を立てる。クリスは思わず、それはちがう、と言いかけた。

「わかっている。罰は受ける」押しとどめるように、ミネルヴァが低い声で答えた。

「その権限は俺《おれ》にはない。フラン様はなんと」

「その綺麗《きれい》な獣《けもの》をあたくしに差し出すというので、赦《ゆる》したわ」

フランチェスカが戻ってきて、ことさら明るい声で言った。

「さ、逃げるとしましょうか」

ジルベルトは、クリスを指さした。

「その男をなぜ幕屋にまで入れているのです。敵兵でしょう。斬《き》るべきです」

「待てジルベルト、これはわたしの奴隷《どれい》なんだ、捕虜《ほりよ》にして――」

「可愛《かわい》いから近衛《このえ》に入れることにしたのよ。ジルが色々と教えてあげなさいな」

「外で兵に聞きました。戯《たわむ》れはおやめください。その男が何者かご存じないのですか？デクレヒトやラボラジアを実質上、ひとりで陥落《かんらく》させたといわれている男ですよ」

「聞いているわ」

フランチェスカのさらりとした返答に、クリスは喉《のど》をこわばらせる。

「なぜ『ひとりで』なのかも？」とジルベルトは目を細める。

「ええ。十数回の潜入作戦をすべて成功させ、他《ほか》の潜入隊が全滅したにもかかわらず、ひとり生き残って帰還したからでしょう」

――そこまで知っていたのか。

――それじゃあ、ぼくが黙っていても、無駄じゃないのか。

原因は知られていないにしても、近くにいればなにが起きるのかは、もう知られている。足先が、ひたひたと冷たい水に浸《ひた》っていくような感覚がやってくる。三人ともから、目をそむけてしまう。

「《星喰《く》らい》なんて迷信を、ジルも鵜呑《うの》みにしているの？」

「迷信のことではありません。可能性の話です。その男は自分が生き延びるために仲間を殺していた可能性が」

クリスの頭のどこかが、かあっと熱くなった。身体《からだ》は勝手に動いた。つかみかかろうと伸ばした手の先で、ジルベルトがまったく眉《まゆ》ひとつ動かさずに手を剣の柄《つか》に走らせ、次の瞬間、視界を光の筋が真っ二つに断ち割った。

伸ばした手をつかまれ、震《ふる》わせたまま、クリスは愕然《がくぜん》としていた。

半《なか》ばまで抜刀《ばっとう》しかけた腕を押しとどめられ、ジルベルトさえも顔を歪《ゆが》めている。

二人の間に漂う、紅《くれない》の髪が、細い肩に落ちかかる。

「やめろ、ばか！」

ミネルヴァがクリスの手をねじり上げる。動く気配すらなかったのに、まるでたった今そこに炎が立ちのぼって人の形に固化《こか》したかのように、二人の間に割って入ったのだ。

「ジルベルトもだ、おまえは──」

ミネルヴァがあちらに食ってかかる声も、途中からクリスには聞こえなくなる。

──ぼくは、今、どうしようとしていたんだ。

──自分が生き延びるために、仲間を殺した。

──否定しようとしたのか？　それは獣《けもの》のせいだと言おうとしたのか？

──だって、その通りじゃないか。ぼくは、ぼくは……

「見ろ。獣の眼だ」

刃《やいば》をおさめながら、ジルベルトは一歩退《ひ》いて、クリスをねめつけてくる。

「そんな凶暴な獣をフラン様のそばに置けるか」

「これはわたしのものだ！」ミネルヴァがジルベルトに詰め寄る。「わたしがつなぎ止める。わたしが飼い慣らす。なにかあれば、わたしが殺す。他《ほか》のだれも傷つけさせない」

「なぜそこまでする。この男とは、戦場で逢《あ》ったばかりなんだろう」

「理由は、……言えない」

ミネルヴァはうつむき、クリスは唇を噛《か》む。

「でもっ、妙な勘違いをするな、こいつは道具なんだ、こいつじゃないとできないことがあって、それでっ、それだけだから！」

　そのとき、あわて気味の足音が幕屋《まくや》の入り口を跳《は》ね上げて駆《か》け込んできた。

「フランさま、あ、あたしが旗持ちってほんとですかっ？」

　振り向くと、さきほどの衛生兵の少女、パオラだった。天幕の中の剣呑《けんのん》な空気に鼻先を触れさせて驚いたのか、のけぞりかける。

「あ、あ、あのっ？」

「いいのよパオラ、入って」

　フランチェスカが手招きする。

「準備ができた十人隊から離脱《りだつ》するわ。だからパオラ、隊旗を持って先導なさい」

　そう言ってフランチェスカは柱にかけられた雌鶏《めんどり》と卵の旗を外し、マントのようにしてパオラの肩にかける。

「あ、あたしが？」

「麗《うるわ》しい女がみんな残っていては、男たちが動きづらいでしょう。行きなさい」

「フラン様は先導されないのですか」とジルベルト。

「あたくしはしんがり。退却のときに将が真っ先に逃げたら敵にも味方にも笑われるわ」

　クリスは目を剥《む》いてフランチェスカとジルベルトの顔を見比べる。

　——指揮官がしんがり？

　けれど、さらに驚いたことには、ジルベルトもミネルヴァも、あきらめたようにため息をついてうなずいたのだ。

「あ、あのっ」

旗を手に幕屋《まくや》を出ていこうとしたパオラが、振り向いて言う。

「近衛《このえ》、増えたんですよねっ？　あ、あとで、ちゃんと、クリスさんが来たお祝いしましょうね、みんなそろって」

「さっさと行け。フラン様は命にかえてでも無事にお届けする」

ジルベルトがにべもなく言った。

「そ、そういうことじゃなくてっ、みんな無事で――」

外で兵たちがパオラを呼ぶ声がした。

少女は潤《うる》んだ大粒の瞳《ひとみ》で一同を見渡すと、ぱっと踵《きびす》を返して幕屋を走り出ていく。

「もうあらかた脱出したぞ！」

吹きすさぶ夜風《よかぜ》の中でニコロが叫んだ。クリスは驚いて宿営地を見回す。篝火《かがりび》がさんざん焚《た》かれ、設営されたままますべて手つかずで残された天幕を照らしている。

「おれの毛布とか敷布は高いんだけどな……買い直しか、やれやれ」

さして痛手でもなさそうにニコロがため息をつく。

――設備を捨てて退却するのか。

それでも騎兵のみの敵であれば、いずれ追いつかれるだろう。宿営地の手前に陣を張って迎撃《げいげき》するべきではなかったのか、と傍《かたわ》らのフランチェスカの涼しげな顔を見やる。

「あたくしたちは今、負け戦《いくさ》で逃げているところよ。こんな無駄な戦いで、あたくしの可愛《かわい》い兵たちを一人だって失いたくないわ」

見透かしたようにフランチェスカが笑った。

宿営地に最後に残ったのは、クリスたち近衛を含めて、百人ほどだ。近づいてくる騎馬隊の、蹄《ひづめ》が起こすかすかな地響きが足に伝わってくる。

「火の用意を。急いで」

フランチェスカの指示で、その百名もほとんどが天幕のあちこちに散っていく。

——火？　そうか、大多数が脱《ぬ》けだした後なのを気取《けど》られないように。

——篝火を増やして、まだこっちが宿営地に残っていると見せかけるつもりなのか。

真っ暗な地平に灯《とも》る火が見える。ジルベルトの言った通り、二手からだ。

——子供だましじゃないか。宿営地が空《から》だとわかったところで、先行したパオラたちに追撃《ついげき》がかけられて、おしまいだ。

「おれは隠れてるからな。戦いたくねえ。敵を近づけさせんじゃねえぞ」

ニコロはおたおたと医療道具を布包みに押し込みながら言う。

——なんで軍医まで残ってるんだ。

クリスの訝《いぶか》しげな視線に気づいたのか、ニコロは自分の胸を親指でさして言う。

「おれがいなかったら怪我人《けがにん》出たときどうするんだよ！」

クリスはあきれ果《は》てる。戦《いくさ》のさなかに怪我人の傷を縫《ぬ》っている余裕などあるとでも思っているのか？

「それにパオラがいないだろ。団長やミィナが怪我したときに、おれが診《み》られる千載一遇《せんざいいちぐう》の機会ってわけよ」

「あたくしが傷ひとつでも負《お》うような事態なら、ニコロはとっくに死んでいるわ」

好色《こうしょく》そうに笑う医者に、クリスはあきれを通り越して目まいを覚える。

金色の髪が可笑《おか》しそうに揺れる。

「そもそもなんでフランチェスカが残る必要があるんだよ」

クリスは思わず、その背中に訊《たず》ねてしまう。

「フランと呼べと言ったはずよ。ジルとミィナとあなたが、護《まも》ってくれるでしょう？」

「そんなことは訊《き》いてな――」

「御託《ごたく》はいい、さっさと武器を確かめろ」

ジルベルトににらまれ、クリスはしかたなく、地面に何本か並べられた剣や槍《やり》をあらためる。これまで使ってきた剣は拵《こしら》えも鍛《きた》えも見事なものだったが、ミネルヴァに叩《たた》き折られてしまった。支給されたものはどれも比べるべくもない凡庸《ぼんよう》な品だ。

――もういい。考えるのはやめよう。

長剣の一本を取り上げて刃《やいば》の付け根を指でたどる。

——ここにはミネルヴァだっている。戦うしかない。

自分の剣は、だれかを護るために使えるのだろうか、とクリスは思い、頭を振ってそのくだらない考えを払い落とした。

——ぼくは獣《けもの》だ。いつものように、近づくやつを喰《く》らって……

——噛《か》み殺《ころ》すだけだ。

「フラン様のそばで妙な真似《まね》をしてみろ。首を叩《たた》き落《お》とす」

ジルベルトの声が背中に落ちてくる。クリスはうなずいて立ち上がった。

ミネルヴァと目が合う。大剣を手に、フランチェスカのすぐ隣に立っている。ほんの一瞬、哀《かな》しげな目をした。紅《くれない》の髪が風に巻かれ、その顔を覆《おお》い隠す。

旗持ちの兵が、公爵家の旗をつけた高い竿《さお》を地面に突き立てた。

——まさかこの場で迎え撃《う》つつもりか？　せめて天幕から離れたところで……

「火矢をかけられる心配なら、ないわ。来るわよ」

フランチェスカの言葉に、クリスははっとして、迫る蹄《ひづめ》の音の方へと身を向けた。

鬨《とき》の声《こえ》が聞こえた。それを突き破るような大地の轟《とどろ》き。夜を切り裂《さ》いて降り注《そそ》ぐ矢。紅《あか》い炎の尾を引いて、ミネルヴァが走り出す。正面の天幕が蹴《け》り散らされ、いななきとともに何百もの騎兵が姿を現す。

「ザカリアの旗だ！」

「公女フランチェスカだ、捕《と》らえろ！」

「聖王家に刃向かう女狐《めぎつね》めが！」

「聖都《サンチユリオ》に連れ帰って見せしめにしろッ！」

罵声《ばせい》を散らし矛槍《ほこやり》を振り回しながら迫る騎士たちの中に、ミネルヴァの小さな影が飛び込む。大剣が篝火《かがりび》にきらめき、次の瞬間、土や鮮血や折れた槍や引きちぎられた馬の首をも巻き込んだ竜巻が立ち上がる。

「なッ」「なんだこいつはッ」「ひるむな、囲め、囲め！」

絶え間なく振り下ろされる刃《やいば》の中を、髪の毛一筋でかいくぐりながら、ミネルヴァは白い衣《ころも》の袖《そで》を闇《やみ》に踊らせ、剣を風車のように振るう。鎧《よろい》ごと断ち割られた騎士の胴体が飛び、悲鳴が馬をさらに怯《おび》えさせ、先陣が散り散りになる。

「え、ええい、かまうな！　敵は陣も組んでおらぬではないか、あらかた逃げ出したのを確かめておる！　隊列を組んで蹴散《けち》らせ！」

兜《かぶと》に長い尾羽を立てた指揮官らしき騎士が剣の先でフランチェスカを指してわめく。一斉《いっせい》に拍車がかかり、蹄《ひづめ》の音が再び雪崩《なだれ》のように響いた。ミネルヴァが軍馬の前脚に蹴《け》り上《あ》げられ、その小さな体躯《たいく》が跳《は》ね飛ぶ。

「ミネルヴァっ」

駆《か》け出そうとしたクリスの肩に、だれかの手が強く食い込む。

「勝手に突っ込むな、斬り込《こ》み役は一人だけだ！」ジルベルトの声が首筋に突き刺さる。

「そんなこと言ってる場合かッ」

「持ち場を守れ、あれはひとりで戦える！」

ジルベルトの言う通りだった。跳ね飛ばされた白い影は空中で回転して着地し、突き出された槍と逆側から薙《な》ぎ払《はら》われた矛を地面にへばりつくようにして躱《かわ》す。次の瞬間には大剣が馬体と騎兵の身体《からだ》とを真下から真っ二つに斬り上げている。

クリスは、ミネルヴァの顔やむき出しの肩を汚す血が敵のものだけではないのに気づきながらも、ぐっと息を腹に押し込んで剣を低《よ》く構えた。脇の天幕の間から、第二陣、第三陣の騎馬隊が松明《たいまつ》の火を掲《かか》げながら飛び出してきたからだ。

「ザカリアの女狐！　手下どもはとうに逃げたぞ、明かりだけ担《かつ》いで散り散りになっていくところは笑いものであったわ！　これ以上恥をさらさず、おとなしく降《くだ》れ！」

先頭の騎士の槍をクリスは受け流し、そのまま脇腹に刃を突っ込んだ。肉をえぐる感触。うめき声をあげて一番槍は馬から転げ落ち、甲冑《かっちゅう》が鈍《にぶ》い音を立てる。次の槍を手の甲で弾《はじ》いてすんでのところでいなしながら、背後を見やる。

ジルベルトの戦いぶりはミネルヴァとはまったく逆の意味で戦慄《せんりつ》を誘うものだった。数騎に囲まれてめった打ちにされながら、ほとんどその場から動いていないのだ。あの透き通るような刃の太刀《たち》が滑《なめ》らかに動き回り、すべての槍を受け流し、馬の前脚を叩《たた》き斬る。そのジルベルトのすぐ背後には、フランチェスカが毅然《きぜん》として立ち、空《くう》を見つめている。

――いや……目を閉じてる？

――なにをしてるんだ。ここまで迫られているのに。

——ぼくとジルベルトを、そこまで信じているのか。

敵の目標がフランチェスカに絞《しぼ》られ、生《い》け捕《ど》りにしようとするために火矢も使えず、立ち並ぶ天幕のせいで敵の侵攻経路が限定されている。迎撃《げいげき》のための布陣？　そこまではいい。しかしこれからどうするというのだ。

——ほとんどが離脱《りだつ》した。ぼくらも長くは保《も》たない。

クリスは歯を食いしばり、考えるのをやめた。今は、敵兵たちに呑《の》み込《こ》まれて姿さえ見えない、ミネルヴァのことだ。なるべく一人でも多く殺して。殺して。殺して。だれもミネルヴァを傷つけないように、この地を、動く者のない血の海に。

視界の端から飛んできた一撃が肩当てを剥《は》ぎ取《と》る。衝撃《しょうげき》で膝《ひざ》をついたところに重たい脚絆《きゃはん》の蹴《け》りが飛ぶ。血を吐いてのけぞりながら斬《き》り払う。一騎が兜《かぶと》の間から血しぶきをあげて倒れ、それを押しのけるようにしてもう一騎がクリスを突き飛ばし、目を閉じたままのフランチェスカに襲いかかる。ジルベルトが振り向いた。太刀《たち》の剣先が軍馬の喉《のど》をえぐるが、槍《やり》から剣に持ち替えた騎士がそのままの勢いでフランチェスカに向かって飛び降りる。

まずい、間に合わない——

空《くう》を裂《さ》く音が疾《はし》った。

騎士の身体《からだ》が空中でのけぞる。クリスの足下《あしもと》にどうと倒れたその男の顔に、深々と二本の短剣が突き刺さっている。

さらに、かがみ込んだクリスの頭上を飛び過ぎる殺気。眼球を短剣で貫《つらぬ》かれた装甲騎兵たちが、一人、また一人と倒れていく。クリスは戦《おのの》いて振り向いた。

「わ、馬鹿《ばか》、こっち見るんじゃねえ気づかれるだろうが！」

――ニコロ？

天幕の陰に隠れていたニコロの手が、再び一閃《いっせん》する。その胸には短剣をびっしりと並べた帯が巻かれている。

ようやく、ニコロが最後まで近衛《このえ》とともに残った理由が呑み込める。その腕が一閃するたびに、彼方《かなた》で敵兵がうめき声を長く伸べて倒れる。

――なんて技倆《ぎりょう》だ。ただの医者じゃない。

「気を散じるなッ」

ジルベルトが叫び、クリスははっとして剣を頭上に持ち上げた。振り下ろされた重たい斧槍《おのやり》の一撃を受け止めると、その敵兵の懐《ふところ》に身を滑《すべ》り込ませる。頬当《ほおあ》ての奥の恐怖に歪《ゆが》んだ目と、一瞬だけ視線が合う。鎧《よろい》の隙間《すきま》に突き入れた剣は鈍《にぶ》い手応《てごた》えを返した。引き抜き、一歩退《さ》がる。その腕が、筋肉質な二の腕とぶつかった。驚いて振り向くと、呼吸を合わせたように、ジルベルトがフランチェスカのすぐそばまで退《しりぞ》いてきたところだった。血と泥土で汚れていても、その鋼《はがね》の眼《め》には一片《いっぺん》の曇《くも》りもない。

「い、いったん広がれ！　天幕を除けよ、円で囲め！　弓隊、前へッ！」

敵の指揮官が引きつった声で号令する。鉄のにおいの潮《しお》がひいていく。積み重なった、馬と人の屍《しかばね》の山――

その前で、地を舐《な》めていた白い炎がゆらりと立つ。

「……ミネルヴァ！」

クリスが呼ぶ声に、血塗《ちまみ》れの髪を払い、少女は振り向く。恍惚《こうこつ》と、笑ってさえいる。

なんて美しいんだろう、とクリスは思う。血の赤を凛《りん》とした炎の赤で払いのけ、剣を手に骸《むくろ》の上に立つ姿が、このうえもなく麗《うるわ》しい少女なんて、それは——

まちがっている。

クリスの胸の内側のどこかが痛む。

まちがっている。こんな景色の中でだけ燃え立って輝くのがミネルヴァの命だとしたら、そんなのは。

——ぼくが、喰《く》らってやりたい。

「敵の第二波が合流するぞ」

ジルベルトがつぶやいた。ミネルヴァが再び背を向ける。クリスは夜空に耳を向けた。広がっていく蹄《ひづめ》の音に押し寄せて混じろうとしている、もう一群の轟《とどろ》き。二手から来ていた追撃《ついげき》隊の残りが到着したのだ。

肩越しにフランチェスカを見る。刃《やいば》や血しぶきが何度も肌をかすめたというのに、変わらず目を閉じて——

耳を澄ませている。

音を聴《き》いているのだ、と気づいた瞬間、フランチェスカのまぶたが開いた。

「放《はな》てェッ！」

地平の果《は》てまで届くほどの鋭い号令にやや遅れて、視界に映《うつ》る天幕すべてが唐突《とうとつ》に炎上した。クリスは闇《やみ》の裾野《すその》を焦《こ》がす炎の色に圧倒されて、思わず後ずさり、フランチェスカに背中をぶつけてしまう。

「総員離脱《りだつ》！」

続けて放たれるフランチェスカの声に、ミネルヴァとジルベルトが反応して踵《きびす》を返す。クリスもかなり遅れて走り出した。天幕の陰から荷物を抱えたニコロが、そして宿営地のあちこちに散っていた兵たちが松明《たいまつ》を手に、燃える布の間から走り出てきて隊列に加わる。背後で聖王国軍の怒声《どせい》と、濁《にご》った馬のいななきが入り混じって聞こえた。

火の用意を、と命じていたのは——これか。火の粉に油のにおいも混じっている。公爵家の旗と自分自身を囮《おとり》に、火種の中へと誘い込み、第二軍の到着まで粘《ねば》り、火を放った。

「団長、急いでッ」

向かう先から声が飛んでくる。宿営地の端、天幕の並びが開けたところに、何頭もの馬がつながれているのが見える。

「逃がすなァッ！　これしきの火計《かけい》、目くらましよ！」

怒鳴り声が背中に叩《たた》きつけられ、最後尾にいたクリスは振り向いた。炎に巻かれて柱ごと崩《くず》れる幕屋《まくや》が、何頭もの騎馬を呑《の》み込《こ》むのが見える。紫の旗が炎の舌先に侵《おか》されている。しかし、飛んできた矢が何本も、クリスのすぐ脇の燃える幕屋に突っ込んだ。炎の間から乱雑な二列縦隊《じゅうたい》を組んで向かってくる騎兵たちの姿も見える。

「追ってきた」

「いいから走れ！」ジルベルトに叱咤《しった》される。

木の爆《は》ぜる音を踏《ふ》み潰《つぶ》すように、蹄《ひづめ》の音が背後に迫った。ミネルヴァもジルベルトもかなり手負いで、全力で走れない。

「間に合わんか」ジルベルトが顔を歪《ゆが》めてつぶやいた。

——だめだ、追いつかれる。

——そんなの。なんのためにぼくがここにいるんだ。

クリスは意を決して足を止め、振り返った。

——ぼくの剣は、獣《けもの》の剣は、どうせ護《まも》るためのものじゃない。

——喰《く》い散らかして、殺戮《さつりく》するためのものだ。それなら。

剣の柄《つか》を歯で噛《か》みしめて両手を自由にする。

「なにする気だ！」

気づいたミネルヴァの声を振り払うように、追っ手に向かって走り出す。先頭の傭兵《ようへい》が兜《かぶと》の中で目を剥《む》くのがわかった気がした。

「血迷ったか小僧！　死ねェッ」

地を摺《す》ってきた矛槍《ほこやり》の、柄の部分に意識を集中する。馬体が土煙《つちけむり》をあげながら迫る。蹄に巻き込まれる寸前、クリスは地面を蹴《け》った。

「な――」

驚愕《きょうがく》に顔を歪めた兵が、思わず跳《は》ね上げようとした、その矛槍を踏みつけて、クリスは高く舞い上がった。必死の思いで手綱《たづな》の端を捉《とら》えると同時に、乗り手を蹴り落とす。

「き、きさまァッ！」

やや遅れて並走していたもう一騎が、落馬した仲間を飛び越えて馬体を寄せてくる。クリスは鞍《くら》に身を押しつけて、斜め後ろからの槍を躱《かわ》した。脚の間で、驚いた馬が身をくねらせ、道を外れようとする。片手でいなしながら、もう片方の手で口から剣を取る。

「小癪《こしゃく》な！」

あっという間に追いつかれた。クリスはまだ飛び乗ったときの不安定な姿勢を持ち直せず、執拗《しつよう》に繰《く》り出《だ》される突きを片手で払っているばかりでは、馬がどんどん速度を落としていくばかりだ。

「さんざんっぱらなめやがって、後悔させてや――」

手綱を絞《しぼ》ると、クリスは自分の馬を強引にぶつけた。二頭のいななきが重なり、それぞれの馬体が大きくよじれて炎に突っ込みそうになる。槍を握《にぎ》った腕の付け根に剣先を突き立て、その反動でクリスは馬を立て直した。並走していた敵は悲鳴をあげて馬ごと燃える天幕に倒れ込む。すぐ後ろに、さらにいくつもの蹄の音と荒い息づかいが迫る。どこから剣が飛んでくるのかも、わからなかった。焼けた幕屋《まくや》の間を走りながら、クリスはほとんど盲目に等しかった。何人目かの首に剣を叩《たた》きつけたとき、粗造《そぞう》の刃《やいば》が真ん中から折れた。

ぞっとする歪《ゆが》んだ手応《てごた》えが肘《ひじ》に返ってくる。

「餓鬼《がき》が、手こずらせやがって、終わりだ死ねッ」

罵声《ばせい》とともに逆側から振り下ろされた剣を——

クリスは高く持ち上げた右手のひらで受けた。

剣の持ち主《ぬし》の顔が驚愕《きょうがく》に、そして恐怖に歪む。クリスがそのまま剣をむしり取ったからだ。刃《やいば》に勢いが乗っていない高さで受けたとはいえ、手甲《てっこう》の革はばっくりと割られ深く肉に傷が走っていた。けれど、クリスはもはや痛みを感じていなかった。刃の側《がわ》を握《にぎ》ったまま振るって相手を馬から叩《たた》き落《お》とす。ひるんだ後続の馬の首を、振り向いて薙《な》ぎ払《はら》う。

——獣《けもの》だから。

——この身体《からだ》も、この痛みも、獣のものだから。

——人の血を啜《すす》って這《は》いずり回《まわ》るなら、どこで死のうと……

「——クリス！」

血の中に沈みかけていたクリスの意識が、声に引っぱり上げられる。視界に白と紅《あか》の火が散らばる。

「死ぬつもりか！　馬を捨てろ！」

ミネルヴァだ、どうして？　血で濁《にご》った目でクリスは少女の姿を確かめる。馬で戻ってきたのか、じゃあ宿営地は抜けたのか？　でもまだ追っ手が来ている、背後で幕屋《まくや》が火の粉を噴《ふ》き上げて潰《つぶ》れていく音と、雄叫《おたけ》びと、鎧《よろい》がぶつかり合う音と、馬の蹄《ひづめ》が土をえぐる音が聞こえる、追いつかれる「いいから馬を捨てろ！」どうして、なにを言ってるんだミネルヴァは、このままやつらをミネルヴァに近づけるわけにはいかない、一人残らず殺す、とうに折れた剣を手にクリスが馬上で振り向こうとしたとき、ミネルヴァが鞍《くら》の上で立ち上がるのが見えた。

次の瞬間、クリスの身体は細い腕に抱きすくめられ、紅色《あかいろ》の柔らかな毛に包まれ、思いがけず優しい夜気《やき》の中に浮かんでいた。

地面に叩きつけられる。二人は抱き合ってもつれながら草の上を転がった。血塗《ちまみ》れの右手を土に突き立て、起き上がろうとしたクリスの耳に――

「――射《う》てぇっ！」

号令が突き刺さる。フランチェスカではない、もっと幼い女の声。

パオラだ、と気づいたとき、夜の中に立ち上がる白銀《しろがね》の大旗、そして追っ手に向かって降り注《そそ》ぐ火矢の雨が見えた。

クリスはたしかに宿営地を抜けていた。丘の向こうに、焼ける空が見える。

そして、丘のこちら側で追撃《ついげき》隊を待ち受けていたのは、整然と隊列を組んだ銀卵騎士団《ぎんらんきしだん》の弓隊、その間から突撃を開始する騎馬隊。

反転していたのだ――パオラの指揮で。

それでは、敵兵が見たという逃げ散っていく明かりさえも、フランチェスカが仕掛けた目くらましだったのか。

大胆《だいたん》、という言葉だけでは言い表せない。実働隊の指揮を部下に任せて自分自身を囮《おとり》に使うなど、近衛《このえ》をよほど信頼していなければできるものではない。そして、みなそれに応《こた》えた。ミネルヴァは言うまでもない。ジルベルトの剣は、鍛《きた》え抜かれ、技術に裏打ちされた騎士の業《わざ》だ。そしてパオラは――あれも、何者なのだろう。細かい作戦を協議している時間などなかったはずだ。だからパオラはフランチェスカの意図を読み取って、目くらましに松明《たいまつ》を大量に持たせた騎兵を走らせ、反転の機をうかがった。

クリスは呆然《ぼうぜん》と冷たい草の上に這《は》いつくばりながら、銀の旗を掲《かか》げた兵たちが、逃げまどう王国軍を蹂躙《じゅうりん》し、炎に包まれた宿営地まで追い詰め、蹴散《けち》らしていく様を見つめていた。身体中《からだじゅう》から流れる血も、気に留《と》めなかった。身体の下にあったぬくもりも。

「……おい！」

腹を突き上げられ、ようやく気づく。

「いつまで乗ってるんだ」

クリスの胸に押《お》し潰《つぶ》されるようにして、草の上に仰向《あおむ》けになっていたミネルヴァが、腕をつっぱって身を離そうとする。

「あ、ご、ごめん」

身を起こそうとしたクリスは、すさまじい眩《くら》みを覚えて、そのままミネルヴァの上に倒

れ込んだ。

「な、なにするんだ、ばかっ」

――血を流しすぎた。

――まずい、ちょっと寒気《さむけ》がしてきた。

「だいたいおまえは勝手に敵の馬奪《うば》ったりしてっ、振り切れなかったらどうするつもりだったんだ、わたしの道具なんだぞ、勝手に死ぬな！　くそっ」

ミネルヴァは肘《ひじ》を立てて、顔をしかめながらクリスを抱き起こした。ミネルヴァもクリスほどではないが満身創痍《まんしんそうい》だ。衣《ころも》も焦《こ》げと返り血とでずたずたになっている。

「おい、ニコロ！　ニコロを呼べ、だれか！　クリスここで寝るな、わたしの身体《からだ》は毛布じゃないぞ！」

ミネルヴァの罵《ののし》る声さえも優しく耳を愛撫《あいぶ》する。クリスは意識を失わないようにと、せいいっぱいそのぬくもりにしがみついていた。


「クリス、目を閉じるな！　おまえだけ気持ちよく死ぬなんて許さないからな、これくらいの傷がなんだ、眠るな、ばか！　起きろ！」

ニコロに手当を受けている間中、ミネルヴァは枕元《まくらもと》でやかましくクリスを呼び続けていた。軍医はあきれ顔で、湯を沸《わ》かさせたり敷布を換えさせたりといった雑用を言いつけた。手が空《あ》くと、すぐにクリスの頬《ほお》を引っぱたいて起こそうとするからだった。

ニコロが治療を終えると、信じがたいことに、フランチェスカはそのまま夜通しの行軍《こうぐん》を命じた。

「天幕は燃えてしまったのよ。あたくしたちの寝床《ねどこ》は、ここから丸二日かけて歩いた先の村にしかないわ。わかったら、さあ、立ちなさい」

わかっていたことではあった。聖王国軍のさらなる追撃《ついげき》が来るかもしれないし、燃える幕屋《まくや》を焚《た》き火《び》がわりに傷口を乾かしながら哀《かな》しい酒をなめているひまなどはなかった。

荷馬車に積まれた武具の間に寝転がって揺られていると、ミネルヴァのうわずった声が聞こえてくる。

「ニコロっ、あ、あいつ、馬車で運んで大丈夫なのかっ」

「まあ大丈夫だろ」医者の眠たげな声。「ありゃ化け物だぜ。昨日の矢傷がもうふさがりかけてた。なに喰《く》えばあんな身体になるのかね」

人の命を喰っているのだ——とは、言えなかった。

——治りが早い？　そうなのか。

——それじゃあ、これはほんとうに、獣《けもの》の身体なのか。

ぞっとする。まともに軍医に診《み》てもらったことなどなかったから、知らなかった。

——ぼくはほんとうに、人の命を啜《すす》って生きてきたわけか。

そう思うと、縫《ぬ》われたばかりの傷口を掻《か》きむしりたくなる。けれど、ふと悪夢から覚め、目を開くと、荷馬車に一緒に乗り込んでいるミネルヴァと目が合い、そっぽを向かれる。わずかに顔を持ち上げて幌《ほろ》の外に目をやると、馬上のジルベルトの横顔が見え、その隣には朝陽を照り返す金色の髪も見える。

——今度も、そうだったか？

——ぼくは獣《けもの》の血だけで、生き延びたのか？

わからない。クリスは再び目を閉じる。

翌日の夜半《やはん》過ぎ、騎士団は大きな村にたどり着いた。すでに公国領で、フランチェスカの顔を見るなり村人総出での歓待《かんたい》となった。とはいえ、千人を超える軍勢である。馬の数も、そのまま数日留《とど》まっていたら井戸を飲み干し飼い葉を食い尽くしてもおかしくないほどだった。

「一晩だけ納屋《なや》に宿営させてもらうわ。食べ物と水だけくださる？　代金はあとで持ってこさせるわ」

「代金など、とんでもございません！　つまらない村ですが酒なども」

村長の申し出に、兵たちは躍《おど》り上がった。翌朝早く発《た》つから酒盛りは控えよ、などとフランチェスカが命じても、こればっかりはだれも聞き入れなかった。

火を囲んで酒を手に笑い合う兵たちを、クリスは少し離れた草地に積み上げられた荷物の陰にもたれて眺めていた。

なにもかもが、なんだか遠く感じられる。傷の痛みも、火照《ほて》りも、声も。

――ぼくは、こんなところにいていいのか？

――生き延びていていいのか。ひとつ戦《いくさ》が終わったのに、だれかが笑い合っているような場所に、のうのうと座っていて、いいのか。

「おい、新入り」「寝るな寝たら死ぬぞ」「うはは、それミィナの真似《まね》か」

いきなり声が降ってきて、膝《ひざ》を抱えようとしていたクリスは、顔を上げる。

見知らぬ――いや、知ってはいるが、言葉を交《か》わしたことも名前を聞いたこともない兵たちの、がさつで無神経そうな酔っぱらった顔がそこにある。

「な……んですか」

「寒いだろうが。傷に毒だ」「外から中から温めようぜ」

「い、いや、ちょっと」

火のそばまで引きずられていくクリス。壺《つぼ》のように巨大な杯《さかずき》を押しつけられ、思わず受け取ってしまうと、その円座の全員がどぼどぼと濁《にご》った酒を注《そそ》ぐ。他《ほか》の火を囲んでいた連中も、次々と寄ってきてクリスのそばに座る。

――なんなんだ、いきなり。

「……ぼく、酒は、その」

ワインよりも強い酒は、ほとんど飲んだことがない。

「おまえ、いくつよ」

十七だ、と答えると、じゃあ鼻つまんで飲め、と意味のわからない返答。はやしたてられ、小突《こづ》かれ、しかたなく一口含んだ瞬間、クリスは真っ赤になってむせてしまう。兵たちは転げ回って笑った。

「……昨日はァ、すまなかったな」

一人が、ぽつりと言う。クリスは腫《は》れぼったくなった目でぼんやりとその顔を見る。

「不吉だとか、仲間殺しだとか、よ……。はは。俺《おれ》たちのつきはそんなもんじゃびくともしなかったってことだ」

「おお。団長のけつを護《まも》ってくれたしな」

「悪かった」「団長の尻《しり》は公国領ぜんぶより大事だからなァ！」「ちげえねえ」

——そんな。

——謝ることなんてない、だって、ぼくはほんとうに。

「あんな戦い方、どこで覚えた」

「寒気《さむけ》がしたぜ。三日前に遭《あ》わなくてよかった」「敵だったたってンだからなァ」

「おれたちァついてンのよ、いつも言ってんだろ、団長は腐《くさ》れ運の女神だって」

男たちのさばけた笑い声を聞きながら、クリスは傷口に氷の塊《かたまり》を突き込まれたような気分になる。ついてる、だって？　そんなわけがない。

——いつか、ぼくの獣《けもの》が……

——この人たちの命運も、骨さえ残らないほど、喰《く》らい尽くすかもしれないのに。

──だめだ。やめて。ぼくに言葉をかけないでくれ。

──ぼくのそばで、笑い合わないで。

「パオラだけでいいじゃねえか。あっちはごく普通の幸運の女神だ」

「贅沢《ぜいたく》だな。普通の幸運の女神だとよ」

「それならミィナは普通の死神だな！」「ぐはははは」

火照《ほて》った笑い声がいくつも、クリスの耳を寒々しく素通りしていく。

「昨日のミィナは普通の死神どころか普通の娘だったぜ」

「青い顔してなァ。小僧が死んじまってたらどうなってたやら」

「あんなミィナはじめて見たぜ」「あれっくらいの方が可愛《かわい》いがな」「ちがいない」

「なあ、ひょっとして小僧なら……」「うむ」「いけるかもしれんな」

意味ありげな言葉と好色《こうしょく》そうな視線とが交《か》わされる。

「いいか小僧、おまえは近衛《このえ》ではじめての男だ」

隣に座っている、肌の浅黒いぎょろ目の兵がにやにや笑いながら言った。

「……はじめて？　いや、でも」ジルベルトがいるではないか。

「隊長は強《つえ》えが男じゃねえ」「そうだ。玉なしだ」「だっておまえ、団長に一緒の寝所《しんじょ》でいって言われて断るたあどういうことだ」「こっちからお願いしてえもんだな！」「小僧、きっちり色々調べてこいよ！」「おれたちぁ賭《か》けしてんのよ、ミィナの下の毛も赤いのか」「ぐはははははだれも確かめられねえから賭け金《かきん》ばっかしつり上がって」「確かめようとしたら殺されるからな」「あの剣から逃げられそうなのは隊長くらい」「あれは玉なしだ」

そのとき、クリスの向かいに座っていた数人がぎょっとした顔で腰を浮かせた。気づかずに談笑していた残りの者たちの顔も、凍《こお》りつく。

背後に、気配があった。クリスは頭を抱えたくなった。今度は、まったく気づけなかった。しかし周囲の連中の反応で、もっと早く気づくべきだった。

おそるおそる振り向くと、黒く塗《ぬ》った鎧《よろい》が、霜《しも》がおりたような太刀《たち》が、そして視線を上へとたどると鋼《はがね》の瞳《ひとみ》が目に入る。

「あ、は、ははは」

色黒の兵が虚《むな》しく笑った。

「た、隊長、あ、い、いや、そう、投石機の弾丸《たま》がねえって話をな」

「そ、そう、ここいらで調達《ちょうたつ》しようかって」「おい馬鹿《ばか》、うちの団にゃ投石機ねえだろ」

怯《おび》えたひそひそ声が飛び交《か》う。ジルベルトがもう一歩近づいてきたので、何人かが杯《さかずき》を投げ出して火の向こう側《がわ》に逃げた。

しかしジルベルトはそちらには目もくれなかった。クリスだけを見つめている。思わず、杯を地面に置いて立ち上がる。

「……傷に障《さわ》らないのか」

そう訊《き》かれ、クリスは目を見張る。まさかそんなことを訊かれるとは思ってもみなかった。曖昧《あいまい》にうなずく。

「きさまはいつもあんな戦い方なのか」

「……え？」

ジルベルトにいきなり右手首をつかまれ、クリスはいやな汗を覚える。

「敵の武器か腕をまず狙《ねら》うのは、無意識なのか？　殺すのにためらいがあるのか」

クリスは息を呑《の》む。

「そんな馬鹿なことをしているから、並の造りの剣はすぐ折れる」

気づかれていた。ほんのひととき、背を合わせて戦っただけなのに。

「狂犬のように、突っ込むことだけ考えるな。きさまが倒れたら、敵の刃《やいば》は、すぐ背後のフラン様に及ぶ。それを忘れるな」

目をそらし、二の腕に右手の指を噛《か》ませる。

――ぼくは他《ほか》に戦い方を知らない。

――ぼくに、近衛《このえ》なんて。だれかを護《まも》るための戦いなんて……

ジルベルトがいきなり腰の太刀に手をやるので、クリスは後ずさった。しかし、抜刀《ばっとう》するわけではなかった。腰帯ごと太刀を外すと、差し出してきたのだ。

呆然《ぼうぜん》と、何度も剣と持ち主《ぬし》の顔を見比べてしまうクリス。

「きさまに貸す」

「……え、え、ええっ？」

「今さら戦い方を変えられないだろう。七公国じゅうを探しても、これより強靱《きょうじん》な鋼は手に入らない。近衛《このえ》が戦《いくさ》のさなかに何度も武器を失うようではフラン様のお命に関《かか》わる。きさまが使え。絶対に手放《ばな》すな。身の丈《たけ》に合った、もっとましな剣が手に入ったら、返せ」

クリスはまだ信じられない思いで、太刀《たち》を受け取る。その造りからは信じられないほど軽い。明らかに、そう簡単に他人に貸せる品ではない。どうして。

もう一度、ジルベルトの顔を見上げたとき、ふと訊《き》かれた。

「名は」

「え」

「名だ。きさまの口から聞いていない」

声が、クリスの胸につかえた。

最後に、だれかに名前を教えたのは、いつだろう。

母親に、与えられた。ミネルヴァは最初から知っていた。ほんとうの名。

なぜそのとき、ジルベルトに教える気になったのかは、わからない。

「――クリストフォロ」

答えを聞いて、ジルベルトは、かすかに眉《まゆ》をひそめた。それから踵《きびす》を返す。

「俺《おれ》はジルでいい」

太刀を手渡したときですらじっと固唾《かたず》を呑《の》んで見守っていた周囲の者たちが、このときばかりは一斉《いっせい》に息を呑んだ。うめく者さえあった。クリスにも、その理由が推し量《はか》れた。

この男をジルと呼ぶのは、フランチェスカしかいないはずだ。

「戦場で長い名で呼ぶなど無駄だ」

　ぶっきらぼうに言って、歩き出す。クリスは太刀をまだ両手で支えたまま、呆《ほう》けたようにその背中を見送る。

　なにを考えているのか、わからない。

　けれどこの手の中に、たしかに、ジルベルトの剣がある。

「おまえ、すげえな」

「隊長が、あんな」「なあ」「はじめて見たぜ」

　兵たちの声を聞くともなしに聞きながら、クリスは黒い鎧《よろい》の背を見つめ、冷え冷えとした太刀をそっと胸に抱いた。ざわめきが戻ってくる。酒と炙《あぶ》り肉の脂《あぶら》と干し草のにおいの中で、夜がそこかしこに染み込んでいく。


　フランチェスカの寝所《しんじょ》はほんとうに村長の家の納屋《なや》だという。

「一度おっしゃったことは曲げないお方でしてな……」

　クリスを案内してくれた村長は、ランタンを手に牧草地の端を歩きながら、苦笑する。納屋を貸してくれるだけでいいと言った手前、指揮官である自分だけ暖かい家の中に世話になるわけにはいかなかったのだろう。

「あちらでございます。わっしはここにて失礼」

明かりの漏《も》れる小さな小屋を指さし、村長は一礼してクリスにランタンを預け、去る。

ところが納屋《なや》の中には、村じゅうからかき集められたのではないかと思うほどの白い布が敷き詰められ、壁には公爵家と騎士団の旗が翼を模《も》して掲《かか》げられ、ふかふかの羊毛の上にフランチェスカは優雅に寝そべって林檎酒《りんごしゅ》をなめていた。その傍《かたわ》らでパオラになにやら教えてもらいながら作業をしていたミネルヴァが、がばっと手元のものを隠す。

「い、いきなり入ってくるなッ」

ミネルヴァは、そうわめいて手近のなにかを投げつけてきた。

「ご、ごめんっ」

すんでのところで閉じた納屋の戸に投げたものがぶつかり、隙間《すきま》に落ちる。薬草を磨《す》り潰《つぶ》す石の杵《きね》だ。

「いいのよ、お入りなさい。夜は冷えるから足下《あしもと》で獣《けもの》の毛皮がわりになりなさい」

「フラン、ばかを言うな！」

「あの、でも、この薬、クリスさんのためのですよね。ミィナさんが塗《ぬ》ってあげれば」

「パオラも黙ってろッ」

女三人の声が聞こえてきて、クリスはため息をつき、腰の太刀《たち》を外して納屋の壁に立てかけると、戸の脇に腰を下ろした。

「お入りなさいと言っているのに」

戸が開いて、フランチェスカが顔を出す。その後ろには、おどおどしたパオラの顔。

「いや、ぼくは警護役をジルベルトに任されただけで……」

「他《ほか》の納屋へ行けばいいだろう。警護なんてわたしだけでじゅうぶんだ」

ミネルヴァも戸の隙間から出てきた。

「おまえみたいな怪我人《けがにん》の警護なんて要《い》るものか。ほら、薬！　とっととよそで寝ろ」

潰したてでまだあたたかく青臭い香草の塊《かたまり》を、耳の穴にねじ込まれそうになる。

「薬はそうやって使うものじゃないです……」パオラが弱々しくたしなめた。

「あら、その剣」

フランチェスカが先に気づいた。ミネルヴァも目を丸くする。

「ジルベルトのじゃないか。どうしたんだ」

「……預かった」

信じてもらえないのではないかと思いつつ、ありのままを話す。ミネルヴァはふうっと息を吐いて肩をすくめるばかりだ。フランチェスカはくつくつと肩を揺らして笑う。

「あの子も素直じゃないのね……」

「それでジルベルトさん、どこに行ったんですか？　五人でお祝い……」

「ええと。ザカリエスコ城に早馬で報《しら》せを、って」

「明日でいいと言ったのに。まあいいわ。着任祝いは四人で一緒の臥所《ふしど》でしましょう」

ミネルヴァが眉《まゆ》をつり上げてフランチェスカとパオラを納屋の中に引っぱり込み、クリスの鼻先で戸を叩《たた》きつけるように閉めた。

「……ちゃんとミィナの隣にしてあげるわよ？」

「うるさい、さっさと寝ろ！」

言い合う声が途切れ、クリスが太刀《たち》を抱いて壁に背をもたれたとき、また戸がいきなり開いた。ミネルヴァが腕だけ突き出して、クリスの頭に大量の布をぶちまける。

「……あ、ありがと」

言葉もなく戸はぴったり閉じた。

布に肩までくるまり、青く澄んだ夜空を見上げる。柵《さく》の向こうに続く畝《うね》、まだ酒盛りが続く火のまわりの人影、調子外れの歌声。

不思議だった。夜なのに、戦《いくさ》の後なのに、クリスはもう昨日の敵のことを、骨や肉を貫《つらぬ》いたときの手応《てごた》えを、肩をえぐる斧槍《おのやり》の痛みを、兜《かぶと》の奥で喉《のど》から血をあふれさせる死相を、思い出せないでいる。目を閉じても浮かんでくるのは、生きている人間の顔ばかりだ。

そんな夜は、はじめてだった。


うつらうつらとしていたクリスは、なにかの気配にはっと覚醒《かくせい》し、肩の布をはねのけて腕の中の太刀の柄《つか》を探った。火も人の声も絶え、深い藍色《あいいろ》の闇《やみ》の中に黒々とした草地や家の屋根の起伏《きふく》が沈み込んでいるばかりの、静かな夜だ。肌がひりつくほどの冷気は、夜明け前だろうか。物音も、動くものもない。なんの気配だろう。なにが――

気づく。クリスが背中を押しつけた、納屋《なや》の中だ。

――だれか、泣いてる？

手を伸ばし、戸を細く開いたとき、壁越しに声がしてクリスの首筋を濡《ぬ》らす。

「動くな。そのまま」

ミネルヴァの声だ。壁の向こうで、身をよじる気配がした。一瞬、戸の中をのぞき込んだクリスは、彼女が壁を隔《へだ》てて背中合わせになり、膝《ひざ》を抱いているのを見た。

息を吐き、壁に背中を戻す。

「なんでもない。そこにいろ。……ただ、痛む、だけだから」

――なにか、視《み》たのか。

――そうだ、眠るのはきらいだと言っていた。

――未来を……

――死の痛みが呼ぶ未来を、視てしまうから。

「おまえは、そこにいるだけでいいから」

クリスは膝に爪《つめ》を立てる。

――どれほどの痛みなんだろう。

――ミネルヴァは、いったいいつから、こんなものを背負わされていたんだろう。

開いた戸の隙間《すきま》に、震《ふる》える白い手が見えた。思い詰めたクリスは、手を伸ばし、そこに重ねる。手のひらの下で、ミネルヴァの細い五本の指がおびえたように跳《は》ね、けれどやがて二人の体温が混じり合って、震《ふる》えを溶かしていく。

夜が明けてしまうのではないかと思えるほどの長い静寂《せいじゃく》が、ミネルヴァのかすかな嗚咽《おえつ》を吸い取ってしまう。それでも、まだあたりはたっぷりとした夜の闇《やみ》に浸《ひた》っている。

いきなり手を払いのけられた。ミネルヴァが膝《ひざ》を抱き寄せるのが気配でわかる。

「お、おまえなんかにっ」

吐き捨てる声。

「今のは。忘れろ。くそ。なんでもない。なんでもないから」

「なんでもなくないよ」

クリスは戸の隙間《すきま》に手をかけた。ミネルヴァが閉じようとしたからだ。細い背中を覆《おお》う紅《くれない》の髪の間に見える、弱々しい耳とうなじ。

「な、なんだ、おまえなんかっ。警護役なんて言ってたくせに、居眠りしてたじゃないか。役立たず」

「……ごめん。なんか……ミネルヴァの顔見て、声聴《き》いたら、それだけで。安心して」

クリスの獣《けもの》が命運を喰《く》らっても死なない、たったひとりの人間なのだ。失ってしまったら、自分はまた夜の中をだれとも触れ合えずに歩かなければならない。

ミネルヴァが手のひらを返し、クリスの手にきつく爪《つめ》を食い込ませる。

「ばか。おまえだけ安眠してたっ。わ、わたしは——」

「なにを視《み》たの」

「おまえは知らなくていい」

「教えろよ、だって、ぼくはミネルヴァのそれを喰うために」

「黙れ」

「なんでッ」

クリスは太刀《たち》を引き寄せ、戸の隙間に肩をねじ込んだ。ミネルヴァが顔を上げる。濡《ぬ》れた瞳《ひとみ》と、クリスの視線がぶつかり、その一瞬で万の言葉が夜気《やき》に消える。

クリスの唇からは、熱を失った吐息《といき》しか出てこない。

ミネルヴァはわずかな間、瞳をさまよわせ、もう一度クリスの目につなぎとめ、それからようやく言った。

「おまえだ」

血がにじむほどに噛《か》みしめた唇で、次の言葉を探る。

「その、剣だった。わたしの眼が、すぐそこにあるその刀身に、映《うつ》っていた」

クリスは柄《つか》を握《にぎ》りしめる。ミネルヴァは——なにを言っている？

「おまえが、その剣で。たしかに、そのジルベルトの剣で。わたしの、この両眼の間を、貫《つらぬ》くのが……視えた」

THE SWORD QUEEN AND THE BRANDED CHILD

7 聖都《サンチュリオ》

石造りの高い天井と、壮麗《そうれい》なタペストリのかかった壁とに、規則正しい靴音がこだまする。飛竜《ひりゅう》を模《も》した銅製の燈台《とうだい》が並ぶ、王城の長い回廊。正装し寸鉄《すんてつ》も帯びていない二人の青年を従えているのは、紫のトーガを肩や腕に巻いた、さらに年若く傲岸《ごうがん》そうな顔つきの、黒髪の男である。

廊下左手の大扉の前で、三人は足を止める。

「これは、コルネリウス閣下」

扉の脇に立っていた二人の護衛が槍《やり》を脇に引いて一礼する。コルネリウスはうなずき、侍従《じじゅう》を振り返った。

「そなたらはここで待て」

冷たい石柱に囲まれた部屋の中でコルネリウスを待っていたのは、地図が広げられた大卓、そして同じく紫のトーガをまとった二人の男。

一人は王配候《おうはいこう》ガレリウス・ネロス。年《とし》の頃《ころ》五十過ぎ、鼻筋の鋭い禿頭《とくとう》の男だ。

もう一人は、石柱から彫り出したかのような骨張った長身の男。こちらは、コルネリウスに先んじること五年前に王配候を継《つ》いだルキウス・グレゴリウス。

三つの大公家《たいこうけ》、それぞれの当主《とうしゅ》である。

建国の折に聖王家より分かれて久しく、系図も隔《へだ》たって血縁などなきが如《ごと》しであるはずなのに、身体中《からだじゅう》の骨に一本の芯《しん》が通っているかのような体躯《たいく》といい、鋼《はがね》の玉のような眼といい、おぞましいほどに三人とも似ている。知らぬ者が見ても一目で同じ血筋と悟《さと》るだろう。それを思い知らされるので、コルネリウスはこの会合をひどくきらっていた。

(血が強すぎるのだな)

忌々《いまいま》しく思いながら目礼し、卓に歩み寄った。

「天堂の黄金の台車に」

ガレリウスが聖句を口にして、顔の前に指を持ち上げ三角形を描く。

「天堂の幽《かそ》けき轍《わだち》に」

ルキウスが聖句を受け、三角をなぞる。

「……天堂の久しき鋲釘《びょうくぎ》に」

コルネリウスも聖句を返した。それから、卓上に目をやる。地図のあちこちには何色かに塗《ぬ》り分けられた小さな玉石《たまいし》が散らばっている。軍の所在を示す駒《こま》だ。

「此度《こたび》の遠征、大儀《たいぎ》だったな」ガレリウスが低い声で言う。「これで忌々しい司教領《しきょうりょう》の残党はもはや挙兵する気力も残っておるまい」

「公国の者どもも、援軍は形ばかりであったとか」ルキウスがぼそりとつぶやく。

コルネリウスは手近の玉石の駒を手で掃《は》き散らした。

「つまらぬ戦《いくさ》だった。ガレリウス殿が湯治《とうじ》がてらに征《い》っても二月で平らげられたろう」

ふん、とガレリウスは笑う。司教とは、聖王国が建つ前に各地に広まっていた、パルカイの神々を信仰する教会の長たちのことである。聖王家が民衆の反発を懸念《けねん》して教会の存続を黙認し、女王直轄領《ちょっかつりょう》の周辺部に追いやったことから禍根《かこん》が残った。二百年の後《のち》、七公国の決起の旗印《はたじるし》に使われたのである。

(教会が公国の者どもとはっきり連携していれば、もっと歯ごたえもあったものを)

口にはしないが、コルネリウスは内心そう思っている。

「むしろ叩《たた》き潰《つぶ》すいい口実になったわ」

ルキウスが歯を剥《む》いて笑う。この陰険な男は、司教どもの処断《しょだん》だけは任せろとコルネリウスにねじ込み、都で公開処刑したのである。鼻持ちならない男だ。

「総主教はメドキアに逃げ込んだそうではないか」

「あれはまだ生かしておいた方がいい」とコルネリウスはルキウスをにらむ。全地の教会を束《たば》ねる総主教だけは、処刑などしてしまえば領民感情に障《さわ》る。テュケーの神のもとに国教を統一できなかったつけである。

「なんにせよコルネリウスの力で、ウェネラリア節までに司教領《しきょうりょう》を平定できた。陛下もお喜びだろう」

ガレリウスの口にした『陛下』は、もちろん、女王の方のことではない。王太伯《おうたいはく》陛下、つまり当代の女王の父親のことである。ガレリウスの兄にあたる。

（女王は、戦勝など喜びはすまい）

コルネリウスは鼻で笑う。

「どうせならばウェネラリア節の前に連合公国軍も壊滅《かいめつ》させておきたかったな」

「それはいくらそなたでも無理があろう」とガレリウスも肩を揺らして笑う。

ウェネラリア節。女王の夫君《ふくん》となるべき者が三大公家《たいこうけ》の血筋の中から選ばれ、婚儀が執《と》り行われる、聖王国最大の祝典である。

「託宣《たくせん》はいつ頃《ごろ》になりそうか」

「天堂の巡《めぐ》りが悪い。新月の頃になろう」

「当家からまた召されることとなれば、そなたのところから養子をもらわねばな……」

「女王陛下がお許しくだされば、私の甥《おい》を、というのはどうだろう」

ガレリウスとルキウスは、額《ひたい》をつきあわせて跡継ぎの懸案《けんあん》を話し合う。

あまり世に知られていないことではあるが、三つの大公家の間には権力闘争の類がほとんど存在しない。なぜなら女王の夫は、まったく人為《じんい》の入り込む余地なく、テュケーの神からの託宣によって決定されるからだ。また、それぞれの王配候《おうはいこう》の代替わりも、やはり占《せん》事《じ》による。コルネリウスは、好色《こうしょく》が過ぎる故《ゆえ》に大公家から追い出された父親の、二人目の妻の四男として生まれたが、二十四歳のときに王配候に選ばれ、大伯父《おおおじ》にかわって一族の長となった。つまり、権力争いなどに精を出していても、いつ権威を得て、またいつ失うか、わからないのだ。

コルネリウスはこの仕組みこそが二百年の安寧《あんねい》を保ってきたのだと確信している。

(人が自《みずか》ら得た力など、塵芥《ちりあくた》だ)

(神に選ばれなければ)

(そして私は選ばれた。ならば、次も、だ)

女王を、そしてこの国を、手に入れる。それを妨げる者あらば滅《ほろ》ぼす。

「言い忘れるところだった。戦《いくさ》のさなかに調べさせた。ザカリア公の小癪《こしゃく》な娘のことだ」

コルネリウスの言葉に、二人の王配候《おうはいこう》は顔を上げた。

「あの、なにやらという騎士団のことか」

ガレリウスが目をぎょろつかせて訊《き》いてくるので、コルネリウスはうなずく。

「此度《こたび》の戦でも、司教どもに乞《こ》われたのか、出陣していたらしい。殲滅《せんめつ》包囲陣を突破され、取り逃がした」

「ほう。女狐《めぎつね》の名は、少なくとも逃げ足に関してはまことなのだな」とガレリウスは笑う。

もちろん指揮官の用兵の巧みさもある。しかし、もうひとつ理由はある。あの騎士団が抱える、一人の剣士のことだ。

「やはりそこにいたのか。間違いはないいな」ルキウスもにじり寄ってくる。

「年《とし》の頃《ころ》十といくばくか、紅《くれない》の髪の女、矢も槍《やり》もかすりさえせぬ――それに、白い翼状の衣《ころも》。よもやとは思っていたが、間違いない」

《戦場に塩を撒《ま》く死神》についての報告を思い返しながら、コルネリウスは言った。

ふとそのとき、あの《星喰《く》らい》のことが浮かぶ。

あの隊を全滅必至《ひっし》の最前線に送り込んだのは、《星喰らい》がほんとうに刻印《こくいん》の持ち主《ぬし》なのかを見極《みきわ》めるためだった。生き延びたということは、たしかなのだろう。しかも、銀《ぎん》卵騎士団《らんきしだん》に入ったと聞いた。奇妙な巡《めぐ》り合わせだ。

（あれは、厄介だが、ここで話す問題ではあるまい）

首を振って打ち消し、二人の言葉を待った。

やがてガレリウスの老いた目がまぶたの奥に沈む。

「……ザカリアまで落ち延びていたとは。どうする。連れ戻すのか」

「殺すべきではないか。露見《ろけん》すれば王家が危うい」

「無論連れ戻す。あちらの方が力が強い」

即答するコルネリウスに、ルキウスもガレリウスも黙り込む。

二人とも痛感しているのだろう。七公国の叛乱《はんらん》をはじめ、今の聖王国の混乱を招いたのは、他《ほか》でもない、女王の予見能力の低下なのだと。

コルネリウスは地図の上の玉石《たまいし》を無造作《むぞうさ》にかき集めると、聖都《サンチユリオ》の東方、山に囲まれた場所にばらばらと落とした。

「ザカリアは私が叩《たた》く。引き続き一任してもらいたい」

合議を終えたコルネリウスは、内廊《ないろう》を通り抜けて奥の宮に入った。白亜《はくあ》の柱が並ぶ一角は信じがたいほどの静寂《せいじゃく》に満ちていたが、歩を進めると、やがてその静寂が濁《にご》る。突き当たりの大扉には翼ある車輪の紋章が大きく彫られ、青と白の衣《ころも》を着た神官たちがあわただしく出入りしている。

「なにがあった」と、巫女《みこ》の一人を呼び止めた。

「コルネリウスさま！」

まだ幼ささえ面差《おもざ》しに残す若い巫女は、泣き崩《くず》れそうな目で駆《か》け寄ってきた。

「陛下が、不吉な、託宣《たくせん》を、だれにも申すなと――」

コルネリウスは神官を押しのけて寝所《しんじょ》に入った。中庭かと錯覚《さっかく》するのは、とてつもない広さと、ガラス張りの天井から射し込《さこ》む陽《ひ》の光のせいだ。部屋の中央に四方を階段で囲まれた壇《だん》があり、透き通った布でくるまれた天蓋《てんがい》付きの寝台が設《しつら》えられている。

「ヒエロニヒカさまはまだ戻られないのか」「菜月祭《さいげつさい》の巡業で」「今すぐお呼びしろ」

聖域たる王城の中枢《ちゅうすう》とは思えない神官たちのあわてふためきぶりである。

（そうか、ヒエロニヒカがおらぬからか）

神職を束《たば》ねる大院司《だいいんし》は今、豊穣《ほうじょう》を祈る菜月祭で出払っている。奥宮《おくみや》を掌握《しょうあく》する者がいないのだ。コルネリウスにとっては好都合だった。

（やつの耳に入る前に、ことを進めておかねば）

「閣下、お待ちください」

「今はいけませぬ、陛下が」

まとわりついてくる神官たちの悲鳴に近い声を浴びながら、コルネリウスは寝台に歩み寄った。幕の向こうで小さな人影が起き上がり、後ずさる。

「陛下。コルネリウス参りました。おそれながら、拝謁《はいえつ》たまわりたく」

返事も待たず、神官の制止も聞かず、コルネリウスは幕を引き開けた。

寝台の向こう端で、身を起こしたばかりの少女は、びくりと腕を震《ふる》わせる。その肩から、紅色《あかいろ》の炎のような髪が流れ落ちる。黒玉《こくぎょく》の瞳《ひとみ》は恐怖と困惑に濡《ぬ》れている。

「あ、あ……」

唇がわななく。

「お人払いを」

まるで短刀を太ももに突き立てるような声で、コルネリウスは言った。少女はしばらく唇を痙攣《けいれん》させて戸惑《とまど》っていたが、やがてなにかぼそりと口にした。

神官たちは不安げな顔を見合わせて右往左往《うおうさおう》していたが、コルネリウスが眉《まゆ》をひそめてねめ回すと、ようやく寝所を出ていった。

少女に向き直り、寝台の手前にひざまずく。

「陛下。……シルヴィアさま。女王シルヴィアさま。大事ございませぬか」

ちらと目を上げる。女王シルヴィアは、純白の掛布をかき寄せ、まだ震えている。投げ出したむき出しの素足がなまめかしい。

（美しい）

コルネリウスはまぶしさに眼を細める。

占事《せんじ》によって王配候《おうはいこう》に指名されたとき、淫蕩《いんとう》な父親にこう言われた。次にもう一度、神に選ばれれば、あの肉体が手に入る。自《みずか》らの手で汚《けが》せるのだ、と。

父の遊惰《ゆうだ》な血はコルネリウスにはほとんど受け継《つ》がれなかった。

（この美しさそのものが、神に選ばれた権威の証《あかし》だ）

コルネリウスは力にだけ惹《ひ》かれる。父親のような劣情とは無縁だった。

（しかし、これよりなお美しい者が手に入るやもしれぬのだ）

（これと同じ麗《うるわ》しさに加え、比べものにならぬほどしなやかで強靭《きょうじん》な肢体と精神）

それは、より大きな力の兆《きざ》しだ。コルネリウスは女王に本題を告げる。

「……託宣《たくせん》を、受けられたと」

欲望をなだめながら、訊《たず》ねる。

「……あ、え、ええ」

シルヴィアは、上下していた肩をようやく落ち着け、声をしぼり出す。

「視《み》ました。……薬も、なしに、あれほどはっきりと、ああ、ああ、あれは、あんな……」

両手を胸に押しつけてあえぐシルヴィア。コルネリウスは眉《まゆ》を跳《は》ね上げる。この脆弱《ぜいじゃく》な女王は託宣を受ける能力が薄く、いつもならば副作用の大きな薬を大量に投与して補わなければならない。

それが——薬の助けなしに？

「なにをご覧になりましたか」

思わず腰を浮かせる。シルヴィアは苦しそうに息をつき、言葉を継《つ》ぐ。

「……死を」

「それはわかっております。どのような」

「剣、でした」

（……剣、だと？）

「透き通った、氷のような、大きな刃《やいば》が。……わたしの、眼と眼の、間を——貫《つらぬ》いて」

そこから先の言葉は、布を裂《さ》くような声に呑《の》み込《こ》まれる。臣下の礼を尽くしている場合ではなかった。コルネリウスは寝台にあがり、シルヴィアの身体《からだ》を抱き寄せた。背中を強く叩《たた》きながら、薄い胸をさする。

「ゆっくり息を。痛みを意識の外に飛ばしてくださりませ。考えてはなりませぬ」

やがて、シルヴィアの胸の動きが穏《おだ》やかになる。

「……手をかけさせました。……離してください」

シルヴィアが顔をそむけて言う。しかしコルネリウスはいっそう顔を寄せる。

（剣で殺される未来など、尋常《じんじょう》ではない。ひょっとして）

「託宣《たくせん》のことを、もっと詳しく」

「離してください！」

「殺されたのはほんとうにシルヴィアさまでしたか？」

女王の顔がこわばる。コルネリウスの手の下で、鼓動が一瞬停止したかと思えたほどだ。

「……な……にを？」

シルヴィアが呻《うめ》いた。

（そうだ。この機に託宣が下されたというのなら）

コルネリウスは、憶測を確信へと強引に引き寄せる。

（それは、関《かか》わりがあることのはず）

「なんのことです。わたしは、たしかに」

「その刃に貫かれたのは、姉君ではありませぬか？」

シルヴィアの凍《こお》りついた顔は、指一本触れただけで砕《くだ》け散りそうだ。

コルネリウスは己《おのれ》の抱いた憶測のおぞましさに、愉悦《ゆえつ》さえ覚えながら女王に告げた。

「姉君が――ミネルヴァさまが、見つかったのです」


寝所《しんじょ》を辞したコルネリウスが、ようやく静かになった純白の廊下を歩いていると、行く手の角から巫女《みこ》の一団が現れた。先頭に立ち、まったく足音をたてず、しかし早足でこちらにやってくるのは、青みがかったヴェールで顔を隠した女だ。白い前垂《まえだ》れには、テュケーの神に付き従うスミュルナの神の象徴である鵞鳥《がちょう》の紋章が描かれている。

「コルネリウス殿。奥の宮になんのご用ですか。陛下への拝謁《はいえつ》であればわたくしを通していただきたいと何度も申しましたはず」

数歩の距離で立ち止まった女が、ガラスでできた弦《つる》のような声で言った。

「なにか不吉な託宣《たくせん》とお聞きして参った次第。ヒエロニヒカ殿こそ、このような折に陛下のおそばについておられぬようでは、スミュルナの紋が泣こうというもの」

ヴェールの奥の顔が、かすかに歪《ゆが》むのがわかった。大院司《だいいんし》ヒエロニヒカとまみえるたびにコルネリウスはいつも肌を伝う不気味さをぬぐい去れない。ガレリウスに聞いたところによると、少なくとも記憶にある二十年も昔から、変わらずこの皺《しわ》一つ無い透明な美貌《びぼう》を保っているのだという。

「臣の長たるコルネリウス殿が心配なさることではございませぬ」

ヒエロニヒカはコルネリウスの皮肉をきつい口調で受け流す。

「それよりも、なぜ直接のご報告がなかったのですか」

「なにについて」とコルネリウスはとぼけてみる。ヒエロニヒカは背後に従う巫女《みこ》たちに、先に戻るように命じた。みな不安げにコルネリウスの顔を見やったが、言う通りに傍《かたわ》らを急ぎ足で抜けていく。

「ミネルヴァさまのことです。知れておりましょう」

二人だけになったところで、ヒエロニヒカが声をひそめて言った。

「奥宮《おくみや》にお知らせすることではござらぬ」

「それはこちらが決めること。聖王家の存亡《そんぼう》に関《かか》わる大事でござりましょう。知らせることではないなどと」

（聖王家の一員気取《きど》りか）

　女王に仕える神官ごときがこれほどの権勢を笠《かさ》に着るようになったのは、三大公家《たいこうけ》の重大な失策の一つであるとコルネリウスは思う。

「では、知ってなんとするおつもりか？　捜《さが》すのは我らが軍、沙汰《さた》を決めるのは」

「お決めになるのは陛下です」

　ぴしゃりと遮《さえぎ》られた。もちろん、ヒエロニヒカの目を見ればわかる。自分が決める、と言っているのだ。シルヴィアには何事に関しても決定権などない。

「ミネルヴァさまは王宮にお連れする。いずれ聖王家には必要な方。陛下も今は気を乱しておられるが、落ち着かれたら、当然そうおっしゃることだろう」

「いいえ。お戻りになられるようなことがあってはなりませぬ」

　ヒエロニヒカはきっぱりと言った。コルネリウスは思わず眉《まゆ》を歪める。

「国を捨てられ、俗世の穢《けが》れの中で育てられた方。お戻りになれば無用の混乱を呼びます。いいえ、この地のどこかにおられるというだけで災《わざわ》いのもと」

（なるほどな）

　コルネリウスは胸中でせせら笑う。

（当代の予見力の弱体化など、神官たちの知ったことではないか。むしろシルヴィアのよ

うな扱いやすい女王の世が続くのが好都合なのであろう）

「では、どうしろと？」

「さあ。それは陛下のお心のままに。けれど、ミネルヴァさまというお方は、最初からおられなかった方が平穏が保たれたでしょう」

（殺せ、と言うか）

「……ともかく捜索《そうさく》は軍が行う。くれぐれも先走ったことをなさらぬよう」

不安になり、コルネリウスは釘《くぎ》を刺した。奥宮《おくみや》の神官団には、王配候《おうはいこう》ですら把握《はあく》しきれていない無数の伝手《つて》があるのだ。独断でなにをされるかわかったものではない。

「ヒエロニヒカ殿には本分がござろう。陛下の託宣《たくせん》の釈義《しゃくぎ》を性急に。殺すという相手の者がだれなのか。ミネルヴァさまにも関《かか》わりのあることやもしれぬ」

ヒエロニヒカの顔は曇《くも》った。

「……ミネルヴァさまは今、どちらに」

その程度であれば教えてもかまわぬだろう、とコルネリウスは思う。

「戦陣を抜けられ、今はザカリエスコにおられる」


ザカリエスコ城は東国に並ぶものなしと謳《うた》われた壮麗《そうれい》な城郭《じょうかく》である。

聖都《サンチュリオ》から馬で五日ほどの近さでありながら、多くの山を隔《へだ》て、厳しい寒さのわだかまる王国中央部とは別世界の温暖な気候。くわえて豊富な銀山と開けた港を有し、ザカリア公国は東国随一《ずいいち》の豊かさを誇っていた。

城下の目抜き通りに広がる市《いち》も、戦時中とは思えない賑《にぎ》やかさだった。箱からあふれそうな果実、港から直接運び込まれた壺《つぼ》いっぱいの塩漬《づ》けの海産物、牛や豚や鹿の燻製《くんせい》肉、遠洋交易《こうえき》船が仕入れてきた絹布や織物。

通りを歩くクリスの、胸に下げた装飾剣は人目を引くらしく、しょっちゅう売り子に呼び止められる。

「騎士団の人だろう、安くしておくよ」

「これ城内の人にもってってくれ、代はいらんよ、明日大勢連れてきてくれりゃ」

「裏にお店があるわ。坊や、遊んでいかない？」

「……いえ。お金ないから」

腕の良い鍛冶《かじ》職人をようやく見つけ、具足《ぐそく》の修理をすべて前金で頼んできた帰りである。どれも上物《じょうもの》だけに、修理費用もそうとうなものだった。誘いの声を払いのけ、クリスは城門に向かう。槍《やり》を携《たずさ》えた二人の門衛は、やはりクリスの胸の短剣を見ると、無言で通してくれる。便利ではあるが、まだ慣れない。この貴族風の服の着心地も、幅広の帽子も、どうにも落ち着かない。しかし、近衛《このえ》には美しいものしか置かないというフランチェスカの趣味である。

広い中庭では騎士団の歩兵たちが隊列を組んで訓練をしていた。甘い空気とたっぷりした陽光の中、だれもいない城壁に向かって槍《やり》を構える兵たちを見ていると、市場の活気に触れたとき以上に、クリスはもやもやした気持ちになる。

——いいんだろうか。

——ぼくは、こんな場所にいていいんだろうか。

——戦場で血塗《ちまみ》れになりながら戦っていなくて、いいんだろうか。

うつむいて城内に入った。フランチェスカの部屋はうんざりするほど長い階段を何度も上った先にある。扉をノックしようとしたとき、背後で少女の声が聞こえた。

「……控えよ。……総員、構え！」

びっくりして振り向く。廊下から直接張り出したバルコニーに、人影がある。金色の髪が陽光に揺れている。手にした杖は——軍の指揮杖《しきじょう》だろうか。フランチェスカ？

いや。クリスはバルコニーに歩み寄った。

「殲滅《せんめつ》せよ！　……ううん。ちょっと声の調子がちがうなあ」

「……パオラ？　なにしてるの」

「ひゃあああっ」

パオラは飛び上がって、金髪のかつらをむしり取り、杖と一緒に背中に隠して振り向いた。無理に作った笑顔が浮かぶ。

「あ、あの、クリスさん、お怪我《けが》の具合もよろしいようでなによりですっ」

「ええと、今なにして——」

「なななんでもありません」

パオラは大いにあせって、クリスを廊下に押し戻す。その手に握《にぎ》られているのは、たしかにフランチェスカの使っていた指揮杖《しきじょう》だ。

「ひ、ひみつですよ！　だれにも言わないでください」

「言わないけど」

だれに、どういう話の振り方で言えというのだ。パオラがフランチェスカの物真似《ものまね》をしていたなどと。

「……フランチェスカは？　いないの？」

「いらっしゃらないようです。すぐに戻ってくるかと思いますけれど」

クリスはため息をつく。話があると申し出たのはクリスの方だが、この時間を指定してきたのはフランチェスカだ。兵たちの話を聞くに、どうやら約束を忘れるのは日常茶飯事《さはんじ》のようだった。しかし、そんなクリスの様子を見て申し訳なく思ったのか、パオラがいきなりかつらを頭にかぶって言った。

「じゃ、じゃあ、あたしがかわりにご用承《うけたまわ》ります！　フランさまだと思ってなんでも話してください。……いえ、なんでも申しなさいな！」

大いばりで杖を突きつけられたので、クリスは思わずひどく冷たい目を返してしまう。

「ご、ごめんなさい……」パオラは泣きそうな目でかつらを外し、萎《しお》れる。

「いや、悪かった」

しかし、なぜかつらまで用意して、こんな馬鹿《ばか》げたことをしているのだろう。

「あたし、最初はフランさまの影武者だったんです」

バルコニーの長い腰掛けにもたれて、パオラがつぶやいた。

「……影武者？」

「ええ。フランさまとは乳兄弟《ちきょうだい》で、小さい頃《ころ》から遊んでもらってました。それで、フランさまが騎士団長になられるときに、お父上の公爵さまがひどく心配なさって、あたしも影武者としてついていくようにと。顔立ちが似ているのだとおっしゃってました」

どこが、と言おうとして、クリスはパオラの顔をまじまじと見て口をつぐむ。たしかに、目鼻立ちは似ているかもしれない。雰囲気があまりにもちがうので気づかなかった。

「でもフランさまは、そんな品のない仕事はやらなくていいとおっしゃって。かわりに近衛《この》隊《え》に入れ、って。武器なんて使えないから、って断ったら、いざってときに代理で指揮を執《と》れるように、なんて言われて。そんなことできるわけないのに。こないだは、旗持って走るのに精一杯だったし……」

あの騎馬隊を殲滅《せんめつ》した戦いを思い出したのか、パオラは肩を震《ふる》わせる。

「ちゃんとできてたよ。大丈夫。おかげで助かった」

あまりに落ち込んでいるので、クリスはパオラの隣に腰掛けて、そう言ってみる。

「そ、そうですか？」

指の間から不安げな瞳《ひとみ》。クリスはうなずく。兵たちからも、パオラの反転指示の機が見事だったとほめる声をいくつも聞いた。

「……そ、それなら、よかった」

照れ笑いに加えて、両足を上下させるしぐさは、まったくの子供だ。自分より歳下なのだろうかとクリスは思う。

「あたし、近衛《このえ》でいちばん古いのに、なんの役にも立ってないんじゃないかって……」

――この娘は、軍にいていいような人間じゃない。

軍では、役に立つかどうかなど考えているひまはなかった。役に立たない者は戦場が淘汰《とうた》するからだ。

――いや、そうじゃないか。

――ここでは、ぼくの方がおかしいんだ。

戦人《いくさびと》は、命令に従うことと、稼《かせ》ぐことと、生き延びることだけを考えるものだ。騎士は傭兵《ようへい》よりもなおひどい。家格と勲章《くんしょう》のために、武功《ぶこう》を傭兵から金で買う貴族をクリスは何人も見てきた。けれど、ここではちがう。末端の兵に至るまでも、飢えのために剣を取っているわけではない。みな、フランチェスカのため。パオラのような娘ですら、そうだ。

そのフランチェスカは、そしてミネルヴァは――王家を倒すために。

――だから、息苦しい。

「あたしも戦えればいいいんですけど。ミィナさんみたいに、強くは、なれない」

うつむくパオラの耳のあたりを、クリスは見つめる。

ミネルヴァの剣技は、敵の攻撃が見切れるというだけのものではない。あの大剣を振るえるだけの膂力《りよりよく》と反応力とともに、長い訓練によって鍛《きた》え上げられたものだ。

――あんな女の子が、どうして、聖王家を倒すなんて目的のために、そこまで。

「……ミネルヴァが騎士団に来たときのこと、知ってるんだよね」

「えっ？　あ、は、はい」

「いつぐらいなの？　あいつ、自分のことは全然話してくれなくて」

「クリスさんは、なんだか、ミィナさんのことばかりですね」

クリスが首を傾《かし》げたままぽかんとなるので、パオラは指を唇に添えて笑った。

――ミネルヴァのことばかり、って。

――それは、そうだ。ぼくはそのために、騎士団にいるんだから。

ミネルヴァが再び死を予見したあの夜以来、避けられているのがわかった。無理もない。殺される運命にある、当の本人なのだから。

――どうしてあんなひどい力を持つようになったのか。

――ミネルヴァは教えてくれない。

「四年くらい前です」

パオラが、兵たちの訓練の声が響くバルコニーの向こうを見やりながら話し始める。

「騎士団ができるちょっとだけ前。フランさまがあたしの部屋にやってきて、『カーラ先生が真っ赤な髪のすごく綺麗《きれい》な女の子を連れてきたから見に行こう』っておっしゃったんです。それが、ミィナさんでした」

「カーラ？」

「あ、ジルベルトさんの剣のお師匠さまです。ミィナさんにも教えてたとか。今は、どこにいらっしゃるのかさっぱりわかりませんけれど」

「あの二人の師匠？　そ、それって、じゃあ、あの二人よりも強いの？」

「先生なら、たぶんジルベルトさんとミィナさんが二人ずついて四方から囲んでも勝てないと思います」

ぞっとする。それは化け物ではないのか。そうだ、思い出した。ニコロがいつぞや言っていた『先生』云々《うんぬん》というのは、そのカーラのことか。

「先生は、そろそろぶらっとひとりで旅に出たいから、公爵家に弟子を預けたいということで連れてきたみたいなんですけれど、フランさまはミィナさんを一目見て、自分の部屋に連れていっちゃいました」

美しいものを一目で気に入って好き放題するのは、昔からであるらしい。

「戻ってきたら、『たった今、主従関係を結んだ』っておっしゃいました」

「……なんで」

意味が通っていない。部屋でなにを話したのだ。そもそも、初対面のはずなのに、ミネルヴァがそんなので納得するわけがないだろう、とクリスは思う。

「あたしがちょっと思っただけですけれど。フランさまは、なんだか、ミィナさんのことを最初からご存じのように見えました」

クリスは腕組みをする。

逢《あ》ってすぐに主従関係を結んだ。ミネルヴァのことを最初から知っていた。とするとミネルヴァは公爵家の家臣か分家の娘だったのだろうか。騎士や下級貴族の家の生まれであれば、物腰ににじむ品の良さも、説明できなくもない。

では、あのおぞましい力は、どこで手に入れたのだろう。

——ミネルヴァが話してくれない以上、フランチェスカに訊《き》くしかないか。

——ぼくとミネルヴァは敵同士だったのだし。

——それにぼくは、これからミネルヴァを殺してしまうかもしれない人間だ。

——憎まれていても、しかたない。話してくれないのが当たり前かもしれない。

「ミィナさんのこと。気にかかりますか」

パオラが、なぜだか嬉《うれ》しそうに訊いてくる。クリスはどぎまぎしながらもうなずく。

「クリスさんが、どうしてこんなに若いのにひとりで流れの傭兵《ようへい》なんてしてたのか。どうしてミィナさんに逢って、うちに来ることになったのか。……あたしが今ここで訊いたら、教えてくれますか？」

顔をのぞきこまれるので、視線をそらしてしまう。

それは、もちろん言えない。血で穢《けが》れた獣《けもの》の、這《は》いずるような生《せい》を、ここでパオラに打ち明けることなど、できない。

「あたしがきらいだから？　それで教えてくれないんですか」

「い、いや、そんなことじゃなくて。ただ――」

けれど、言葉に詰まったクリスを見て、パオラは柔らかく微笑《ほほえ》むのだ。

「だから、たぶんミィナさんも同じです」

「え……」

「きっと、憎んでなんていませんよ。怖《こわ》がってるだけです」

なにも言い返せなくなる。真正面から、身じろぎもできないまま心臓を射貫《いぬ》かれたような気持ちになる。

階下で、兵たちの訓練の声がいきなりぱったりと止《や》んだ。パオラがぴょんと飛び上がって手すりから身を乗り出す。

「フランさま、戻ってきたみたいです！」

クリスもあわてて立ち上がる。中庭を見下ろすと、訓練兵たちが最敬礼する前を、金色の髪が優雅に横切って――

「あ、あれ？　西館に行っちゃいます」

クリスたちの待つ本棟ではなく、庭の奥の別棟に向かうフランチェスカ。

「……たぶん、クリスさんとのお約束、お忘れですよ」

ため息をつくと、クリスはバルコニーを離れ、階段に向かった。

そのときのクリスは知らなかったが、ザカリエスコ城の西館はいわば後宮《こうきゅう》で、公爵家の女たちが主《おも》に使う棟であり、男性はたとえ重臣といえど近づかない。しかし、警備が厳重というわけではない。クリスは中庭の左手奥に向かったがだれにも見とがめられず、使用人が女しかいないことを少し訝《いぶか》しみはしたが、ホールの階段をそのまま上がる。

あっさりとフランチェスカの部屋に通されたのは、やはり近衛《このえ》の隊章のせいだろう。

「あら、ごめんなさい。クリスのことはすっかり忘れていたわ」

「やっぱり忘れてたのか……」

扉に背中を押しつけて嘆息する。なぜ部屋の外にいて扉越しに会話しているのかというと、フランチェスカがやおら部屋着に着替え始めたからである。手伝え、などと言われたが、冗談《じょうだん》ではない。

「お入りなさい」

ようやく着替え終わったフランチェスカに招き入れられる。花びらを思わせる意匠《いしょう》の、胸を強調した華美なドレスは、やはり鎧《よろい》よりもよほどよく似合う。

「近衛なのに着替えの手伝いもできないなんて。ジルベルトといい、男はだめね」

「近衛の仕事をなんだと思ってるんだ」

クリスはあきれて、天鵞絨《ビロード》張りの椅子《いす》に帽子を投げ出す。

「戦争なのに、侍《はべ》らせる近衛《このえ》を趣味で選ぶなんて。兵たちは文句言わないのか」

「パオラがどうして、あたくしがいないときの指揮を任されるのだと思う？」

——なんだ、いきなり。

「こっちにいらっしゃい。教えてあげるわ」

訝《いぶか》りながらも近づいていくと、フランチェスカはいきなりクリスに身を寄せ、襟《えり》の間から胸に手を差し込んできた。クリスは十歩ほどもある距離を飛《と》び退《の》いて部屋の扉に背中をはりつけ、帯刀《たいとう》していないのに腰の剣を思わず探っていた。

「……な」なにを、という声すら出てこない。

「意外に純なものね。傭兵《ようへい》だったくせに」

舌をぺろりと出して唇をなめ、フランチェスカは妖艶《ようえん》に笑う。

「どう？　胸を直《じか》に触られると、まるで心をつかまれたような気になるでしょう」

「……なんの話だよ」

火照《ほて》りを感じて、指で襟に隙間《すきま》をつくりながら、クリスは訊《き》き返す。

「人はけっこう単純なものなのよ。身体《からだ》をつかむことと、心をつかむことは同じなの」

——それが、なんなんだ。

「騎士団には、たったひとり——すべての団員の素肌に触れたことのある者がいる」

クリスは唇をこわばらせたまま固まる。

素肌に触れたことのある者。

——衛生兵。ニコロが診《み》ない女たちも任されている、女の衛生兵。

「だからあたくしは、その者に旗を任せた。幼い頃《ころ》からあたくしのそばで育って、あたくしの考えを最も肌で理解している、あの娘に。単純な話でしょう。あたくしも戦場でいつ斃《たお》れるとも知れない身。継《つ》ぐ者を見いだすのは責務よ」

フランチェスカが喋《しゃべ》り終えると、クリスはようやく息をつける。

どこまで本気なのだろう……いや、すべて本気か。パオラは事実、銀の雌鶏《めんどり》の旗を掲《かか》げて反転攻撃を指揮してのけたのだから。

「あたくしの命ある間に、泰平《たいへい》は来ないかもしれない。聖王国には三大公家《たいこうけ》も、神官団も、みっしりと根を張っている。すべてを焼き払い、王家をあるべき姿に戻すには、百年でも足りないわ」

クリスは息を呑《の》み、若き主君の顔を見つめる。

「それがあたくしの敵よ」フランチェスカは微笑《ほほえ》む。「王家ではないわ。そのまわりで民を踏み敷いて、国を歪《ゆが》めている者たちよ。民を護《まも》らない者は君臨してはならないの」

戦場での暮らししか知らないクリスには、三大公家の暴政など実感できるはずもなかった。それでも、フランチェスカの堅い意志をまぶしく思い、うつむいてしまう。

——ぼくには、戦う理由なんてなにもない。

——ただ、ミネルヴァにしがみついているだけだ。

「あたくしには、剣も槍《やり》も弓も扱えないわ。けれど、この目がある。言葉がある。ついてきてくれる者たちがいる。それがあたくしの、なにものにも勝る武器。だから、あるべき場所にあるべきかたちで備えるの。パオラもそう。……あなたも、ね」

クリスは、はっとして顔を上げた。

視線が、フランチェスカの愉快《ゆかい》そうな笑《え》みとぶつかる。

「近衛《このえ》をやめさせてくれと言いにきたのでしょう？　先凸隊《せんとつたい》にでも回してくれと」

「どう……して」

その通りだった。気取《けど》られていたのか。

「だって、窮屈《きゅうくつ》そうだったもの。屍《しかばね》じゃない人間と一緒にいると息が詰まる、みたいな顔をいつもしてたわ」

鈴を転がすようなフランチェスカの含み笑い。クリスは気恥ずかしくなって目をそらす。

「ミイナと一緒にいなきゃいけないのでしょう。近衛にいるのがいちばんじゃない」

「一緒に、いても……無駄かも、しれない」

納屋《なや》の壁越しに、夜を過ごした、あのときのミネルヴァの言葉を思い出す。

なにもできなかった。手を握《にぎ》っていることしか、できなかった。それに――

――ぼくが、殺す。

――ぼくがまたこの手で、ミネルヴァを殺してしまう。

その運命を喰《く》らうために、クリスはミネルヴァのそばにいるはずだった。けれど、クリスが遠ざかっていた方が、ミネルヴァの身を守れるのではないか。

近衛に所属していては、それもできない。

――そもそも、なぜぼくがまたミネルヴァを殺すんだ。

――もう、敵じゃないのに。

わからない。ミネルヴァも、このところはクリスと顔を合わせるたびにそっぽを向いてしまい、ろくに話もしていない。

「まだ、話してくれないのね？　ミィナとあなたの間にあったこと」

フランチェスカの問いに、クリスは顔を上げられないまま、小さくうなずく。

「どうして？　話したら、騎士団にいられなくなるから？」

クリスは身を固くする。フランチェスカは椅子《いす》に寝そべり、かすかな笑い声をたてた。

「ほんとうに隠し事のできない子ね。少しかまをかけただけなのに」

耳が熱くなるのが自分でもわかった。爪先《つまさき》でいいように転がされている気分だ。

「まあいいわ。ミィナも最初はそうだった。なにも話してくれなかった」

――ミネルヴァも。

クリスは、いまだになにも知らない。自分の中の闇《やみ》は一つ残らずミネルヴァに知られてしまっているのに、それと同じくらい――否《いな》、それよりもなお深い、彼女の暗闇《くらやみ》のことは、なに一つ知らない。

そのとき、部屋の外で声がした。

「フラン、入るぞ」

クリスはぎょっとして振り向く。ミネルヴァの声だ。

「お入りなさいな」

部屋に入ってきたミネルヴァは、肩口の大きく開いた可憐《かれん》なシュミーズを着ていた。戦闘や訓練のときには見られないかっこうで、思わずどきりとする。そんなクリスを見て、ミネルヴァは眉《まゆ》をつり上げた。

「なんでおまえがここにいるんだ。西館は男子禁制だ」

「え、そ、そうなのっ？」

「クリスはいいのよ。近衛《このえ》だし可愛《かわい》いし」

「関係あるかッ」

「着替えの手伝いも覚えてもらわないといけないし」

「な、クリス、お、おまえまさか」

「やめてよフラン……」

クリスは嘆息し、肩を怒《いか》らせて歩み寄ってくるミネルヴァを押しとどめる。

「近衛をやめさせてくれって話しに来ただけだよ」

「近衛をやめる？　どうしてっ」

ミネルヴァが急に泣き出しそうな目になるので、クリスの胸はざわめく。

「いや、だって」

少女の濡《ぬ》れた漆黒《しっこく》の瞳《ひとみ》に、自分の顔が映《うつ》り込んでいる。

この眼で、こうして――クリスに殺される未来を、視《み》たのか。

「ぼくが近くにいたら、……危ない、だろ」

「あ、あれはっ、おまえがどこにいようと同じなんだ、宿命なんだから！　それなら、ずっとわたしの――」

フランチェスカの愉《たの》しげな視線に気づき、ミネルヴァは口をつぐむ。

「どうしたの？　ちゃんと言いなさいな、ずっとわたしのそばにいろって」

「フランはいつもそういうことをっ」

ミネルヴァはフランチェスカに噛《か》みつき、それからいきなり不安げにしおれた視線をクリスに向けてくる。

「ほんとに近衛をやめるのか？　そんな、そんなことしなくても、わたしが」

「他《ほか》に配属するつもりはないわ。騎士団自体を脱《ぬ》けるというのなら、あたくしに留《と》める権利はないのだけれど。決めるのはクリスよ」

フランチェスカは余裕たっぷりの表情で口を挟《はさ》む。

「だめだ、わたしのものなんだから！　わたしが許さない」

口調と裏腹にすがりつくようなミネルヴァの目に、クリスは息をついて首を振った。

「……悪かったよ。やめたりしない」

固い呼気《こき》の塊《かたまり》が、ミネルヴァの喉《のど》から吐き出される。肩の力が抜けていくのがわかる。

「安心した？　ミィナ」

「安心ってなんだっ、わたしが心配してたみたいじゃないか」

「してたでしょう、泣きそうになって」

「なってない」

「ごめんミネルヴァ。ぼくが――」

「もういいっ、そんな話をしにきたんじゃない！」

ミネルヴァはクリスの肩を突き飛ばし、言葉を遮《さえぎ》った。

「フラン、出撃を早めてくれ。できれば明日」

「どうして？」

訊《き》かれたミネルヴァは、ほんの一瞬、クリスに視線を向けた。その目には、濡《ぬ》れた苦痛の余韻がたまっていた。

「暗殺部隊みたいなものが差し向けられている」

「……暗殺部隊？」

「よくわからない。囲まれるところと、手を貫《つらぬ》かれて傷口が紫色になるところしか視《み》えなかった。……たぶん、毒だ」

その言葉の中身よりも、ミネルヴァの口調がまるで麦の収穫量でも報告するような平坦《へいたん》なものだったことに、クリスはぞっとした。

THE SWORD QUEEN AND THE BRANDED CHILD

8 ねじ曲がった毒刃

ミネルヴァの使っている剣は、男が二人がかりでようやく持ち上げることができるほどの重さがある。幅が通常の剣の三倍、厚みも倍あり、下手《へた》をすれば甲冑《かっちゅう》よりも重い。

「わたしの戦い方には、どうしてもこれが必要だと、最初からカーラに仕込まれたんだ」

行軍《こうぐん》中の馬上で、ミネルヴァはクリスにそう教えてくれた。鞍《くら》の片側に吊《つ》ったりすると馬が平衡《へいこう》を崩《くず》して歩けなくなるので、ミネルヴァが背中に真横にして担《かつ》いでいる。

「どんな先生だよ……女の子にそんな剣持たせるなんて」

クリスはあきれてしまう。しかも、カーラ、という名前が出たときに、あぶみを並べていた騎士たちの顔が一様に引きつったのに気づいた。どうやらほんとうに有名人らしい。ミネルヴァとジルベルトの師匠というだけでじゅうぶん寒気《さむけ》がするが、教え方もやはり破《は》天荒《てんこう》だったわけだ。

「理に適《かな》っているじゃないか」ミネルヴァは頬《ほお》をふくれさせる。「カーラは言っていたぞ。人間が身につけられる金属の総重量は限られてる。すべての攻撃に反応できるなら、鎧《よろい》のように装甲を分散させずとも、全武装重量を可動部分一点に集中させた方がいい。攻撃力も増す」

それは机上《きじょう》の空論じゃないのか、とクリスは思うのだが、ミネルヴァの予見と膂力《りょりょく》とが、それを可能にしてしまっている。

「実際に振り回して見せたら、カーラもびっくりしていたけど」

——思いつきで言ってみただけなんじゃないか？

そこまで疑ってしまう。

「ともかく、わたしはあの戦い方しかできない」

ミネルヴァはそう言って、行軍《こうぐん》中の騎士団の長く続く列をふと振り返る。後にしてきたザカリエスコの街の城壁は、張り出した崖《がけ》の陰に隠れてしまい、もう見えない。

「戦場で襲われた方が、まだましなんだ。街中《まちなか》で戦ったら絶対にまわりを巻き込む」

それで出撃を早めるように頼んだのか、とクリスはうなずく。同時に、哀《かな》しくなる。暗器《あんき》を使う集団に襲われる未来を予見した、と聞いて、城の警備を増やし迎撃《げいげき》すればいいのではないかと提案したのはクリスだ。ミネルヴァはそれを一顧《いっこ》だにしなかった。フランチエスカも肩をすくめて、出撃準備の指示を出した。

死の降りしきる戦場で、死を振り払う。そんな生き方しかできないのなら——それは、ひどく哀しい。

「なんだその目は。出撃が早まったのを恨《うら》んでいるのか？」

「え？　い、いや、ちがうよ」

ミネルヴァの横顔をじっと見つめていたことに気づき、クリスはあわてて自分の腰の剣に目を落とす。

「ミィナ、小僧はせっかくの街なのにちっとも遊びやがらねえのよ。出撃が早くなってむしろ喜んでるぜ」

まわりの男たちが口を挟《はさ》んでくる。

「戦場が大好きなんだな。あきれたやつよ。ミィナと同じだ」

「娼館《しょうかん》に連れてってやったのに逃げ帰りやがってよ」

「なっ、お、おまえ、そんなところに行ってたのかッ！」

ミネルヴァが髪を震《ふる》わせて、クリスのあぶみを蹴飛《けと》ばす。

「行っただけだってば！　訓練にはちゃんと間に合っただろ」

「間に合ったとかそういう問題じゃないっ」

「ええと、じゃあどういう」

クリスが顔をのぞき込もうとすると、ミネルヴァは口ごもってうなり声を漏《も》らし、ふいとそっぽを向いてしまう。男たちがそろって苦笑した。

「おまえはわたしの道具なのに、ふらふら遊び歩くなんて」

明後日の方向にミネルヴァがぼそりとつぶやく。

「あ……ご、ごめん」

クリスは拳《こぶし》を膝《ひざ》に押しつける。

——ぼくはミネルヴァの、雨除《あまよ》けみたいなものなんだから。

「悪かった。ずっと、離れたりしないから」

「だから、そういうことじゃッ」

「え……そういうことでもないの？」

「う、うう、そ、そう、だけど、でも」

顔をそむけっぱなしのままミネルヴァは言《い》い淀《よど》む。さっきから足をせわしなく泳がせているので、馬が迷惑顔で何度も振り向いている。まわりの男たちはすでに爆笑している。

クリスは馬体を寄せ、ミネルヴァに囁《ささや》いた。

「その、暗殺部隊っての、どんなやつらか、視《み》えた？」

ミネルヴァは小さく首を振った。

「……鎧《よろい》の音がしなかった、くらいしかわからない。戦闘中じゃないと、像がぼんやりしていて、はっきり視えない」

——ミネルヴァは、戦場にいた方が、生きやすいんだ。

クリスは唇を噛《か》む。

そのとき、隊列の前方で旗が小さく振られた。斥候《せっこう》が戻ってきた合図だ。

夕刻、聖王国軍の北上部隊と接敵《せってき》した。フランチェスカは騎士団本隊を森林の中で待機させると、クリスを含む少数を連れて視界の開けた場所に出る。

「やつらが駐屯《ちゅうとん》している砦《とりで》、ありゃなんです？　見たことのない造りだが」

百卒長《ひゃくそつちょう》の一人が、荒れ野を隔《へだ》てた彼方《かなた》の崖《がけ》の上にそびえる無骨《ぶこつ》な影を見て、隣のフランチェスカに訊《たず》ねる。

「古い修道院を砦に転用したものだそうよ。やっかいな拠点ね」

手に持った地図を乱暴な風にはためかせながら、フランチェスカはそうこぼした。

クリスも、同様の砦をいくつか知っていた。女王直轄領《ちょっかつりょう》の辺縁部《へんえんぶ》ではパルカイの神々への信仰が弾圧《だんあつ》されて、多くの教会や修道院が放棄されたのだ。

「おそらくあそこで南方面軍の合流を待っているのではないかと」

古参の騎士がつぶやき、フランチェスカもうなずく。

「現時点でも二千そこそこはいましょう。どうやって食い止めます？」

「兵糧《ひょうろう》だけ焼くわ」

若き指揮官は即答した。

「砦正面に陽動をかけて、崖下《がけした》から侵入するの」

「崖下から？　無理でしょう、どうやって」

「あの手の修道院は崖側にごみを捨てる大きな穴が切ってあるの。クリス、あなたなら砦をいくつも渡ってきたのだから、見たことがあるでしょう」

唐突《とうとつ》に話を振られ、クリスは驚きながらもうなずく。

「でも、今は使われてない。見える？　崖下にいくつもある白い出っ張り」

フランチェスカが指さす先に、クリスは目をこらす。たしかに、崖《がけ》の勾配《こうばい》が地面に近づいて緩《ゆる》やかになったあたりに、いくつも白いものが見える。あれは――

「人骨よ」

男たちがぎょっとした顔になった。屍《しかばね》だという事実を知らされたからではない。戦人《いくさびと》はそれだけのことでは驚かない。人骨が、人の形をとどめていたからだ。

「昔、パルカイ教会ではよくやっていた罰だそうよ。特殊な油に漬《つ》け込んで身体《からだ》を固めて死なせて、供物《くもつ》にするのですって。王国軍も気味悪がって投棄口に近づかないのね」

「俺《おれ》たちも近づきたくないがな……」

「踏んで崩《くず》したら罰が当たりそうだ」

猛者《もさ》たちが、真剣に顔を曇《くも》らせる。パルカイの神々への畏《おそ》れは、東国ではまだ根強い。

フランチェスカは薄く笑って肩をすくめた。

「実動隊は、不信心者を選《よ》りすぐるわ」

夜を待ち、銀卵騎士団《ぎんらんきしだん》は二手に分かれた。派手に松明《たいまつ》を灯《とも》した陽動部隊はフランチェスカの指揮のもと、森を出た。すぐにでも砦《とりで》の物見《ものみ》に発見されるだろう。

「……じゃあ。もう少ししたら、い、行きましょう」

暗闇《くらやみ》の中で、パオラが振り向いて言った。彼女が率《ひき》いる部隊は二百名ほど。クリスも後に続く者たちを見やる。若い兵ばかりだ。隣にはミネルヴァの赤い髪がある。ジルベルトまでこちらにいるのだから、フランチェスカの言う近衛《このえ》が本来の意味ではまったくないのがよくわかる。気に入った者をそばに置いているだけで、作戦のために必要とあらば身辺警護の任務などためらいなく解いて前線に送り込むわけだ。

「下調べのときに、ジルベルトさんが崖に目印をつけてますから、え、ええと、全然見えないかもしれませんけどジルベルトさんについていって、五人、登攀《とうはん》して縄梯子《なわばしご》を下ろします。一本につき一度に二人まで。敵に見つかったら、ええと、梯子の途中でも下りて散開してください。上に残った人たちだけで作戦を続けます。食糧は全部焼かなくてもいいので、深追いはだめです」

たどたどしく作戦内容を一気に喋《しゃべ》って、額《ひたい》に手をやり、ふうと息をつくパオラ。最後の号令だけは、無理矢理《むりやり》にでも背筋《せすじ》を伸ばし、力強く言った。

「武運を。出ます！」

夜陰《やいん》と荒野《こうや》を渡る強い風にまぎれての進軍だった。クリスはふと、声をひそめて隣のミネルヴァに訊《たず》ねる。

「……ねえ、襲われるのって夜だった？」

「わからない、と言っているじゃないか」むすっとした答えが返ってくる。「しつこいな、おまえは。わたしだってなんでもかんでも視《み》えるわけじゃない」

「そうだけど……」

細々とした声は、凪に押《お》し潰《つぶ》されてしまいそうだ。

「でも、ミネルヴァは今頃《いまごろ》、まだザカリエスコにいるはずだったんだろ。それなら、襲われる未来も、なくなっているかも」

「それもわからない」

ミネルヴァは冷たい凪に目を細める。

「あれ以来、予見していない。それに、命運の流れはそれくらいのことじゃ変わらないんだ。いつもそうだった。ほんのわずかの差で、刃《やいば》を、矢を、躱《かわ》す。そういうやり方でしか変えられない。そんなことをしていれば、いつか——」

いつか。

その先の言葉は、暗闇《くらやみ》と、軍靴《ぐんか》が荒れた土を踏む音とに呑《の》み込《こ》まれる。

「……だ、だからっ」

取り繕《つくろ》うようにミネルヴァは声の調子を上げた。

「だから。おまえがいるんだ。そのためだからな？」

「う、うん。わかってる」

「おまえはただの矢除《やよ》けの盾《たて》みたいなものなんだからな！　ほんとにわかってるのか？」

「わかってるよ。なんだよ、そんな当たり前のこと」

「あ、当たり前だとッ？　おまえ、わ、わかっててあんな、ことあるごとにあんなこと言ってたのかッ」

「なに怒ってるんだいきなり……」

「おいミィナ静かにしろ」「作戦中だぞ」「痴話《ちわ》げんかは帰ってからにしろ」

方々からたしなめられ、ジルベルトには剣の柄《つか》で腹を突かれ、ミネルヴァはむくれ顔のまま黙り込んだ。

――護《まも》りきれるだろうか。

太刀《たち》の柄に手をやり、クリスは思い詰める。

――獣《けもの》は眠ったままだ。今、死の命運が襲ってきたら……

――ぼくはそれを止められるだろうか。

迫ってきた崖《がけ》と修道院の威圧的な黒い影が夜空の星を遮《さえぎ》り、クリスの不安を呑み込む。

崖の足下《あしもと》に突き立った人骨は、なかば砂岩と同化していて、しみた油がどう変化したものか、星明かりをぬめるように照り返している。近づいて見るとだれもが言葉を失う。

砦《とりで》のあちら側《がわ》から、無数のわめき声が聞こえてきた。夜空に炎の色がわずかに差す。フランチェスカの陽動隊が攻撃を始めたのだ。

パオラの指示は、肩に触れさせた手だけだった。ジルベルトが最初に崖を駆《か》け上がった。黒い鎧《よろい》が音もなく岩壁に溶け込み、まったく手を使っていないようにさえ見える。クリスを含む四人がその後に続いた。背中の縄梯子《なわばしご》がひどく重い。影が伸びるように音もなく登っていくジルベルトが信じられない。

登り切ったところは、建物の一部というよりはただの洞穴《ほらあな》だった。真っ暗闇でよく見えないが、かなりの広さがあり、古い埃《ほこり》の匂《にお》いがたっぷりと溜《た》まっていた。

穴の縁《ふち》に杭《くい》で梯子《はしご》を打ちつけるときが最も気を遣《つか》った。大きな音をたてては気づかれてしまう。経路を確保すると、最初にミネルヴァたちがわずかな火種を抱えて登ってきた。松明《たいまつ》を手にした次の十人が穴蔵に上がりきったとき、重たい岩がこすれ合う音がした。

クリスはジルベルトとほとんど同時に反応していた。背後から差し込んできた明かりの源《みなもと》に駆《か》け寄り、抜刀《ばっとう》したままの勢いで剣先を打ち込む。ランタンを手にした若い王国軍兵は岩戸の向こうで血を吐いて倒れた。ジルベルトはさらに戸の外に飛び出し、声をあげようとしていたもう一人の兵を一刀のもとに斬《き》り捨《す》てる。

いけるか。登攀《とうはん》打ち切りか。闇《やみ》の中でほんの一瞬、クリスはジルベルトと視線を交《か》わした。曲がりくねった急勾配《きゅうこうばい》の通路の奥から、さらなる足音と声が聞こえてきた。

「おい、だれかいる」「倒れてるッ」「隊長呼べ！」「ああああッ」

ジルベルトは穴の縁に取って返し、下に向かって手で合図する。

「中止、中止です！　下りて！」

パオラの声が聞こえた。

無数の松明に火が灯《とも》され、穴蔵の中に潜入部隊の姿が浮かび上がる。間に合ったのは五十人にも満たない。ジルベルトに続いて、松明の火が続々と通路に流れ出ていく。

「敵――」

「なッ、こっちからもッ？」

うろたえる王国軍兵の口に剣を叩《たた》き込《こ》み、斬《き》り伏《ふ》せながら通路を下っていく。修道院全体が揺れているのがわかる。古い石造りが今にも崩《くず》れそうな気さえする。

「雑魚《ざこ》にかまうな、地下まで一気に抜ける！」

先頭のジルベルトが叫んだ。狭い通路では横から敵が一人来るだけで隊列が分断される。脇道に王国軍兵の鎧《よろい》が見えた瞬間、クリスはその腕の付け根を叩き斬る。跳《は》ね飛んだ槍《やり》が壁にぶつかって火花を散らす。

下調べをしたときにジルベルトが目星を付けた地下倉庫は、たしかに食糧の保管場所だった。五人いた歩哨《ほしょう》をほとんど一瞬で斬《き》り殺《ころ》すと、積み上げられた木箱や布袋に油を撒《ま》いて火を放《はな》つ。天井の高い倉に、きな臭い粉塵《ふんじん》が充満する。立ち上がった炎が、天井を支える太い石柱や壁のアルコーヴを照らし出す。

倉庫ではなく、墓所かなにかではないか、とクリスは見回して思う。かなり奥行きがあるらしく、これだけの炎なのにあちらの壁が闇に呑《の》まれて見えない。

「ジルベルト、敵さん押しかけてきたぜ」

「おい、ここはどん詰まりじゃねえか、通路で押し合うのか」

入り口近くにいた兵が叫んだ。ジルベルトが即答する。

「荷を扉の前に積んで燃やせ。時間稼《かせ》ぎだ。ミネルヴァ！　奥の壁が崩れかけているからぶち破れ。そこから出る」

「わたしの剣は工具じゃないぞ！」

文句を言いながらも大剣を担《かつ》いで、石柱の間を奥へと向かうミネルヴァ。

その足が、不意に止まった。

柱の裏側から、炎にあぶり出された影が伸びているのを、クリスも見つけた。

ミネルヴァが柱ごと叩《たた》き斬《き》ろうと大剣を振りかぶったとき、声が飛ぶ。

「——ま、待って！　待ってください」

明かりの中に出てきたのは、質素な灰色の衣《ころも》を身体《からだ》に巻きつけた年若い女だった。頭と腰に巻いた帯は、パルカイの神々に身を捧《ささ》げた修道女であることを示している。しかも一人ではない。同様の服装をした女がさらに数人、真っ黒な司祭服を着た禿頭《とくとう》の男も三人、怖々《こわごわ》と顔をのぞかせる。

「なんだおまえたちは」

剣を突きつけたままミネルヴァが訊《たず》ねた。クリスもそばに駆《か》け寄る。背後から、騎士団の者たちが詰め寄ってくる。修道女たちは怯《おび》えて、また柱の陰に戻ろうとする。

「み、見ての通りです」

司祭服の男が両手をばたつかせながら言った。

「聖《サンチユリオ》都から追われ、ザカリアの教会に頼ろうと、途中でこの修道院に寄ったら、王国軍がやってきて、ここにぶちこまれ」

クリスはミネルヴァの、それから傍《かたわ》らにやってきたジルベルトの顔を見た。

「女たちも頭の帯をとれ」

ジルベルトが冷たく言った。ほんとうに神職かどうか疑っているのだ、とクリスは気づく。修道女たちは顔を見合わせていたが、司祭たちになにか囁《ささや》かれ、おのおのの帯を解いて衣を頭から外した。

司祭たちと同様、幼少の頃《ころ》に薬で脱毛した、なめらかな頭だ。神に身を捧げた、たしかな証《あかし》である。

「わかった。もういい」

ジルベルトが息を吐き出すように言い、ミネルヴァも、他《ほか》の騎士たちも剣を下ろす。

「おまえたちも我々の後から逃げてかまわないが、一切《いっさい》手は貸さないし、命の保証はない。近くにいたら巻き込まれて死ぬと思え」

司祭はそろって何度も何度も頭を下げた。

そのとき、クリスはふと違和感を覚えた。ミネルヴァが地下堂の最奥の壁を大剣で打ち壊している間も、それは消えなかった。

——こいつら、なにか妙だ。

神職にあるのは疑いようがない。しかし、どこか雰囲気がおかしい。

そう、目だ。

ジルベルトに追及されている間、彼らの視線が、他の者たちにも向けられていたのだ。とくに、ミネルヴァに。まるで、見分《けんぶん》するかのように。

——気にしすぎだろうか。

不意に、背後の炎が大きく揺らいで、壁に投げかけられていた石柱の影が激しく踊り狂った。空気の流れが変わった――壁に大穴があいたのだ。

「全員出ろ。わたしがしんがりをやる」

ミネルヴァの声に、隊の全員が走り出した。背中に吹きつける炎の音に、積み上げた箱が崩《くず》れる音、戸が軋《きし》む音、そして追っ手たちの怒号《どごう》が混じる。大きく崩れた穴の外には、左右の壁にずらりとくぼみが並んだ息苦しいほど天井の低い空間が見える。

――納骨堂か。

クリスの抱いていた違和感が、はっきりと固化《こか》したのは、クリスとミネルヴァを残して隊の者たちが納骨堂へと抜けたときだった。破った穴を遠巻きに見ていた司祭や修道女たちが、忍び足で近づいてきたのだ。

殺気が、クリスの腕を疾《はし》らせた。

頭蓋《ずがい》の継《つ》ぎ目にまでしみるような致命的な金属音が堂内に響いた。修道女の一人が衣《ころも》の下から伸ばした針のような剣と、クリスの太刀《たち》とが交差し、ミネルヴァの脇腹に触れそうなほど近くで震《ふる》えている。

彼女の反応もまた雷撃《らいげき》のようだった。跳《と》び退《すさ》りながら大剣を払い上げ、左手から斬《き》りかかってきた司祭の腕を短刀ごと斬り飛ばす。

「おまえッ」

「ミィナどうした!」「なにが――」

「いいから行け、留《とど》まるな！」

ミネルヴァは叫びながら、修道女二人の胴体をまとめて断ち割る。血塗《ちまみ》れの衣の下から無数の細い短剣が転がり出る。三人に囲まれたクリスは、首筋をかすめる刃《やいば》を躱《かわ》しながら一人の腕を切り裂《さ》き、その女の身体《からだ》を突き飛ばして残り二人にぶつけながらミネルヴァのすぐそばに駆《か》け戻る。

もはや司祭も修道女も全員が神職の貌《かお》をかなぐり捨て、刃を手に二人を包囲している。

——どうして。神に仕える身なのに……

ぞっとする。同朋《どうほう》が何人も斬《き》り倒《たお》されたというのに、残っている者たちの目には揺るがぬ殺意しかない。

「テュケー神殿の者か」

ミネルヴァがうめき、クリスもようやく気づく。

神職なのはたしかであった——しかし、パルカイの神々に帰依《きえ》する者たちではない。

「聖王国の……？」

クリスはつぶやき、襲撃者たちを見回す。司祭の一人が口元を歪《ゆが》める。

「ミネルヴァさまとここでお逢《あ》いできるとは僥倖《ぎょうこう》。ザカリアまで行く手間が省《はぶ》けた。テュケーの神の御計《おはか》らいと存じます」

——これか。これが、ミネルヴァの巡《めぐ》り逢う死か。

——聖王家からの、刺客？

それ以上の言葉はなかった。背後の穴に逃げようと背中を見せた瞬間にやられるだろう。ミネルヴァの予見がたしかなら、あの刃《やいば》には毒が仕込まれている。

——それに、こいつらは死ぬのを怖《おそ》れない。

——一瞬で……

全滅させるしかない。その思いが、触れた肩からミネルヴァにも伝わった。

「——ァアッ」

どちらからともなく発した気合いが遠くの炎を震《ふる》わせた。二人の肩が離れた瞬間、無数の刃の光が闇《やみ》の中で交錯した。ミネルヴァの剣を腹に受けた司祭の身体《からだ》が石柱に叩《たた》きつけられ、天井から石の破片が降り注《そそ》ぐ。

クリスは毒刃で髪先をざっくりと切られながらも身をひねり、二人の修道女の間に飛び込んで一刀で肩を切断した。一人が声一つ漏《も》らさずに倒れる。噴《ふ》き上がる血煙《ちけむり》の向こうから、もう一人の女が仲間の屍《しかばね》を踏みつけながら飛びかかってきて剣を振り下ろす。刃先が耳をかすめ、肩当てをえぐった。土床に転がり、背中をしたたかに打ちつける。仰向《あおむ》けになって太刀《たち》を持ち上げ、すんでのところで喉《のど》を貫《つらぬ》こうとした刃を受け止める。冷たい狂気に染まった修道女の眼が真上にある。

「クリスっ」

声と同時に、視界を分厚い光が薙《な》いだ。ミネルヴァの大剣が、クリスにのしかかっていた女の胴体に叩《たた》き込《こ》まれたのだ。腹を深くえぐられたその女は、剣を取り落として身を二つに折りながら、よろよろとミネルヴァにしがみつく。

その背後にもう一つの気配を感じ、クリスは息を呑《の》んで身を起こした。

腹を斬《き》られた女が、血に呑まれた喉からさらに血しぶきを噴き出させて前にのめった。

その衣《ころも》の胸が内側から張り裂《さ》け、血塗《ちまみ》れの鋭い切《き》っ先《さき》が突き出される。背後にいた司祭の最後の一人が、女を背中から刺し貫いたのだ。

——仲間の身体を煙幕《えんまく》代わりにするのか！

ミネルヴァは目を剥《む》いて女の骸《むくろ》を振り払おうとする。しかしその骸の胸板を突き破って、毒と血で濡《ぬ》れた剣が迫《く》る。

クリスはほとんど無意識に手を伸ばし、突き出た剣先を遮《さえぎ》った。痛みなど感じている余裕はなかった。ただ、刃を押しとどめようと腕に、指に、力を込めた。それでも勢いを殺せず、クリスの手を貫通した毒刃は、ミネルヴァの二の腕に届いて一筋の傷をつける。滴《したた》る血を見て、クリスは絶望でそのまま黒紫の目まいの中に呑《の》み込《こ》まれそうになる。

——ミネルヴァを……傷つけさせた。

——毒が……

手のひらから、ずるりとなにかが抜け落ちる感触。ようやく、腕が何重にもねじくれたような痛みがやってくる。唇に歯をきつく食い込ませ、意識の切れ端に、視界の隅《すみ》を焦《こ》がす炎の色に、広がっていく痛みに、しがみつく。

目を開く。司祭と修道女の首が、いつの間にか血溜《ちだ》まりの中に転がっている。

――ミネルヴァ。ミネルヴァは？

首を巡《めぐ》らせるだけで、全身の血が泡立つような感覚がクリスを酩酊《めいてい》させる。

ミネルヴァは大剣を支えに、穴の縁《ふち》の壁にもたれていた。腕の傷が紫色に腫《は》れ上《あ》がっている。そばには、戻ってきた騎士たちの姿がある。

「おいクリスおまえも――」

寄ってきた騎士の手を振り払い、クリスは立ち上がってミネルヴァに近寄った。まぶたがわずかに開かれる。

「……ばか、……動くな、おまえの……方が、毒……」

クリスは胸の短剣を鞘《さや》から抜き、ミネルヴァの膨《ふく》れあがった傷口に刃《やいば》を滑《すべ》り込ませる。

「クリスおまえっ」「そんなことしてる場合か、扉が破られるぞ！」

傍《かたわ》らの兵が悲鳴に近い声をあげたが、クリスにはすでに聞こえていなかった。毒に冒《おか》された肉をえぐり取り、あふれ出す血に口をつける。吸っては吐き捨て、を繰り返しているうちに、目の前は再び、のたくって絡《から》み合う数千の紫色の蛇で埋め尽くされる。手足の感覚はすでに麻痺《まひ》の中に沈みきっている。

クリスとミネルヴァは、同時に床の上に崩《くず》れ落ちた。

青ざめた少女の顔の向こうで、炎が折り重なって身をくねらせ、暗い空を舐《な》めている。

――また、みんな燃えてしまう。

――血が広がっていく。

——護《まも》るって……言ったのに。

——なんだ、ぼくの腕は。動かないのか。

——これだけ殺したのに。

——死なせるのか。

——母様《かあさま》みたいに、死なせるのか。

——母様……


全身が灼《や》けるようだった。暗い天井がぐるぐると回っていた。

だれかが苦い液体や乾いた草の葉を何度もむりやり口に含ませた。吐き気で腹がねじれそうだったが、吐こうにも身体《からだ》が動かなかった。

「保《も》つのか」「わからん」「普通なら即死だ」

「あたくしの可愛《かわい》い近衛《このえ》よ。絶対に死なせない」

「クリス！　ばか、勝手に死んだら赦《ゆる》さないからな！」

耳に入ってくる言葉さえ、引《ひ》っ掻《か》くような痛みに感じられた。高熱のせいで意識はかすみ、だれが喋《しゃべ》っているのかさえわからなかったが、薄く開いたまぶたの向こう、新月のような視界の切れ端に映《うつ》る少女の顔、炎の色の髪、泣き濡《ぬ》れた黒い瞳《ひとみ》、自分の名を呼ぶ声だけははっきりとわかった。

——母様《かあさま》？

クリスは、手のひらの中のぬくもりにしがみついた。

——母様、赦《ゆる》して。

——助けられなかった。

——母様……

地の底の底にまで続くごつごつした洞穴《ほらあな》に、裸で放《ほう》り込《こ》まれたようだった。絶え間ない痛みの中を、クリスは落ちていった。岩肌を掻《か》きむしる指が焼けただれ、溶けていく。

「母様——」

いつの間にかクリスは、あの夜にいる。

燃える倉、崩《くず》れかけた屋根、背を炙《あぶ》る炎と裏腹に熱を失っていく母親の骸《むくろ》。

「母様！」

だれかの手を握《にぎ》りしめながら、何度も何度も呼んだ。熱いしずくが、クリスの頬《ほお》を、胸を、焦《こ》がした。

目を覚ましたときも、世界は小刻《こきざ》みに揺れていた。伝わってくる震動が、ぼんやりした頭痛と入り混じって、しばらくの間は自分が仰向《あおむ》けになっているのだということもよく呑《の》み込《こ》めなかった。

二つの顔が、のぞき込んでくる。ようやく焦点が合う。片眼鏡の男と、栗色《くりいろ》の髪の女。

「……クリスさん？　わかりますか、見えてますかっ？」

パオラがクリスの目の前で手を振ったり、まぶたを指で強引に開こうとしたりする。クリスはその手を押しのけ、うなずこうとする。首の筋がまだ膠《にかわ》で固めたようだ。声を出そうとして、口の中が妙な感触でいっぱいになっているのに気づく。

「ああちょっと待て、息吸い込むなよ。喉《のど》に詰まるぞ」

ニコロがクリスの唇に指をねじ込んで開き、なにか湿った緑色のものを引っぱり出した。練った薬の塊《かたまり》だろうか。パオラの顔はぱっと視界から消える。

「クリスさん目ぇ覚ましました！　フランさま！」

声が遠ざかる。後に残るのは、ふやけた沈黙、せわしなくぶつかり合う金属音。武器を積んだ馬車の中だ、とクリスは気づく。動いている、ということは、行軍《こうぐん》中なのか。

「おまえの肉とか骨とか全部磨《す》り潰《つぶ》して、薬にして売ったら大もうけだろうな」

ニコロがだらしなく脚を伸ばして苦笑する。

「どんな身体《からだ》してんだ。あんだけの毒で生きてるなんて見たことねえぞ」

——毒……

クリスは跳《は》ね起きた。全身に痺《しび》れと痛みが走り、身をよじって悶《もだ》える。

「元気だなあおまえ。歩いて行くか？」

「ミネルヴァ――」

干からびた声が喉《のど》を刮《こそ》げながら漏《も》れ出る。その痛みに、クリスは激しくむせる。

「……ミネルヴァは。どう、どうしたんですか、まさか」

ニコロはあきれた顔になり、息をつき、矢束のぎっしり詰まった籠《かご》の奥を指さす。床に布が乱雑に敷かれて、紅色《あかいろ》の髪が広がっている。クリスは積み上げられた武器を押しのけて這《は》い寄《よ》った。ミネルヴァの顔にはほとんど血の気がないが、胸がかすかに上下しているのがわかる。

「ふたりとも丸二日起きなかった。ほんとはおまえの方が重症なはずなんだけどな」

背後でニコロが言った。

――丸二日。そんなに。

「ま、峠《とうげ》は越えたよ。今、ザカリエスコに戻るわけにはいかねえからな。強行軍だ」

水もらってくる、と言ってニコロが出ていってしまってから、ようやくミネルヴァはまぶたを開いた。

目が合うと、ふいと視線を幌《ほろ》の外に投げてしまう。射《さ》し込《こ》む陽《ひ》が馬車の板床を朱色に染めている。夕映《ゆうば》えだろうか。それとも朝焼けだろうか。どちらにせよ、眩《まぶ》しい。

ミネルヴァの二の腕に目をやろうとすると、眼球が角張ってしまったかのように痛む。

肘《ひじ》のあたりに包帯を巻いているのが、かろうじて見えた。

クリスは自分の膝《ひざ》に爪《つめ》をたてる。

「ごめん」

「……なにがだ」

「ミネルヴァを。……死なせるところだった」

唐突《とうとつ》に起き上がり、眩《くら》んだのかクリスの胸に倒れかかりながら、喉頸《のどくび》を鷲《わし》づかみにしてくるミネルヴァ。

「おまえがっ」喉に食い込んだ爪が震《ふる》える。「あんな、無茶《むちゃ》な止め方をして——毒なんてほとんど残ってなかった！」

クリスはミネルヴァから離れ、右手を持ち上げた。口で包帯をほどく。

「なにやってるんだ」

止めようと伸びてきたミネルヴァの手を払いのける。ぐずぐずになった傷口は、ふさがりかけている。凝固《ぎょうこ》した血が、蠢《うごめ》いているような気がする。

「いいからじっとしてろ、ばか！」

乱暴な手つきで包帯をまた巻きつけられる。その上からミネルヴァはクリスの手をきつく握《にぎ》ってきた。

「……わたしが視《み》たのは、自分の手が貫《つらぬ》かれるところだ」

顔をそむけているので、あごと声が震えていることしかわからない。

「こんな。……こんなねじ曲げ方をしろなんて、言ってない」

――でも。

――他《ほか》に、どうしろっていうんだ。

「どうして。……おまえは、こんな、ことまで」

――どうして、って。だって、ミネルヴァは。

――ミネルヴァは、ぼくの……

「おまえの母親は死んでるんだ」

ミネルヴァの言葉に、クリスの中の、古い骨で囲まれていたなにかが、砕《くだ》かれた。

唇をわななかせ、呆然《ぼうぜん》とミネルヴァの顔の輪郭《りんかく》を見つめる。

――母様《かあさま》？　どうして、母様の話なんて。

「おまえがずっと呼んでた」

クリスはこわばった息を呑《の》み込《こ》む。そう、たしかに、呼んでいた記憶がある。だれかの手を――おそらくはミネルヴァの手を、握りしめながら。

「なんべん呼んだって帰ってこない。おまえが喰《く》らった」

――そうだ。母様は、助けられなかった。でも、ミネルヴァは。

「わたしだって、母を助けられなかった！」

ミネルヴァが唐突《とうとつ》に激した。クリスは青臭い唾《つば》を飲み下す。

――ミネルヴァの、母親？

はっとした顔になり、口を手で押さえるミネルヴァ。

「なんでもない。おまえには、関係ない」

「でも」

「おまえは、ただ、わたしの——近くにいればいいんだ。こんな。こんなことまでして」

傷ついたクリスの手首に、きつく指を巻きつけるミネルヴァ。

「ばかじゃないのか。なんになるんだ。母親のかわりに、わたしを……なんて」

言葉が傷口をえぐる。

なにも答えられない。ただ、ミネルヴァの手を握り返すことしかできない。


馬車がやや速度をゆるめ、幌《ほろ》の口から人影が上がり込んできた。ミネルヴァはクリスの手を近くの木箱に叩《たた》きつけると、隅《すみ》の方に後ずさって丸くなる。

金色の髪が、立てた槍《やり》の並びの間に見えた。フランチェスカは無言で、まずクリスのそばにかがみ込むと、襟《えり》をかき分けて素肌の胸に手をあててきた。

「わ、や、フラン、怪我《けが》してるのはそこじゃっ」

クリスは驚いて逃げようとするのだが、痛みのせいで床に手をつけず、動けない。

「フランっ、ま、またそういうことをッ」ミネルヴァも真っ赤になって割り入ってくる。

「二人とも暗い顔をしているから、クリスがてっきり死んでしまったのかと」

「生きてるよ、見ればわかるだろ！」

クリスはフランチェスカの手を振り払って、着衣を正した。

「ジルに聞いたわ」

フランチェスカはしれっとした顔で籠《かご》の一つに腰を下ろした。

「襲ってきたのは、たしかに僧だったのね？」

ミネルヴァはちらとクリスに視線を走らせ、うなずく。フランチェスカは大きく息を吐いて、額《ひたい》に手をあてた。

「迂闊《うかつ》だったわ。あの予見は、外れるものと思ってた。見知らぬ者たちに毒で、なんて」

「フランがわたしをそこまで見くびっているとは思ってなかった」

「だって、クリスに殺されるという予見は、まだ消えていないのでしょう」

ミネルヴァとクリスが同時に息を呑《の》む。

——そうだ。ぼくが太刀《たち》で、ミネルヴァの頭を刺し貫《つらぬ》くという、予見。

二つの死の未来は、矛盾《むじゅん》する。

「知らない連中に殺されるより、クリスに殺される方が、ずっとあり得るっていうのか」

ミネルヴァの声は、はっきりと怒っているのがわかる。驚いたことにフランチェスカはためらう様子も見せずにうなずいた。

「どうしてっ」

ミネルヴァに噛《か》みつかれても、フランチェスカはじっとクリスに目を注《そそ》いでいた。

ぼくは殺したりしない。そう断言できない自分が、もどかしい。

——なにか知っている。この人は、ずっとずっと深いところを、知っている。

クリスはそう感じた。やがてフランチェスカは視線を外し、首を振って口を開く。

「だって、ミィナ個人を狙《ねら》って殺そうとする勢力が思い当たらないわ。王国側にはミィナのことは知られてもいいと高をくっていたの。王配候《おうはいこう》はミィナのことを殺そうとするはずがないし」

「……あれは、テュケーの巫女《みこ》と神官たちだった」

ミネルヴァの言葉に、フランチェスカははっとなり、それから暗い顔でうなずく。

「聖王家のまわりも一枚岩じゃないというわけね」

ミネルヴァと王家と、どんなつながりがあるのか。訊《たず》ねようと口を開きかけたクリスは、フランチェスカがこちらに一瞬だけ向けてきた雄弁な視線で、押し黙ってしまう。

ミネルヴァが話してくれるようになるまで待て。そう言っているのがわかった。

クリスの言葉を殺したのを確かめたフランチェスカは、ふと口元をゆるめる。

「……あのね。ほんとうは、あなたたち二人ともザカリエスコに連れて帰って、あたくしの部屋に閉じ込めて、動けなくなるくらい絹織物をたっぷり着せて愛《め》でたいの。あたくしの可愛《かわい》い近衛《このえ》がこれ以上傷つくなんて見ていられないわ」

「フラン、いいかげんにしろ」

ミネルヴァがむくれ顔でぼそっと言った。

「わたしは戦うために騎士団にいるんだ。剣が握《にぎ》れる限り戦う」

「……そうね。二人とも、動けるのであれば、次の戦場でも働いてもらうことになるわ」

フランチェスカはため息混じりに言った。どこまで冗談《じょうだん》でどこから本気なのかわからない。クリスも、そばに横たえてあった太刀《たち》を引き寄せ、うなずく。

「どこに向かってるんだ。砦《とりで》はどうなった？」

まだふらつく頭を強く手で押さえながら、ミネルヴァが訊《たず》ねた。

「連中の合流を遅らせて多少時間稼《かせ》ぎができただけね。ようやく昨日、聖王国軍全体の動きがつかめたの。四方面からの軍がメドキアに集まりつつあるわ」

メドキア。聖都《サンチュリオ》に最も近い公国であり、大教会を追われた総主教が逃げ込んだ先だ。

「総勢は」

「三万くらいね」

クリスはぞっとした。プリンキノポリ遠征でさえ、費《つい》やされたのは二万に過ぎない。

「あたくしたちが間に合わなければ、メドキアは三日で落ちるわ」

焼き印を捺《お》すような平たい口調でフランチェスカはつぶやいた。

9 包囲戦

七公国が集《つど》ったプリンキノポリの盟約《めいやく》は、後世《こうせい》の史家から、稀代《きたい》の愚策《ぐさく》であったと評されている。実際この後にフランチェスカ・ダ・ザカリアの手によって破棄され新たな軍事同盟が締結されるのだが、それまでプリンキノポリ盟約は公国軍の足枷《あしかせ》であり続けた。

その最大の理由は、絶対的な相互安全保障条約《そうごあんぜんほしょうじょうやく》だったこと——つまり、どの国の領地を攻められても、残りの六国が直ちに派兵しなければならない、という硬直化した約定《やくじょう》だったことである。

「あたくしがもう十年早く生まれていれば、あんな盟約は結ばせなかったのに」

馬車の中でフランチェスカは忌々《いまいま》しげに語った。

「軍の動きをいいように操《あやつ》られるだけよ。愚《おろ》かにもほどがあるわ」

長く聖王国軍に身を置いていたクリスにも、うなずけるところだった。少し怪我《けが》をしただけで、そこを手で押さえてのたうち回る子供のようだ、と連合公国軍を揶揄《やゆ》した将軍もいる。

「でも、どうしてそんな約束にしたんですか」

干した薬草を揉《も》んで粉にする作業を続けながら、パオラが訊《き》いてきた。

「あっちこっちにあるパルカイ教会を守るためよ。総主教さまがそうしてくれって泣きついてきたもんだから、お祖父様《じいさま》たちも呑《の》むしかなかったの」

テュケーの神を戴《いただ》く聖王家に反目《はんもく》するためには、どうしても精神的支柱としてパルカイ教会を利用するしかなかったわけだ。だから、盟約《めいやく》は七公国領内のどこでもなく、パルカイ総本山のプリンキノポリで結ばれた。しかし聖王家も、連合公国軍と教会とのつながりが脆弱《ぜいじゃく》であることを見抜いていた。各地の司教領《しきょうりょう》はまっさきに踏《ふ》み潰《つぶ》され、彼らの元締《もとじ》めであるパルカイ総主教はプリンキノポリの荘重《そうちょう》な大教会を捨てて、メドキア公の膝元《ひざもと》サンカリヨンに逃げ込んだ。

後に残ったのは、まったく機能しなかったうえにわずらわしいだけの盟約である。

「やるなら教会の名のもとに、公国総軍を結成すべきだったのよ。いきなり大教会が落とされて、その機を逸《いっ》してしまったのだけれど。王国軍も目端《めはし》が利くものね」

クリスは目をそらしてしまう。

プリンキノポリの教会を陥落《かんらく》させたのは、他《ほか》でもない、クリスだ。

「ザカリア公爵さまが呼びかけてザカリエスコで結成するのではいけませんか？　諸国からも尊敬されている方ですし」

パオラの問いに、フランチェスカは肩をすくめる。

「けっきょく、女王陛下に刃向かうためには、教会のご威光が必要なわけ。人はそういう力でしか動かないものよ。あたくしたちにも、女王陛下に匹敵《ひってき》する旗印《はたじるし》があれば——」

「もうその話はやめろ。旗印なんて関係あるか。王国ごと叩《たた》き潰せばいい」

さっきからずっと不機嫌《ふきげん》そうだったミネルヴァが、クリスの向かいで小窓の外にじっと目をやりながらぼそりと言った。その語調に含まれた棘《いばら》に、クリスはぎくりとする。

二人が毒による死の淵《ふち》から這《は》い上《あ》がって、もう三日たつ。あれ以来、ミネルヴァはずっとクリスに口をきいてくれなかった。けれど、病《や》み上がりだからということで二人とも馬車に押し込められての行軍《こうぐん》だったのだ。武器を収めた箱の間の狭い空隙《くうげき》に身体《からだ》をねじ込み、足先が触れあいそうになるのに、目も合わせず言葉もない。拷問《ごうもん》のようなものだった。おまけに、久々に口を開いたかと思えば、これだ。

フランチェスカは薄く笑ったきりで、ミネルヴァからパオラに目を戻す。

「だからあたくしたちはこれから総主教さまに恩を売りに行くわけ。サンカリヨンが包囲される前にたどり着けるか、微妙なところね」

そのとき馬車の外に蹄《ひづめ》の音がひときわ大きく近づいてくるのが聞こえた。

「フラン様」

カーテンをたぐると、小窓の外にジルベルトの顔。馬で馬車に並走しているのだ。

「四哩《マイル》先に聖王国軍が陣を張っています。サンカリヨンの包囲も始まっているもよう」

「間に合わなかったわけね……しかたないわ。他の軍と合流しましょう」

「間に合ったら合流せずに街に突っ込むつもりだったのか」

あきれたクリスは思わず口に出してしまう。

「もちろんよ」フランチェスカは物憂《ものう》げに髪を払った。「間抜けぞろいの軍議なんて出たくもないわ。包囲は中から破る方が簡単だし」


夕刻。聖王国軍がサンカリヨンの街に集まりつつある様がはっきり見える丘の上で、メドキアを除く六公国の軍勢が一堂に会した。ザッパニア公国の騎士団など、いち早く王国軍派兵の報《しら》せを受け、昨日到着しておきながら、無策で合流を待ち、みすみす王国軍の陣設営を許してしまったのだという。

——ぼくらが修道院の砦《とりで》を攻めて敵の合流を遅らせたのも、ほとんど無駄になった。

——烏合《うごう》の衆と呼ばれるのもしかたがない。

クリスは聖王国軍の間でかわされる、公国軍への侮蔑《ぶべつ》的な笑い話を、両手の指に余るほど思い出すことができた。こうして身を置いてみた今、笑い話の方は現実よりもよほど遠慮がちであったことを思い知る。

「メドキア公が、コルネリウス閣下と交渉中であるとか」

「いやはや、それでは我らも話がまとまるまで手が出せませせぬな」

「いやまったく」

大きな幕屋《まくや》の中でののんきな軍議を、クリスはフランチェスカの背後に控えて聞いていた。ジルベルトはよく涼しい顔で我慢できるものだ、と隣の鉄面皮《てつめんぴ》を見て思う。

「総主教さまを王国に引き渡せば兵を引くと？」

「サンカリヨンの城の明け渡しも条件と」

「メドキア公のご意向をうかがってみないことにはなんとも」

そんな馬鹿《ばか》なことを言っている場合か、とクリスは思う。メドキア公爵は包囲網の内側で縮こまっていて連絡など取れるはずもないし、だいいちサンカリヨン城を明け渡したら、他《ほか》の六公国のどこにでも五日で兵を送れるようになるではないか。

並み居る将軍たちのだれもが、喋《しゃべ》りながらもちらちらとフランチェスカの顔を見ていることには、だいぶ前から気づいていた。女だてらに戦場にしゃしゃり出て、という気持ちと、ザカリア公の息女《そくじょ》だけに無碍《むげ》にはできないという遠慮と、そして実際にこの場にいる男たち全員を合わせたよりもはるかに多い武功《ぶこう》を立てている将であるというおそれとが、ない交《ま》ぜになった視線である。

そのとき、フランチェスカがさっと立ち上がった。周囲の男たちが一斉《いっせい》にびくっと肩を引きつらせる。

「破城槌《はじょうつい》をお持ちの隊は、あたくしの他にいらっしゃいますの？」

諸侯は呆気《あっけ》にとられ、それから顔を見合わせた。破城槌は、城門を突き破るための、巨大な杭《くい》を乗せた台車である。

「馬鹿な。包囲されているサンカリヨンを救うために来たのですぞ」

「城門を破ってどうする。王国軍が喜ぶだけだ」

「外で手をこまねいていても詮《せん》ないでしょう。せっかくメドキア公爵さまが王国軍の総攻撃を引き延ばしてくださっているのですもの。手薄な東門を破ります」

幕屋《まくや》の中は騒然となる。総司令官にあたる人間がいないので、静める者もない。

「お戯《たわむ》れを、フランチェスカ殿。破った門に王国軍が殺到しましょう」

「ええ。そうしていただきますわ。囲みのどこから攻められるのかわからない状況では防戦もままなりません。一点、堤《つつみ》に穴をあければ、水流が読めます。王国軍が攻め入った背後からみなさまで追撃《ついげき》していただければ」

クリスはあきれきってフランチェスカの演説を聴《き》いていた。

「内から城門を開けば、誘い込むつもりと看破《かんぱ》されましょう。ですからこちらもサンカリヨンを攻め落とす勢いで乗り込みます。総主教さまがサンカリヨン城におられては、コルネリウス閣下も攻めやすすぎて面白くないでしょうし」

啞然《あぜん》とする諸侯の顔を見渡し、フランチェスカは冷然と言い放《はな》った。

「破城槌《はじようつい》をお持ちの方が他《ほか》にいらっしゃらないのでしたら、協議の必要はありませんわ。銀卵騎士団《ぎんらんきしだん》は明日未明《みめい》に討ち入ります」

「ま、待てザカリアのっ」「勝手なことをなさるな、まだメドキア公の交渉が――」

フランチェスカは出口に足を向けた。クリスもあわててその後に続く。きんきん声でわめく騎士団長らを視線だけで制したのは、最後に幕屋を出たジルベルトだ。

銀卵騎士団の陣に戻る道中で、フランチェスカは言った。

「最悪なのは無血で開城されて総主教さままで囚《とら》われてしまうこと。だから包囲陣が完成していないうちに東門だけでも破っておく。占領された後にあたくしたちがもう一度攻め込むときに、突破口になるわ」

「サンカリヨン城はあきらめるのか」

クリスは信じがたい思いで訊《たず》ねる。フランチェスカは、城が王国軍に占領される前提ですでに考えを進めているのだ。

「しかたないでしょう。守りきるのは無理よ。公国はばらばらだもの。総主教さまがザカリエスコに逃げてきてくださっていたら、話は簡単だったのだけれどね……」

ようやくフランチェスカの意図が読める。

包囲が完成する前に突入し、総主教の身柄《みがら》を確保する。メドキア公爵は聖王国軍との交渉に応じているというから、総主教を王国に引き渡すのにやぶさかではないということだ。今ごろ総主教は、城壁の外を埋め尽くす紫の旗を見て、肝《きも》を冷やしているだろう。

それを救出し、以《もっ》て連合軍全権掌握《しょうあく》の後ろ盾《だて》とする。

七公国を、銀の雌鶏《めんどり》の旗のもとに結び合わせるため――

「クリス。もう、身体《からだ》はいいのね？」

フランチェスカが振り向きもせずに言った。うなずいたのは見えたのだろうか。

手のひらの傷はふさがった。毎日診《み》てくれていたニコロは、もう驚くのをやめていた。四肢《しし》のけだるさも、すっかり消えている。ずっと馬車に乗っていたせいで身体がなまっているくらいだ。

——でも、どこで戦うんだ。ここにいて、戦っていいのか。

——ミネルヴァの……そばで、いいんだろうか。

見透かしたのか、フランチェスカが言葉を続けた。

「また突っ込んでもらうわ。ミィナと一緒にね」


団長と近衛《このえ》が使っている大きな幕屋《まくや》に、クリスは一足先に戻った。

烙印《らくいん》が、熱を帯び始めたからだ。

新月まではまだいくらかあるはずだった。なぜだろう、軍議を後にして、サンカリヨンの城壁を取り囲む王国軍を眺め渡したときに、額《ひたい》と両手の甲が痛み始めたのだ。

毒刃を受けたときの、傷のせいだろうか。それとも——

夕映《ゆうば》えよりもなお色濃い紫の旗の間に、二頭の一角獣《いっかくじゅう》に支えられたあの紋章を見つけたからだろうか。

コルネリウス。

最初に逢《あ》ったときにも、烙印が反応した。あのときは新月の前夜だった。

——あいつは、何者なんだろう。

——あれは、危ない。おぞましいにおいがする。

――妖《あや》しい剣術を使うというだけじゃない。残忍だというだけでもない。

――もっと、なにか、忌《い》まわしい……

わからない。ただ、烙印が疼《うず》いている。それをフランチェスカにもジルベルトにも知られたくなくて、本陣に逃げ戻った。

幕屋にはだれもいなかった。夜明けを待たずに突入とあって、みな準備に走り回っているのだろう。そろそろ日が暮れようとしている。

もうすぐ、ミネルヴァとともに、また突入作戦に就《つ》かなければならない。クリスはこれまで、両手に余る数の突入作戦を成功させてきた。だから、フランチェスカの判断はこのうえもなく正しい。戦術的なことだけを考えれば、だ。

――《星喰《く》らい》だと、知っているのに。

仲間をすべて死なせ、ひとりで生きて戻る、呪《のろ》われた獣《けもの》だと知っているはずなのに。

――ミネルヴァを、毒刃から護《まも》ることもできなかったのに。

――それとも、ぼくがそばにいたから？

――避けられたはずの死の未来を、ぼくの獣がつかみ寄せたのか？

――今度こそ……ぼくは、ミネルヴァを死なせてしまうかもしれない。

幕屋の奥の柱に、ミネルヴァの大剣が立てかけてある。あのときは、この剣がクリスの武器を打ち砕《くだ》いた。ミネルヴァを殺すはずだった剣を、叩《たた》き折ったのだ。

ふと、大剣の柄《つか》に引っかけてあるものに気づく。ミネルヴァが戦場でいつも着ている、翼のような白い衣《ころも》だ。襟《えり》と袖《そで》が一体になった上衣《うわぎ》の部分である。

どうしてこんなものを着て戦うのだろう、とクリスは見るたびに思う。

鎧《よろい》をつけないのは、向かってくるすべての攻撃をあらかじめ見切れるからなのだ、とミネルヴァは言っていた。身に帯びる鋼《はがね》は、体捌《さば》きを妨げるだけだ、と。傍《かたわら》で見ている方は気が気でない。ミネルヴァとて、まったく傷を負《お》わないわけではないのだ。

——こんな、夜陰《やいん》でも目立つような袖をつけるくらいなら、せめて矢除《やよ》けくらい……

クリスはほんのりと紅色《あかいろ》に染められた衣の襟をたぐった。

——これは……？

ちょうど背中にあたる部分の裏地に、わずかに色のちがう糸で織り込まれた紋がある。暗い中では、なんの模様かわからない。

クリスは柱を回り込んで天幕の隅《すみ》にかがみ込む。分厚い幕布をまくりあげて、外の光に衣をかざし、息を呑《の》む。

翼の生えた車輪だ。

聖王家にしか許されていないはずの——テュケーの神のしるし。

——ミネルヴァの衣に、王家の……

——それじゃあ、ミネルヴァは、ほんとうに。

そのとき、足音がした。クリスははっとして振り向く。幕屋《まくや》の入り口に人影がある。紅色の髪に、さらした細い肩。ミネルヴァだ。クリスはとっさに衣を抱え込んで大剣の陰の死角に身を伏せ、息を殺した。

──なにやってるんだ、ぼくは。隠れることなんて。

中に踏み入ってきたミネルヴァは、幕屋の入り口を閉じた。奇妙な温かさの暗闇《くらやみ》があたりに満ちるので、立ち上がって声をかけようとしたクリスの決意は呑《の》み込《こ》まれてしまう。

柔らかくなった足音が、近づいてくる。

それから、衣擦《きぬず》れの音だ。クリスは声をあげそうになる。

闇に浮かび上がるミネルヴァのほっそりした肢体を、上衣が滑《すべ》り落ちる。かすかな光で、なめらかな素肌は青白く見える。

──まずい、だめだ、音をたてちゃだめだ。

クリスは顔が火照《ほて》るのを感じる。なにかをがんがんと叩《たた》く音が耳の中で響いていて、それが自分の動悸《どうき》だと気づくのにかなり時間がかかった。

ミネルヴァは暗がりの中で、裸の上半身に腕を巻きつけ、物憂《ものう》げに息をつく。見てはいけないと言い聞かせているのに、クリスはその肌から目を離せなくなる。

しかし、ミネルヴァが腰布に手をかけたところが限界だった。両腕で顔を覆《おお》ったひょうしに、肘《ひじ》を大剣にぶつけてしまったのだ。あわてて腰を浮かせたクリスと、ミネルヴァの視線が合う。その瞳《ひとみ》が大きく見開かれる。

クリスの足下《あしもと》に、衣が落ちた。

「お、おまえッ」

あわてて背を向けると、駆《か》け寄ってきたミネルヴァが剣を握《にぎ》るのが気配でわかった。

「ま、待って、わざとじゃないんだ」

「う、うるさい出てけ、ばか！」

クリスは幕屋《まくや》から蹴《け》り出された。振り向こうとすると、真っ赤になったミネルヴァの顔とむき出しの肩から胸が見えて、その瞳《ひとみ》がますます怒《いか》りと羞恥《しゅうち》に燃え、鉄板のような刃《やいば》が持ち上げられたので、泡を食って入り口の巻き布を下ろして視線を遮《さえぎ》る。

そばの地面に膝《ひざ》をついて、嘔吐《おうと》しそうなほどのため息をつく。

あの、あまりにも美しい輪郭《りんかく》が、目から離れない。美しい、などと考えている自分がそもそも恥ずかしい。

――どうしよう、これじゃ本格的に怒らせてしまったかもしれない。

――でも……。

冷たい土と、戦《いくさ》の準備でせわしないあたりの夜気《やき》とに触れて、落ち着いてくる。

――訊《き》かなきゃいけない。あの、紋章のこと。

天幕の入り口が巻き上げられた。出てきたミネルヴァは、いつもの戦装束《しょうぞく》に、あの肩衣《かたぎぬ》を羽織《はお》っている。紋章はもう、長い紅《あか》髪で隠れてしまっている。

あれは、たしかに聖王家の紋章だった。

「クリス、こ、このっ、お、おまえっ」

雷の前兆《ぜんちょう》のように髪を震《ふる》わせるミネルヴァを前に、クリスは縮こまって後ずさる。

「ごめん、あ、あの、たまたまだったんだ、びっくりして隠れちゃって、それで」

「今度こんな真似《まね》をしてみろ、目玉をえぐり出してやるからっ」

クリスの脇を抜けて立ち去ろうとするミネルヴァを、呼び止める。

「……あの、さ。……見たんだ」

「見たのは忘れろッ、わ、わたしは、……男になんて一度もッ」

「い、いや、裸のことじゃなくて」

裸、という言葉に、ミネルヴァは鬼神《きじん》の形相《ぎょうそう》で振り向くので、クリスは両手をぶんぶん振って釈明した。

「あの、衣《ころも》の背中にある、あれのことだよ」

ミネルヴァの顔がこわばり、火照《ほて》った色が夜に吸い取られるように抜けていく。その眼に、ひたひたと死の色が戻ってくる。

「……見た、のか」

喉《のど》に抜き身の短刀を押し込まれるような口調。クリスは無言でうなずくしかない。

「なんでもない。おまえは知らなくていい。それも忘れろ。みんな忘れろ」

そう言い捨て、痛ましく唇を噛《か》みしめ、ミネルヴァは紅《くれない》の髪をひるがえす。

「ま、待って」

クリスは思わずミネルヴァの腕をつかんで引き留《と》めていた。その手を振り払いもせずに、首をこちらへ巡《めぐ》らせたミネルヴァと、目が合う。その瞳《ひとみ》は、新月の欠けた部分の闇《やみ》にそっくりの色に沈んでいて、クリスは声を喉に詰まらせてしまう。

——聖王家を、滅《ほろ》ぼすのだと言っていた。

クリスの予期していたことが正しいのだとしても。そこは、わからない。

——どうして？

「……どうして」

それだけの言葉が、クリスの唇から滑《すべ》り出た。

なにを訊《たず》ねようとしたのか、戸惑《とまど》う舌先が渇《かわ》いていく。ミネルヴァは寂しげな目をそらそうとする。その視線の切れ端に、しがみつく。

「どうして、ミネルヴァは戦ってるの」

「……前に言った。……王家を、滅ぼす」

「どうして。恨《うら》みがあるの？　それに、なんで神官に狙《ねら》われて」

「だから忘れろ！　おまえは知らなくていいことなんだから」

「でも、知りたい」

「な——」

ミネルヴァの唇がわなないた。クリスを見つめたままの、溶けた氷片みたいな瞳の中で、光の角度が移ろっていく。

「もう、どうしたらいいのかわからない。あのときも、ミネルヴァを死なせるところだった。あんなの、もういやだ」

なにからミネルヴァを護《まも》ればいいのか、わからない。

「お、おまえはっ」ミネルヴァはクリスに詰め寄る。「ただの奴隷《どれい》なんだ、忘れるな！　わたしが殺される夢を、ただ喰《く》らっていればそれでいいのにっ」

クリスは逆に右手をつかまれ、ねじり上げられた。濡《ぬ》れた黒玉《こくぎょく》の瞳《ひとみ》に、割れた光がいくつも泳いでいる。

「おまえの母親の埋め合わせなんて、知ったことか！　わ、わたしの道具のくせに、いつも勝手に死にかけて」

「——ちがうよ！」

ミネルヴァの手を強くつかみ返す。ぶっつり断ち切られた言葉の向こうで、立ちすくむ少女の眼に戸惑《とまど》いが浮かぶ。

「ちがうよ。母様《かあさま》は、関係ない」

——最初は、……埋め合わせだったのかもしれない。でも。

「ぼくの、わがままなのは、たしかだけど。……ただ、ミネルヴァを見てると、つらいんだ。だって、おかしいよ。眠ってるときに泣いて、血塗《ちまみ》れのときに笑ってるなんて。そんなの見たくない」

——それがミネルヴァの命運だとしたら。

——そんなものは……

「お、おまえにっ」

ミネルヴァは身をよじってクリスの手を払い落とし、耳まで夕映《ゆうば》えの色に染めている。

「なんでそんなこと言われなくちゃいけないんだ！」

それからクリスの視線を引きちぎって踵《きびす》を返し、天幕を飛び出していった。宵闇《よいやみ》の中に呑《の》まれ、篝火《かがりび》の間に消える紅《くれない》の髪を、追いかけることもできなかった。

大剣の傍《かたわ》らに立ちつくし、ひときわ痛む右手の烙印《らくいん》に、左手の指の爪《つめ》を立てる。

——そうだ。なんでぼくが、護るなんてことを言えるんだ。

——ぼくがあの太刀《たち》でミネルヴァを殺す未来は、まだ消えてない。

——ミネルヴァを苦しめてるのは……

——ミネルヴァの死を呼ぶのは、ぼく自身かもしれないのに。


日が沈んでしまってからも、クリスは幕屋《まくや》の柱にもたれ、抜き身の太刀の先を足下《あしもと》に落として、じっと見つめているばかりだった。

「見ているだけでは手入れはできない。研《と》ぎ石くらいあてろ」

いきなり声がして、クリスはびくっと柱から背中を離し、刀を取り落としそうになる。幕屋の入り口をふさぐ長身の影が、クリスの足下にまで伸びてきていた。ジルベルトだ。

「それからその刃には、丁香《ちょうこう》の精油を欠かさず塗《ぬ》れ」

「……う、うん」

ジルベルトは寄ってきて、クリスの足下《あしもと》にがちゃがちゃとなにか金属製のものを積み上げた。驚いて見ると、軽い造りのすね当てや肩当て、指を抜いた手甲《てっこう》などだ。

「これ……は？」

「防具だ。見てわからないのか」

「い、いや、わかるけど、なんで」

「きさまの鎧《よろい》は補修に出したきりだろう。近い造りのものを探してきた。慣れない装備を使っていると一瞬の差で命取りになる」

クリスは思わず、ジルベルトの顔をまじまじと見つめてしまう。

——なんで、こんなことまで。

「きさまは今回は護衛ではないから、死んでもフラン様に害はない。勝手に死ね。しかしその太刀《たち》は貸しているだけだ。必ず持って帰ってこい」

そんな無茶《むちゃ》な、と言おうとして、クリスは口をつぐむ。

——生きて帰ってこい、って言ってるのか。

ふと、思う。今ここで、ジルベルトに太刀を返すべきではないのか。クリスがこの刃《やいば》でミネルヴァを殺すという宿命なのだとしたら。

——いや、無駄か。

——ミネルヴァは言っていた。いずれそうなるように、紡《つむ》がれているのだと。

ここで太刀を渡して宿命を歪《ゆが》めようとしたら。

あるいは、ジルベルトがミネルヴァをこの剣で貫《つらぬ》くという、あり得るはずもない未来さえ訪れてしまうかもしれない。

「替えの包帯と痛み止めだ。きさまは火傷《やけど》だけは治るのが遅いだろう。ふくらはぎに受けた火矢の傷がまだ残っているのは知っている。ほっておくな」

「あ、う、うん」

薬と布を腕に押しつけられ、クリスは目を白黒させる。よく見ているものである。

その他《ほか》にもジルベルトは、破城槌《はじょうつい》に乗り込んで突入するときに耳をふさげだの、城門の粉塵《ふんじん》を防ぐのに口元に布を巻けだのと口を出してくるので、クリスは面食らってしまう。

「……ありがとう」

太刀を鞘《さや》におさめ、防具や包帯を抱え、クリスはつぶやいた。

「礼はいい。きさまのためじゃない。俺《おれ》の太刀のためにしている」

あいかわらずの無表情でそう言って、ジルベルトは立ち上がった。最後に、背中越しにつぶやく。

「きさまも、いつまでも獣《けもの》じゃないだろう」

遠ざかる黒い鎧の背中を見送りながら、奇妙な男だ、とクリスは思う。なにを考えているのかよくわからない。けれど、調達《ちょうたつ》してきてくれた装甲はどれも、クリスの手足にぴったりと合った。なぜ寸法を知っているのだろうと訝《いぶか》しんでしまう。見ただけでわかるのだろうか。

——でも、ごめんジルベルト。

——ひょっとすると、太刀《たち》は返せないかもしれない。

もし、ミネルヴァを殺す命運を、喰《く》らうことができなかったら。

そのときは、この刃《やいば》と、自身とをともに、水底《みなそこ》にでも沈めよう。他《ほか》に、どうやってミネルヴァを守っていいのかわからないからだ。

——だれかを、護《まも》りたいと思うなんて。

——そんなだれかに、巡《めぐ》り逢《あ》うなんて……

太刀を腰に吊《つ》るし、クリスは立ち上がった。


破城槌《はじょうつい》は、もともとは丸太を台車に乗せただけの代物《しろもの》だったが、槌《つち》も台車も大型化の一途をたどり、城壁の上から浴びせられる火矢を防ぐための獣皮張りの屋根が取りつけられ、動く木造砦《とりで》の様相を呈《てい》するようになった。

クリスとミネルヴァは、台車の最前部にある、盾《たて》に囲まれた空隙《くうげき》に押し込まれた。まだ夜半《やはん》過ぎ、作戦の開始まで二刻《こく》はある。

なぜこんな狭い場所に乗り込む必要があるんだ、とミネルヴァはフランチェスカに当然の文句を言った。

『あのね、この作戦ではあなたたち二人の姿を、ぎりぎりまで王国軍に見せたくないの』

麗《うるわ》しき指揮官はそう答えた。

『敵も味方もわけがわからないうちに突入を済ませて、気づかれたときには総主教さまをかっさらって脱出してるのが理想的。だから夜明けまで我慢なさい』

ともに突入する、銀卵騎士団《ぎんらんきしだん》の精鋭《せいえい》およそ百名は、こんな危険な場所に乗り込んだりなどしていない。通常どおり、城門を破った後から討ち入る算段だ。しかし近衛《このえ》二人の姿を見られた場合、総主教だけを狙《ねら》った電撃作戦だと見破られる。それだけ《塩撒《ま》き》とそして《星喰《く》らい》の顔は知られている、とフランチェスカは言うのだ。

それに、ミネルヴァを狙う第二、第三の刺客も、敵軍にまぎれているかもしれない。

だから真《ま》っ暗闇《くらやみ》の中、クリスはこうしてミネルヴァと背中合わせになってうずくまり、焼けた鋼《はがね》と炭のにおいの中で夜明けを待っている。

ミネルヴァは大剣の刃に身を沿わせてむっつりと押し黙ったままだ。クリスは腹の底の方に溶けた鉛《なまり》がわだかまっているような気分になる。

——今は、戦いのことだけ考えよう。

——ミネルヴァと一緒に、生きて帰ることだけ。

そう言い聞かせるほどに、背中の体温を熱く感じる。鼓動さえも聞こえるような気がする。あるいはこれは、動き出した車輪が石を踏むときの揺らぎだろうか。

「……クリス」

暗闇の中にぽつりと灯《とも》る囁《ささや》き声。驚いたクリスは、背中をこわばらせる。

ミネルヴァの声だ。

「……な、なに?」

「こっち向くな。そのままで聞いていろ」

釘《くぎ》を指で押し込まれるような声で言われ、クリスは浮かせた腰を戻す。

「……うん」

「おまえ、ほんとに知りたいのか」

息を殺し、うなずく。背中合わせなのに、ミネルヴァには通じたようだ。

「知ってどうするんだ。なんにもならないぞ。おまえが、もっとつらくなるだけだ」

「でも、そのぶん」

太刀《たち》の峰《みね》に息を吐きかけるように、つぶやきを返した。

「ミネルヴァは、少しでも、楽になるかもしれないよ」

長い沈黙を、車輪の軋《きし》みが埋める。

やがて、ミネルヴァの息づかいが聞こえる。それから、闇《やみ》の中に細くたなびく声。

「おまえに殺される夢の中で。……おまえの母親の話を、何度も聞いた。目の前で殺されたのだと、言っていたな」

クリスは目を閉じて、土壁にしみる雪の音のような、ミネルヴァの声に身を浸《ひた》す。

——ミネルヴァを殺すはずだったぼくは、どうして、そんなことを話したんだろう。

——やっぱり、血の中に沈む彼女を、母様《かあさま》に重ねてしまったからだろうか。

それは、歪《ゆが》められてしまった宿命。もう、わからない。

「わたしも、母親が殺されるところを見た」

クリスは、振り向きたくなるのをこらえる。

「命運を視《み》たんじゃない。実際に、この目で見たんだ。見殺しにした。目の前で、父が、母を殺すところを、ただ見ているだけだった」

――ミネルヴァも、母親を助けられなかったと……あのとき、言っていた。

背中にかすかな震《ふる》えが伝わってくる。

「父親が、どうして」

しばらく、ミネルヴァの乾いたかすかな呼吸が聞こえた。先を続けるかどうか、迷っているのだとわかる。

「……わたしの家系は、生まれながらの巫女《みこ》の血筋だったのだと聞いた。子を成《な》すための身体《からだ》が弱く、しかも女しか生まれない。わたしの持っている、この力は、母から受け継《つ》いだものだ。わたしの家系を代々宿主《しゅくしゅ》にして、ずっと昔から生き続けてきたものなんだ」

ミネルヴァが背中を預けてきたのがわかった。

「宿主である女を、危険から守るための力なのだと……そう、教えられた。だから、自分が死ぬところを、痛みとともに、予見する。それを避けるために」

――守る力。

――不幸を避けるための力。

「本来、それしか予見できない力だ。でも、わたしの家系を利用しようと集まってきた者たちは、力を歪《ゆが》める方法をいくつも思いついた。たとえば――子を成《な》すためにふさわしい婿《むこ》となる男を、予見する方法」

「婿……？　どうやって」

「だから、父は母を殺したんだ」

しばらく、ミネルヴァの言った意味がわからず、クリスはもやもやとした暗闇《くらやみ》の中を漂う。訊《たず》ねようと口を開きかけたとき、不意に思い至り、息を呑《の》む。

自分の危険しか、予見できないのであれば。

婿となった男が、必ず女を殺すように、定めればいい。

女は、自分が殺されるところを――自分を殺すその男の姿を、予見する。

クリスは口元をきつく手で押さえた。おぞましい図式だ。歪んでいる。そんなもの、成り立ってはいけないはずなのに。

「そんなふうにして、わたしの家系の力は利用され続けた。予見を鮮明に感じ取らせるために、痛みを増幅させる薬もよく使われた。わたしも何度も飲まされたことがある。あれは、あれは……」

いつの間にか、クリスのもう一方の手に、ミネルヴァの手が重ねられている。爪《つめ》がぎりぎりと手の甲に食い込む。

もういい、やめて、とクリスは言おうとした。でも、声が出てこない。

「あれは。死んだ方が、ましだ。……そうして、地を引き回されて。戦《いくさ》や、天災を予見して、わたしの母たちは、母の母、その母、そのまた母たち……女たちは、神と、呼ばれるようになった」

その神の名を――クリスも、知っている。

翼ある車輪を抱き、流転《るてん》する命運のすべてを司《つかさど》る、女神。

「娘が生まれれば、母親は夫に殺され、力は受け継《つ》がれる。その血塗《ちぬ》られた繰り返しの上に、国が建てられた。わたしも、そうなる、はずだったのに」

――そうだ。どうして、ミネルヴァはここにいる？

「逃げたんだ」

ミネルヴァの悲痛な声が、傍《かたわ》らに横たえられた大剣の刃《やいば》を震《ふる》わせる。

「ひとりで、逃げた。妹を置いて――わたしよりずっと力の弱い、妹を置き去りにして。シルヴィアは、わたしのかわりにっ」

喉《のど》に詰まった涙を無理に吐き出すような声に変わる。

「薬漬《づ》けにされて。目を覚ましているときでさえ、苦痛の中で。……じきに、婿が決まれば、子を産《う》ませられ、殺される。王国のために。……そんなのは、赦《ゆる》さない」

握《にぎ》りしめた手から、ミネルヴァの激情が、震えとともにクリスの体内に流れ込む。

「赦さない。王国のすべてを、わたしは絶対に赦さない。残らず焼き払う。この輪転が、これ以上続かぬように――聖王家の血を、断ち切る」

血が冷えていくのをクリスは感じる。

聖王家を滅《ほろ》ぼす。それは――

「そのときまで、わたしは死ぬわけにいかない」

クリスはミネルヴァの言葉をたどる。

自《みずか》らの血筋を滅ぼす。そのときまでは、死ねない。そう言い続けてきたのだ。目をそむけられないほどに美しい真紅《しんく》の死に彩《いろど》られながら。

――それじゃあ、ミネルヴァは……

そのとき、ミネルヴァがはっと顔をあげた。あたりの暗闇《くらやみ》がざわめく。車輪が砂を噛《か》む音が高まる。矢が空《くう》を切る音。炎が燃え立つ音。そして、鬨《とき》の声《こえ》。攻城作戦が始まったのだ。台車がぐらりと傾《かし》いで、そして滑《すべ》り出した。ミネルヴァとクリスの身体《からだ》は、木板の床に薙《な》ぎ倒《たお》されそうになる。

次の瞬間、槌《つち》が城門に激突するすさまじい衝撃《しょうげき》が二人を突き上げた。


「中止して！　破城槌《はじょうつい》戻して、早く！」

城門を見下ろす丘に馬で駆《か》けつけたフランチェスカは、援護の弓隊の第二陣を送り出そうとしていた百卒長《ひゃくそつちょう》に向かってわめいた。

「な、中止？　作戦をですか？」

「そう、急いで！」

「無理ですフラン様」

　馬で追いついてきたジルベルトが鋭い声を飛ばしてくる。そのとき、飛び交《か》う火矢の軌跡の間で、再びの轟音《ごうおん》が響いた。白み始めた空の下、うっすらと暗がりに浮かび上がる城門が、大きく傾ぐ。破られた。突入が始まる！

「今戻したら、王国軍に城門の左右から挟撃《きょうげき》されます」

「く……」

　さしものフランチェスカも、自分が冷静さを失っていたことを自覚する。

（中止は無理だ、ではどうする、全軍を投入して退路を確保するか）

（いや、他《ほか》の公国軍が動くのを確認してから――水門を崩《くず》す？　まだ早い）

（敵の破城槌を奪《うば》う動きを見せて陽動にするか、遅蒔《おそま》きながら）

　様々な考えがすさまじい速度で頭の中を巡《めぐ》り、次々に刃《やいば》で削《そ》ぎ落《お》とされていく。

「あ、あの」傍《かたわ》らのパオラがおそるおそる訊《たず》ねた。「なにがあったんですか？　だって、王国軍も大あわてですし、城門も破れましたし、あとはミィナさんとクリスさんが」

　そう。うまくいっている。同じ連合公国であるはずのメドキアの城にザカリアが破城槌を向けた時点で、聖王国軍は混乱に陥《おちい》った。なぜならそれは、自分たちへの攻撃でも、城内から脱出しようとする動きでもなかったからだ。

　王国軍が鈍《にぶ》い反応で東門に集まり始めたとき、背後から銀卵騎士団《ぎんらんきしだん》の誇る弓隊が一斉《いっせい》に矢を射かけた。混乱は拡大し、そのさなか、ついに門が破られた。

唯一《ゆいいつ》の誤算を除いて、フランチェスカの作戦はすべてがうまくいっている。

（なぜもっと早く気づかなかった！）

各公国軍への援護要請《ようせい》を指示しながら、フランチェスカは歯噛《はが》みする。徴候《ちょうこう》はあった。王国軍の反応が、鈍《にぶ》すぎたのだ。指揮官が不在だったからだ、と今ならわかる。

「パオラ。いざとなったらあたくしが入城するわ。あたくしの誤算で、突入部隊を死なせるわけにはいかない」

「誤算、って……」

「メドキアと王国の交渉は、城内で行われていたのよ。まさかあの男、敵国の城内に出向いた上に、そのまま逗留《とうりゅう》するなんて……」

「あの男？」

「コルネリウスよ！」


あてがわれた寝室はサンカリヨン城中央棟の最上階であり、カーテンをたぐると、中庭の混沌《こんとん》が見てとれた。すでにザカリアの軍のみならず、聖王国軍と諸公国軍が入り混じっての乱戦となっている。

（ザカリアの小娘か。あいかわらず思い切ったことをする）

着替えを終えたコルネリウスは、腰の剣を確かめ、襟《えり》を直しながら、苦笑いする。

「閣下、賊《ぞく》はパルカイ総主教の部屋に向かっていると思われます」

扉の外で、護衛の声がした。

「わかっている。今行く」

薄暗い寝室を一瞥《いちべつ》する。周囲の者たちの反対を鼻で笑い飛ばし、わずか四名だけの護衛を連れて、コルネリウスは引き渡し交渉のために入城した。そのまま泊まったのは、メドキア公を安心させるためだったが、こうなると別の意味を持ってくる。

廊下に出ると、ランタンの明かりの中、護衛たちを見渡す。わずかな手勢だが、自分ひとりでも充分すぎるくらいだ。

「たしかだな。突入部隊には、紅《あか》い髪の女がいたのだな」

「この目で見ました。《塩撒《ま》き》でしょう。大した手練《てだ》れです」

最年長の護衛が答える。コルネリウスはそれを聞けば満足とばかりに黙って廊下を歩き出した。

「それと、あの獣《けもの》の仔《こ》も同じ部隊にいるようです」

付け加えられた報告に、コルネリウスは笑い出しそうになる。

(なるほど、命運の輪転とは、よくよく『選ばれた者』に都合良く回るものよな)

(この巡《めぐ》り合わせも、紡《つむ》がれていたものか)

メドキア公爵はもちろん総主教に引き合わせてくれなかったものの、匿《かくま》われていた部屋はとっくに調べがついていた。しかしこうなっては総主教はどうでもいい。連れ出すのを、護衛にも止めさせなかった。連れて逃げてくれた方が、脱出経路が絞《しぼ》れるからだ。

廊下の突き当たりの細い塔に入り、石造りの螺旋《らせん》階段を駆《か》け下りる。階下から、べつの足音がいくつも聞こえてきた。

(読み通りだ)

踊り場に口を開けた石のアーチから廊下に出る。無数の足音がつかえて途絶《とだ》える。追いついた護衛たちの足音も、コルネリウスの背後にばらけて止まった。

「見事な手際《てぎわ》よな」

コルネリウスは唇を歪《ゆが》め、抜刀《ばっとう》した。

廊下を埋める数十人の若い騎士たち。その鎧《よろい》の間に、総主教の黄色い法衣《ほうえ》を見つける。しかしコルネリウスの視線はそこに留《とど》まらない。見据《す》えるのは、隊の中央にある、わずかな明かりの中でも燃え立つ真紅《しんく》の髪だ。

すぐ隣のミネルヴァの顔に、おびえが走るのがわかった。

クリスは太刀《たち》の柄《つか》に手をかけて、アーチの下の男を見据える。間違いない。あのときの将軍、王配候《おうはいこう》コルネリウスだ。なぜこんな早朝に城内に、などと考えているひまはなかった。我に返ったミネルヴァが叫ぶ。

「後ろ、猊下《げいか》を連れて逃げろ、二隊残って食い止める！」

背後で、肥《ふと》った総主教がひぃとおののきの声をあげる。クリスよりも後ろの十人隊が総主教を連れて反転し走り出すのが聞こえる。

コルネリウスの身体《からだ》がゆらりと動いた。次の瞬間、それがかき消え——

「なッ」「う、おぉッ?」「こ、こいつッ」「ぐァッ」

前を固めていた隊列の間から、無数のうめき声があがる。折れて跳《は》ね上げられた剣先が天井に叩《たた》きつけられ、血しぶきが石畳《いしだたみ》に散り、鎧がぶつかりあう音が連なる。信じがたい光景だった。細い剣先をほとんど触れさせるだけで、コルネリウスは銀卵《ぎんらん》騎《き》士団《しだん》の精鋭《せいえい》を軽々と叩き伏せていく。

致死傷ではない。倒れた者の四肢《しし》は小刻《こきざ》みに震《ふる》えている。目を剥《む》いたまま、意識さえ失っていない。あのときに見たのと同じ剣技だ、とクリスは肩をこわばらせる。

十数人が薙《な》ぎ倒《たお》されてできた空間に、コルネリウスの背後から護衛らしき男たちが四人、踏み込んできて主《あるじ》を囲み剣先を四方に広げて向ける。ミネルヴァは大剣を低く構えたままの警戒姿勢でコルネリウスをにらみ据え、動かない。

「閣下、総主教猊下が」

護衛の一人が、クリスたちに牽制《けんせい》の視線を向けたまま言った。

「捨て置け。今は陛下の方が重要だ」

禍々《まがまが》しい笑《え》みを浮かべてコルネリウスがそう答え、鋼《はがね》の眼をミネルヴァに向ける。

陛下。たしかにそう言った。クリスも、まわりの騎士たちも聞いただろう。その言葉にミネルヴァが身を固くしたのにも、気づいただろう。

「お久しゅうございますな。前に拝謁《はいえつ》たまわりましたときは、私はまだ帯剣《たいけん》も許されておらぬ年頃《としごろ》でしたが」

一歩、また一歩、コルネリウスはにじり寄ってくる。倒れた騎士たちの身体《からだ》を踏みつけて。クリスは剣を目の高さに持ち上げ、ミネルヴァをかばうように前に出た。

「シルヴィアさまも、近頃《ちかごろ》はミネルヴァさまのお姿を視《み》られることが多くなったご様子。お逢《あ》いしたいとおっしゃっておられました」

「黙れ。……おまえなんか、知らない」

「夫になるかもしれぬ者を、知らぬと？」

冷えた油のような、いやらしく愉快《ゆかい》そうな声でコルネリウスは言った。わずかに倒れずに残った騎士団の者たちが、ざわつきながらミネルヴァを振り返る。クリスは心臓にぎりぎりという痛みを覚えた。今すぐ、この場で息をしているミネルヴァ以外の者たちを嚙《か》み殺《ごろ》してしまいたい、そんなどす黒い衝動が腹の中で渦巻く。

「シルヴィアさまとちがって、ミネルヴァさまならば薬なしでも視えるでしょうに」

クリスの視界の端で鈍《にぶ》い光が持ち上がる。ミネルヴァが大剣を持ち上げたのだ。

「きさま、シルヴィアにッ」

紅色《あかいろ》の髪が揺らめくのが見えた瞬間、クリスの意識はその赤に塗《ぬ》り潰《つぶ》され、溶けた鉄の血が駆《か》けめぐって身体を突き動かした。獣《けもの》の咆吼《ほうこう》をあげ、倒れた騎士たちを飛び越え、コルネリウスに飛びかかる。左右から護衛の剣先が殺到した。

「——ぁあああああアッ」

抜きざまの刀身が一閃《いっせん》した。金属と肉と骨とがいちどきに断ち切られる致命的な音が、石の天井に反響する。血しぶきがクリスの頬《ほお》を汚《よご》す。鎧《よろい》をつけていなかった護衛は四人とも、手首、二の腕、脇腹を瞬時に切り裂《さ》かれ、割れるようにクリスの左右に倒れる。その勢いのまま太刀《たち》を振りかぶったクリスは、大きく跳《と》んだ。さしものコルネリウスも、飛び退《の》きながら一撃を細身の剣で受ける。

着地と同時に、クリスの太刀は石の床をえぐっている。よけられなければ剣ごと王配侯《おうはいこう》の身体を真っ二つにしていただろう。喉《のど》を鳴らしながら刀身の血を払う。

「やはり、あれしきの戦場では死なぬか、獣の仔《こ》」

ざらりとした笑《え》みを浮かべるコルネリウス。その視線に、クリスはようやく、烙印《らくいん》が焼けるように痛んでいることを自覚する。

「嬉《うれ》しいぞ。おまえも、私のさだめに向けて紡《つむ》がれた一人だ。なにせ——」

顔の前に持ち上げた、反り身の剣の向こうで、コルネリウスの顔が禍々《まがまが》しく歪《ゆが》む。

「汚れるのはおまえの役目だからな」

「な——」

聞くな。戯《ざ》れ言《ごと》を聞くな。クリスは声を噛み殺して石床を蹴《け》った。

「クリス、そいつはわたしが殺すッ」

声が背中に叩《たた》きつけられ、紅《あか》い炎が奔《はし》ってクリスを追い抜く。ほんの一瞬遅れて刃《やいば》の鈍《にぶ》い光が弧《こ》を描き、コルネリウスの頭目がけて打ち込まれる。歯が砕《くだ》けそうなほどの金属音が散った。細身の剣でそらされた分厚い刃が、アーチを形作る石を深く穿《うが》つ。ミネルヴァが引き抜きざまに返した一撃さえも、コルネリウスは受けきり、流した。

巻き起こる剣風《けんぷう》に、クリスは一歩も近づけない。ただ、手と額《ひたい》の烙印《らくいん》がどくどくと脈打っているのだけが感じられる。

——なんだ、この男は。

——この力はなんだ。ミネルヴァの剣を、なぜあそこまで……

そのとき、クリスはそれに気づく。

コルネリウスの右手の甲が、青白く、光っている。

「……く、あっ」

ミネルヴァの身体《からだ》が、大剣もろとも弾《はじ》き飛《と》ばされた。石の床に叩きつけられそうになるのを、クリスはすんでのところで支える。膝《ひざ》を折って細い身体を抱きながら、もう一度、若き王配候《おうはいこう》を見上げる。

手に光るのは、クリスのものよりもずっと流麗《りゅうれい》な柄《がら》の——

しかし間違いなく、烙印だ。

「どうした。驚いているのか」

刃を上に向けて差し伸べ、コルネリウスは光を帯びた烙印を見せつけるようにする。

「おまえのように汚らわしい呪《のろ》いを刻《きざ》まれた者がいるなら、幸いなるしるしを刻まれた、選ばれた者がいると考えなかったか」

コルネリウスの嘲笑《ちょうしょう》に、クリスは身がねじ切れそうなほどの怖気《おぞけ》を覚えた。

——何者だ。

——こいつは……

——ぼくは、何者なんだ。

「……う、く……」

腕の中でミネルヴァがもがき、大剣の柄《つか》を握《にぎ》りしめて立ち上がろうとしたときだった。コルネリウスの、左手にも烙印が脈動するのが見え、クリスは湧《わ》き上《あ》がる悪寒《おかん》と、言いようもない不気味な気配に、振り向いた。

太刀《たち》を握った手から、力が抜け落ちそうになる。うずくまったクリスとミネルヴァは、再び立ち上がった銀卵《ぎんらん》の騎士たちに取り囲まれていた。みな、剣を持ち上げる腕が妙な角度に引きつり、足取りが酔ったようだ。

——まさか。

「や、やめろ」「なんだ、これ、は」「く、くそ」

みな、目には意識がある。身体の自由が——

クリスはとっさに、ミネルヴァを抱えたまま床の上を転がった。騎士の一人が剣を振り上げたのが見えたからだ。ほんの一瞬前まで二人がうずくまっていた場所に、鋼《はがね》の刃《やいば》が叩《たた》きつけられて火花が散る。

「おい、しっかりしろ、味方だわからんのか！」「寄るな！」「正気にッ」

声がした。ミネルヴァが先に姿勢を正して起き上がる。クリスは壁に背中をぶつけ、むせながらも身を起こす。わずかに倒れず残っていた騎士たちが、同朋《どうほう》の剣を受け、悲痛な声をあげながら後ずさっていく。

「やめろ、くそ！」「おのれ」「ミィナ、逃げろ！」

剣を振り上げ、三方から飛びかかってくる仲間たちの声は、なお痛ましい。ミネルヴァが大剣に身を隠すようにして、仲間の刃をかろうじて受け止める。

「お、おまえたち、どうしてッ」

「わ、わからぬ、身体《からだ》が」「いいから逃げろ、俺《おれ》たちにかまうな、このままじゃ」

振り下ろされる刃を弾《はじ》きながら、ミネルヴァは壁際《かべぎわ》に追い詰められていく。迫る騎士たちの肩越しに、コルネリウスの笑い声が響く。

「わかるか。これが力だ。幸いなる神に選ばれた者の力だ！」

「コルネリウス、きさまッ」

忌々《いまいま》しげに叫ぶミネルヴァの腕を引っぱって、クリスは石壁に背中をこすりつけながら退路を探した。突き出される剣はどれも鈍《にぶ》く腕や脚をえぐる。背後にかばったミネルヴァも肩や腿《もも》を刺され、苦悶《くもん》の声をあげる。

「眼と声が無事ならよい。手足はいくらでも切り刻《きざ》め」

コルネリウスの声に、掌握《しょうあく》された騎士たちが血の涎《よだれ》を散らしながら迫る。クリスの額《ひたい》に烙印《らくいん》の痛みが燃え上がり、頭蓋《ずがい》の中が獣《けもの》の声で満たされる。

（喰《く》らえ）

（喰らえ）

（喰らえ！）

喉《のど》めがけて突き出された刃先を、クリスは左手で受けた。貫通した鋼が烙印の真ん中から皮膚《ひふ》を突き破って、青白い光を鮮血に染める。その赤が、視界に広がる。

「——あああああああああああアアアアアアアアアァッ」

クリスの喉からほとばしる咆吼《ほうこう》は、もはや人のものではなかった。太刀《たち》を握《にぎ》りしめ、薙《な》ぎ払《はら》った右腕に伝わる手応《てごた》えは、布を裂《さ》いたときのようだ。甲冑《かっちゅう》ごと断ち切られた腕が壁に叩きつけられ、噴《ふ》き出した血が赤い視界をさらに染め、クリスの意識を塗《ぬ》り潰《つぶ》す。なにかを懇願《こんがん》する仲間の喉に刃を突き入れ、息絶えたその身体を盾《たて》にして群れの中に飛び込む。刃が大きな円を描き、刎《は》ねられた首が天井にまで飛び、鎧《よろい》の継《つ》ぎ目からざっくりと断ち割られた上半身が石の床に転がって真紅《しんく》の血を撒《ま》き散らす。

だれかがクリスの名を呼んだのを聞いた。けれど、止めようもなかった。それは殺戮《さつりく》ですらなかった。収穫である。刈り取られた骸《むくろ》がクリスの足下《あしもと》に折り重なって倒れていく。コルネリウスの笑い声だけが、耳の中で痛いほどに響く。

「──クリス、やめろ！　クリス！」

少女の声を、重たい鐘《かね》の連打のような動悸《どうき》が、刃《やいば》から腕に伝わる肉の感触が、たやすく押《お》し潰《つぶ》す。獣《けもの》の声は、もはやクリスの喉《のど》から吐き出される吠《ほ》え声《ごえ》に同化していた。

慟哭《どうこく》がやんだとき、クリスは、血の海の中に立っていた。

──懐《なつ》かしい。

最初に感じたのは、おぞましい憧憬《しょうけい》だった。

爪先《つまさき》に染み込む、ぬめるような温かみは、かつて失い、求めていたものではないのか。

骸《むくろ》ばかりが横たわるこの光景が、自分のあるべき場所ではなかったか。

まだ動く者がある。妖剣《ようけん》に侵《おか》された肉体は痛みさえ忘れるのか。片腕や眼を失った銀卵《ぎんらん》の騎士たちが、血溜《ちだ》まりから剣をつかみ上げ、泳ぐように寄ってくる。

「クリス！　お、おまえっ」

ミネルヴァの声が首筋に突き刺さる。

「見るな！」背中を向けたままクリスは叫んだ。「見るな。ぼくは……」

──仲間を、殺した。

──《星喰《く》らい》の、呪詛《じゅそ》の通りだ。この手で。

「逃げろ。ぼくにかまうな」

反り身の剣を手に、薄笑いを浮かべて立つコルネリウスを、にらみ据《す》える。その背後の階段から、無数の足音と、「閣下!」「ご無事ですか!」という声が聞こえてくる。

「クリス、ばか、おまえッ」

「ミィナやめろ、退《ひ》くぞ!」「死にに行く気か!」「あれはもうだめだ、捨て置け!」

「離せッ」ミネルヴァは仲間の腕の中でもがく。「クリスおまえっ、ふざけるな、ひとりで……クリス!」

ミネルヴァの声を、聞いていられなかった。血の涙を流し、声にならない声をあげながら斬《き》りかかってきた同胞たちを、虫の翅《はね》でももぐようにたやすく斬《き》り捨《す》てる。屍《しかばね》を踏みつけてコルネリウスに踊りかかる。王配侯《おうはいこう》は嘲《あざけ》り笑いながらクリスの剣を受けた。

「その方が美しいぞ、獣の仔《こ》!」

石のアーチから、聖王国軍の兵たちが姿を現す。クリスは四肢《しし》に槍《やり》を受け、血の海の中に突き倒される。剣を握《にぎ》ったままの手の甲に、軍靴《ぐんか》が叩《たた》きつけられる。

獣の力が、飢えが、満たされて薄らいでいく。

泣き叫ぶミネルヴァの声と、無数の足音とが背後に遠ざかっていくのを聞きながら、クリスは血溜まりに伏した。

「同朋《どうほう》の血の味はどうだ」

コルネリウスの声が降ってくる。

「言ったはずだな。おまえには、ひとりで這《は》いずり回《まわ》る、獣の死に方しかないと」

顔を上げても、もはや血の赤しか見えない。

それでも、わかる。

さだめ。

獣《けもの》の宿命。

ずっとひとりで、だれとも巡《めぐ》り逢《あ》わないまま、なにひとつ手にしないまま、死ぬべきだった。それを、引き寄せられた篝火《かがりび》の間で、人の体温の中で、歪《ゆが》めようとした。

その報《むく》いが、これだ。自《みずか》らの手で、殺した。

ミネルヴァの目の前で。

クリスは眼を閉じ、なまあたたかい錆《さび》の海に唇を委《ゆだ》ねる。

——ミネルヴァは、逃げられただろうか。

——もう、二度とぼくの手の届かない場所まで。

——ぼくを忘れてくれるだろうか。ミネルヴァの中のぼくを、殺してくれるだろうか。

——あのとき。

——殺してくれれば、よかったのに。

やがて暗いぬかるみが、ゆっくりとクリスの意識を浸《ひた》し、呑《の》み込《こ》んでいった。

10 新月

THE SWORD QUEEN AND THE BRANDED CHILD

新月まで一日を残して、聖王国軍占領下のサンカリヨンに、兵一万がさらに迎え入れられた。メドキアの領民たちは、翼ある車輪の紋章を掲《かか》げた壮麗《そうれい》な儀仗《ぎじょう》兵たちを、街路に鈴なりになり花を石畳《いしだたみ》にたっぷり撒《ま》いて歓迎した。複雑な彫刻の施《ほどこ》された巨大な輿《こし》が通過するときに至っては、歓声は雷雨のようになった。

フランチェスカたち銀卵騎士団《ぎんらんきしだん》は、サンカリヨンにほど近いエパベラという街にいったん退《しりぞ》いて逗留《とうりゅう》していたが、そこの兵舎にも城の盛況《せいきょう》ぶりが聞こえてきたほどである。

「メドキアっ子は、もう公爵のことを半《なか》ば見捨てたみたいだぜ」

窓際《まどぎわ》にいたニコロがカーテンを持ち上げてサンカリヨン城の影を見やり、つぶやいてからフランチェスカに遠眼鏡を手渡す。のぞき込むと、城壁の上に紫の旗がびっしりと並んで風にはためいているのが見える。ため息をついて遠眼鏡を医者に投げ返した。

「重税のことも無理な兵役《へいえき》のことも、女王陛下がいらっしゃると忘れるもんなのかね」

「メドキアが直轄領《ちょっかつりょう》になって税が軽くなるという噂《うわさ》が流れてるの」

フランチェスカは肩をすくめる。もちろん根も葉もない噂だ。代官を派遣するなり、現公爵を引退させて扱いやすい後継《こうけい》者を据《す》えるなり、今の体制を維持するだろう。

「それに、ウェネラリア節を都の外で祝うなんてはじめてのことでしょうしね」

サンカリヨン城が陥落《かんらく》したのは五日前のことである。フランチェスカはメドキア公爵を城内に残したままの撤退《てったい》を提案し、総主教を救出したという功績《こうせき》をちらつかせて強引に押し切った。メドキア公までもが城を逃げ出したと知れたら、領民感情が完全に王国側に傾くからである。

しかし、さしものフランチェスカも、女王が入城するとは想像もしていなかった。

「婚礼もサンカリヨンでやるとなると、都の連中に恨《うら》まれるな。くははは」

託宣《たくせん》がくだり、王配候《おうはいこう》コルネリウスが聖王紳《せいおうしん》——すなわち女王の夫となる、という報せ《しら》がメドキアの戦線にまで届いたのは、実際の女王の光臨《こうりん》に先んじることわずか三日である。託宣が出ると同時にメドキアに発《た》った、としか思えない。

（なぜ慣例を曲げてまでサンカリヨンで婚儀を？）

フランチェスカは腕組みし、地平で夕映《ゆうば》えに浮かぶサンカリヨンの偉容《いよう》をにらむ。

それはおそらく、コルネリウスがあの城から動けないからだ。

（誘い出そうとしているのか。だれを？）

陽当《ひあ》たりの悪い部屋の隅《すみ》を見やる。ニコロの他《ほか》にもう一人いるということを忘れそうになるが、大剣を抱えてうずくまっているのは、戦装束《いくさしょうぞく》のままのミネルヴァだ。フランチェスカの視線に気づき、顔を上げる。墨《すみ》を塗《ぬ》ったようなくまができている。

「……なぜ、行軍《こうぐん》中の女王を襲わなかったんだ」

ミネルヴァはぼそりと言った。フランチェスカは嘆息する。

「無理よ。サンカリヨンに気づかれずにその向こうに兵を差し向けるなんて。他の軍の協力も得られない」

「女王を落とせば戦いは終わるじゃないか、死ぬ気でやればッ」

「あなたの戦いは終わるかもしれない。でも、あたくしたちの戦いは、それじゃ終わらないの。わかっているでしょう」

ミネルヴァはふいと顔をそむけ、それから立ち上がる。

「ミィナのことを公国全軍に明かして、今の女王は偽《いつわ》りだと喧伝《けんでん》して、こちらも車輪の旗を掲《かか》げて戦ったとして──なにか変わると思う？」

大剣を支えに、ミネルヴァは黙って立ちつくしている。噛《か》みしめた唇が白い。

ミネルヴァの正体《しょうたい》を知る者は、公国側には非常に少ない。銀卵騎士団《ぎんらんきしだん》でも、フランチェスカにごく近しい近衛《このえ》やニコロなど数名に限られている。祖父は知っているが、父のザカリア公爵には聞かせていない。

今や、知っている人間はむしろ王国側の方が多いだろう、とフランチェスカは思う。伝説的な剣士である《塩撒《ま》き》の噂《うわさ》は聖王家にまで届いているだろうし、その姿を聞き知るだけで見当はつく。

敵には隠す必要がないのだ。露見《ろけん》を恐れているのは、むしろ聖王家の方である。しかし、諸侯には隠さなければならない。

ミネルヴァを旗印《はたじるし》にすれば、たしかに七公国はひとつにまとまるだろう。それで勝利を得られたとして、残るのは女王を戴《いただ》く貴族たちの集団である。神権を寡占《かせん》するため、共食いが始まる。なにも変わらない。

(神ではなく、人の手で、戦《おも》いを終わらせなければいけない)

それがフランチェスカの想いだ。

「……だから、公国軍をまとめるのには、まだ時間がかかるの」

「他国はみんな腰抜けなのか！　サンカリヨンの東門の補修は終わっていないし、城内は婚儀の準備で混乱しているし、攻め込む好機じゃないか！」

「そう。腰抜けなの。ウェネラリア節が終われば、王国軍も半分以上は都に引き上げるでしょう。だからこっちもいったん帰国して立て直すという意見が強いわ」

ミネルヴァは木の柱に拳《こぶし》を叩《たた》きつけた。

「ふざけるな。婚儀が終わったら、シルヴィアは、あいつに、あの蜥蜴《とかげ》みたいな男に」

肩を震《ふる》わせる女王の姉を、フランチェスカは憐《あわ》れみに満ちた眼で見つめる。

選ばれた夫と結ばれ、子を産《う》まなければいけない、託宣《たくせん》女王。

ミネルヴァのものだったかもしれない苦しみ。

「……いい。わかった」

大剣を肩にかけ、ミネルヴァは戸口に向かった。

「ひとりで乗り込むつもりなの？」

冷ややかなフランチェスカの言葉に、傍《かたわら》で訊《き》いていたニコロが目を剥《む》く。ミネルヴァは背を向けたままだ。

「わかっているなら訊くな」

「お、おい、待てよ。もっと他《ほか》にやり方があるだろ、ひとりなんて死にに行くだけだ」

「クリスはひとりで残ったんだ！　わ、わたしは、わたしはッ、逃げたのに！」

炎の髪を振り乱し、ミネルヴァは首をねじってニコロをにらむ。視線だけで、ニコロは窓際《まどぎわ》に押しやられてしまう。

「……おまえが責任感じることじゃない、だろ……？」

「責任じゃない。クリスは、わたしのものなんだ。わたしを、わたしの命を――」

「だからっておまえも追っかけて死ぬってのか、馬鹿《ばか》かよ！」

「クリスは死んでない！」

ニコロだけではなく、フランチェスカも息を呑《の》んだ。

ミネルヴァを含め、わずか十数名しか生還《せいかん》しなかった突入部隊の報告を聞いて、フランチェスカも絶望していた。触れただけで人を操《あやつ》るコルネリウスの妖剣《ようけん》。信じがたい力だが、味方の剣を受けた隊員たち全員が証言している。そして、掌握《しょうあく》された仲間をすべて斬殺《ざんさつ》し、駆《か》けつけた聖王国軍の部隊の槍《やり》に倒れたクリス。

もはや生きてはいまいと――生きているべきではないと、だれしも思っていた。

「視《み》た。あいつが、わたしを殺すところを――また視たんだ。死んでいるはずがない」

ミネルヴァの後ろ姿を断ち切って、戸が閉まる。重たい足音が階段を下りていくのが聞こえる。

(予見したのか。それは、たしかに、生きているという証《あかし》になる)

「……あいつ……生きて……?」

ニコロがつぶやき、それからはっとしてフランチェスカを見た。

「団長、そ、それじゃミィナほんとにひとりで突っ込むぞ、止めないと!」

「ジルに言ってあるわ、なにするかわからないからミィナを見張ってて、って」

癖毛《くせげ》をかき混ぜ、医者は息をつく。

「ミィナ、ここ数日おとなしかったのに……あいつが生きてるってわかったとたん、あれかよ。ほんと前しか見えなくて前にしか進めない破城槌《はじようつい》みたいなやつ……」

ニコロの皮肉も、フランチェスカはほとんど聞いていなかった。

クリスが生きている。囚《とら》われているのか。なぜ?

なぜコルネリウスは、クリスを生かしている?

(クリス。あの子は……いったい、何者なんだろう)

(そうだ。すべての疑問がそこに行き着く)

思索《しさく》に沈んでいたフランチェスカを、兵舎の部屋の暗がりに引き戻したのは、駆《か》け込んできた足音だった。

「フランさまっ、クリスさんが生きてるってほんとですか!」

パオラだった。衛生兵の青い衣《ころも》に着替えたばかりらしく、髪も帽子も乱れている。

「どうして知ってるの？」

「声、聞こえました！　ほ、ほんとですか？　クリスさん、ほんとに」

「壁の薄い兵舎ね……部屋を替えさせようかしら」

駆け寄ってきたパオラの肩をぽんぽんと叩《たた》いてなだめ、フランチェスカは息をつく。

「ミィナが、予見したの。……生きてるって」

「じゃ、じゃあ！　助けに行きましょう、クリスさんはミィナさんの大切な人だから」

フランチェスカは目を見開いて、パオラの顔を見つめた。主人を思いがけず驚かせてしまったことに自分もびっくりしたのか、パオラの目も丸くなる。

（助けに行く？　クリスを？）

呆《ほう》けたように後ずさり、椅子《いす》に腰を落とす。

助け出す。どうやって。その方法を自分が考え始めているということに、戦慄《せんりつ》する。

（馬鹿《ばか》な。だめだ、ほっておくしかない）

（もはやサンカリヨンは占領下だ、銀卵騎士団《ぎんらんきしだん》だけでどうにかなる話ではない）

顔から血を滴《したた》らせたジルベルトが部屋に入ってきたのは、そのときである。

「ジルベルトさん！　怪我《けが》っ、ど、どうしたんですか」

青い顔で駆け寄るパオラを押しのけて、こちらへ歩み寄ってくると、フランチェスカの前で膝《ひざ》を折った。

「申し訳ございませんフラン様」

それだけで、フランチェスカにはすべてが呑《の》み込《こ》めた。

「……止められなかったのね？」

「はい。一太刀《たち》でわかりました」

頭を垂れたジルベルトの額《ひたい》から、赤い雫《しずく》が床に落ちる。ジルベルト以外の者であれば傷一筋では済まなかっただろう。

「止めるならば殺してでも、サンカリヨンに行くと。俺《おれ》の剣ではいずれにせよ止められぬと判断して、行かせました。フラン様にご報告して次善《じぜん》の策を取るべきと」

「ジル、あなたのいつも冷静な判断には感謝しているわ」

近衛《このえ》隊長の肩に手をやり、立たせる。フランチェスカは手《て》ずから布で額の血をぬぐってやると、パオラに手当するよう言いつけた。

「どうなさるんで、団長。おれも陽動くらいならやるけど」

「ニコロ、あなたさっきミィナを止めろって言っていたのじゃなくて？」

「ひとりで突っ込むのを止めろって言ったんだよ。今ここで団長がものすげえ作戦思いついて号令かけりゃ、ミィナひとりじゃなくなるだろ」

医者はそう言って愉快《ゆかい》そうに笑う。フランチェスカは天井を仰《あお》いだ。

無理だ。クリスは見捨てるしかない。首を振る。パオラやジルベルトやニコロと目が合うたびに、フランチェスカの胸中はざわめく。

（どうしろと……）

冷たい石の床に押しつけた頬《ほお》が、足音を感じ取った。

暗闇《くらやみ》の中で、クリスは顔を上げた。鉄格子《てつごうし》の向こうにぎらつく明かりがあり、まぶしさに手で顔を覆《おお》う。最後に光を見たのは何日前だろう。眼球がよじれそうで、まぶたの間から涙がじくじくと染み出てくる。

「……だれだよ。……そろそろ、処刑してくれるのか」

薄目を開き、指の間から明かりをにらみながら、クリスはつぶやく。唇が乾いてひび割れている。声を出すと、錆《さ》びた鉄の棒が喉《のど》を通り抜けるみたいに痛む。

明かりは一つではなかった。三つ——いやもっとか。かなり大勢が、牢《ろう》の前にいる。影の輪郭《りんかく》と、金属のにおいと、足音とで、武装しているのがわかる。

「もう少しこっちに寄れ、獣《けもの》の仔《こ》」

記憶にあるその声に、クリスの喉が死ぬ間際《まぎわ》の魚のようにひくつく。光に目が慣れてくる。ひときわ長身の、着飾った男。口元は笑っているのに、鋼《はがね》の玉を埋め込んだようなその両眼は牢獄《ろうごく》の石壁よりもなお冷えきっている。

「コルネリウス……」

「その穢《けが》れた口で名を呼ぶな。もうすぐ、四重にも五重にも祝福された名になるのだぞ。黙って、顔が見えるように明かりに寄れ」

——祝福される、だと？

——なんのことだ。なにを言っているんだ。

——おまえなんか、永遠に呪《のろ》われてしまえばいいのに。

ごつごつした石床に爪《つめ》を立て、鉄格子《てつごうし》へと這《は》い寄《よ》る。コルネリウスの長衣《ながぎぬ》の裾《すそ》が、あの忌《い》まわしい反り身の剣の鞘《さや》が見える。背後に何人も控える者たちの足は、おそらく護衛のものなのだろう、どれも軍靴《ぐんか》だ。コルネリウスの傍《かたわ》らに立つ一人を除いて。

クリスは、骨の痛みに顔をしかめながら、見上げた。

少女だ。真紅《しんく》の髪を額《ひたい》の真ん中でわけ、銀の冠を戴《いただ》いている。襞《ひだ》のついた華美なドレスはランタンの火に照らされてほの赤く、そして、スカートに重ねられて腰から伸びる上衣《うわぎ》の裾は、広げた白い翼のようだ。

なにより、その漆黒《しっこく》の瞳《ひとみ》。

一目でわかった。おびえに歪《ゆが》むその幼い顔に、面影《おもかげ》がある。

「陛下に顔をお見せしろ」とコルネリウスが冷たく言った。

聖王家を統《す》べる、テュケーの巫女《みこ》、託宣《たくせん》女王。

「……この男ですか、シルヴィアさま」

コルネリウスが囁《ささや》く。

「ええ。この方です」

「剣も、これで間違いありませぬか」

コルネリウスが背後の護衛から受け取って差し出した、一本の太刀《たち》。鏡のように滑《なめ》らかな刀身は、見間違うはずもない、ジルベルトから借り受けた、クリスの剣だ。

女王はあごを震《ふる》わせてうなずいた。

「……ええ。……この剣で、わたしの眼の間を、貫《つらぬ》くのを――視《み》ました」

クリスは息を詰まらせる。

「その、氷の刀身に、わたしの眼が映《うつ》っているところを、たしかに視ました」

――同じことを言っている。

――ミネルヴァと、同じことを。

――ぼくが、女王も殺すのか。

シルヴィアは鉄格子のそばにしゃがみ込む。護衛が色めき立った。

「陛下、捕虜《ほりよ》に膝《ひざ》などついてはなりませぬ！」

「本来ならお言葉をかけるのも忌まれるべき、穢らわしい――」

コルネリウスが腕を持ち上げ、制した。太い鉄棒の枠越しに、黒い瞳が近づいてくる。

――ああ、この瞳の色は。

――ミネルヴァと同じ、深い夜にのぼる新月の、欠けた部分の色。

――痛みと絶望とで、内に沈み続けた色。

「姉様《ねえさま》を、知っているのですね」

シルヴィアの言葉に、クリスはうなずく。痛ましく凍《こお》りついて固まっていく確信。ミネルヴァは、女王の姉。聖王家の呪《のろ》わしい血を担《にな》う——まことの女王、なのだ。

「……ご無事、だったのですね」

幼い偽《いつわ》りの女王の顔は、柔らかい涙に溶けそうだ。

「コルネリウス。この方を放《はな》しなさい。姉様に伝えてほしいことがあります」

「陛下、お戯《たわむ》れはっ」

騒ぐ護衛を、コルネリウスが視線だけで黙らせる。シルヴィアはまったく耳に入っていないかのように言葉を続けた。

「シルヴィアは、姉様がご無事なら、耐えられるからと。……戦いなどやめて、遠くで平穏に暮らしてください、と。……伝えてください」

クリスの耳の中で、熱く沸《わ》いた血がごうと音をたてる。

——耐える、だって？

——戦いをやめろ、だって？

——そんなの。たとえなにかの間違いでぼくが生きて帰ったって。

——言えるものか。あのミネルヴァに、言えるものか。

女王を立たせ、かわりにコルネリウスが一歩前に出る。クリスは目を剥《む》く。コルネリウスが鉄格子《てつごうし》の間から太刀《たち》を抜き身のまま差し入れてきたからだ。

「閣下、なにをっ」

「きさまらは少し黙っていろ」

クリスのすぐ目の前に、太刀が落ちて転がる。爪《つめ》で弾《はじ》いた氷塊《ひょうかい》がそのまま割れてしまったような音が響く。クリスは呆然《ぼうぜん》とコルネリウスを見上げる。

「おまえの剣だ。返す。好きに使え。出られるなら出てもよい」

「……な……んで」

コルネリウスは背後の護衛たちに言った。

「陛下をお連れしろ。ここは空気が悪い。長くいる場所ではない」

「閣下は？」

「私はこれともう少し話がある」

「コルネリウス、その方を、お願い、姉様のところに」

「陛下の温情、痛み入ります」

護衛たちの剣呑《けんのん》な足音に囲まれて、シルヴィアはクリスの視界から消える。小さな女王は最後まで、何度も振り向いてクリスに視線を投げていた。

やがて、無数の足音は石段をのぼって遠ざかっていく。

クリスは、横たわった太刀をまさぐりながら、もう一度コルネリウスを見上げる。

「おまえは、それでシルヴィアを殺す。託宣《たくせん》だ。たしかに聞いた」

「だったら、なんで……剣を渡すんだ」

「さだめだからだ」

コルネリウスは腰を曲げ、顔を近づけてくる。

「殺すのはミネルヴァでもよい」

「な……に？」

「テュケーの神は、宿した者の死によって受け継《つ》がれる。ミネルヴァに聞いていないのか。あの二人は、母親からの力を、分けて受け継いでしまった。わかるか。女王は二人要《い》らぬのだ。一人が死ねば、全《まった》き託宣《たくせん》の力がもう一方に受け継がれる」

「お、おまえッ」

「宿命は、人の手でわずかに歪《ゆが》む。けれど、流れ着くのは同じ場所だ。おまえがどちらかを殺したら、私は残った方を手に入れる」

クリスの渇《かわ》ききった喉《のど》がねじれてぎりぎりと痛む。

——こいつは。この男は……

「当代に限り、姉妹のどちらにも託宣の力が受け継がれたのは、このためだ。今わかった。おまえという逃《のが》れられぬ死から、女王を守るためだ」

クリスが一人を殺しても、どちらかは残る——

「獣《けもの》の仔《こ》」

コルネリウスのぎらつく眼、灼《や》けた鋼鉄の笑《え》み。

「おまえだけだ。テュケーの神が庇護《ひご》する、いまだ力ある託宣女王を殺せるのは、その穢《けが》らわしい獣の烙印《らくいん》を持つおまえだけだ。私のさだめではない。だから、今は殺さぬ」

「おまえはッ」

怒《いか》りに駆られてクリスは握《にぎ》りしめた太刀《たち》を格子《こうし》の間から繰《く》り出《だ》そうとした。けれどコルネリウスに指さされただけで、全身の筋が悲鳴をあげて引きつる。床からわずかに太刀を持ち上げたまま、それ以上腕を動かせなくなる。

――なん……だ？

コルネリウスは薄く笑いながら鉄格子《てつごうし》から離れた。クリスは全身にすさまじい重みを感じて、床に這《は》いつくばる。

「おまえはそのために生まれて、ここまでひとりで這ってきたのだ。私のためにだ。最後まで血の中を這《は》いずり回《まわ》れ。首につながれた鎖《くさり》に、今さら気づいたとて、無駄だ」

「……おまえを殺してやる」

「愚《おろ》かな。命運の力をまだ理解しておらぬのか。私は託宣で選ばれた。わかるか？　この国を手に入れ、女王に子を産《う》ませ、その娘が神権を得られる歳まで育ったときに、女王を殺す。そこまで託宣されているのだ、わかるか！　私を殺すなど、笑わせる。神に選ばれたゆえに、死なぬのだ。おまえがシルヴィアを殺せば、シルヴィアが視《み》た未来はそのままミネルヴァのものだ。ミネルヴァが私の子を産み、私に殺される」

「そんな、そんな未来なんて――」

クリスは額《ひたい》に激痛を覚える。太刀を握っていた手の甲にも熱を感じる。

コルネリウスの手に、そして額《ひたい》にも、浮かび上がる青白い光のしるし。

「おまえの神は、苦痛と贄《にえ》の神だ。我が幸いなる神の糧《かて》だ。そのために生まれ、そのために這《は》いずり、そのために死ぬ。だれとも触れ合えぬ暗闇《くらやみ》の中でだ。思い知れ」

「……おまえ、なんなんだ。なんでっ、ぼくのことを」

コルネリウスは嘲《あざけ》りを残して立ち去った。

再びの真っ暗闇の中で、クリスは床に横たわり、太刀《たち》を抱え込んで烙印《らくいん》の痛みに涎《よだれ》を垂らしのたうち回る。

新月が来る。

獣《けもの》が血を求めている。

耳の中で、コルネリウスの、そしてシルヴィアの言葉がぐちゃぐちゃに混ざり合って反響している。刃《やいば》の冷たさだけが、クリスをつなぎ止めている。


どれほどの間、闇の中で悶《もだ》えていたのかわからない。石床を通して、ざわめきや震動が伝わってくる。弦楽や管楽がとぎれとぎれに聞こえるのは、婚礼が近いからか。石畳《いしだたみ》を踏む車輪の音は、祝いの品を満載《まんさい》しているせいでこれほど重いのか。

やがてそれらも、真っ黒な泥《どろ》に生まれるあぶくのような、獣の声に呑《の》まれる。

クリスはすぐそこまで下りてきた足音に跳《は》ね起きた。太刀を手に鉄格子《てつごうし》に向き直る。全身が鈍《にぶ》い痛みにまみれていて、再び目を貫《つらぬ》く光が歯の根にまでしみる。

けれど、鉄格子の向こうに立つ人影を見て、力を失った手から太刀が滑《すべ》り落ちそうになる。ランタンに照らされた、紅色《あかいろ》の炎を宿す髪。凍《こお》りついて揺らぐことのない漆黒《しっこく》の瞳《ひとみ》。白い羽の衣《ころも》。

——ミネルヴァ？

——どうして。

ミネルヴァもまた、目を見開く。その視線はクリスの手元に注《そそ》がれている。

「……なんで、剣がある？」

はっとして、太刀を握《にぎ》り直し、後ずさる。

「ま、待ってミネルヴァ、来ちゃ——」

片手で分厚い大剣が持ち上げられる。その重みだけで、錠前《じょうまえ》を打ち壊すのにはじゅうぶんだった。クリスは壁際《かべぎわ》まで這って退《さ》がる。

「ど、どうやって」

「忍び込んだわけじゃない。だから、上はもう騒ぎになっている。行くぞ」

ミネルヴァの大剣が、すでにこびりついた血や布かなにかで汚《よご》れているのに気づく。

「……ひとりで？」

「当たり前だ。こんなことにだれも巻き込めない」

「なんでぼくなんかッ」

「おまえはわたしのものだろう！」

歩み寄ってきたミネルヴァは、クリスの襟首《えり》をつかむ。

「わたしをっ、守るんじゃなかったのかッ」

クリスは目をそむける。

「もう。……そんなの、できない。ミネルヴァだって、見た、だろ。ぼくはっ、仲間を殺したんだ。不運に巻き込んで死なせたんじゃない、ほんとうに、この手で殺した」

「ばかっ、あれはどうしようも——」

「どうしようもないことじゃない！」クリスは熱く濡《ぬ》れた声でミネルヴァを遮《さえぎ》る。「ぼくはあのとき、浸《ひた》っていたんだ。肉をえぐる感触に。懐《なつ》かしい血のにおいに。耽《ふけ》っていたんだ。ほんとうは止められたはずなのに。……ぼくは、獣《けもの》、だ。このまま近くにいれば、ミネルヴァだって殺す。コルネリウスはそのためにぼくを生かしてるんだ」

「コルネリウスが……？」

「そうだよ。女王にも逢《あ》った。女王もぼくに殺される未来を——」

「シルヴィア？　シルヴィアに逢ったのか、どうしてっ」

肩を揺さぶられ、クリスは打ち明ける。

シルヴィアの願い。コルネリウスの嗤《わら》い。渡された剣。すべて、伝えた。

「……だから。シルヴィアの言う通りだ、逃げろ。ぼくも妹も捨てて行け。ぼくに——殺させるな」

「今日がその日だ」

「……え？」

クリスの呼吸も、視線も、ミネルヴァの声に捕《と》らえられる。

もう、離れない。

「今日が、おまえに殺される日だ」

「だ、だったらっ」

「シルヴィアのところまで、わたしを守れ。そのときまででいい」

「な……」

「そのときが来たら、おまえは、もう、好きにすればいい」

クリスは不意に悟《さと》る。ミネルヴァの言葉の意味。その、ほんとうの願い。


サンカリヨン城の一角には、鐘楼《しょうろう》つきの尖塔《せんとう》を備えた大聖堂がある。もともとパルカイの神々を祭った場所だが、すべての礼拝具を取り除かれ、王国の旗が壁一面にかけられ、聖婚の祭場に作り替えられていた。

大聖堂の三階に直通する廊下で、老いたるメドキア公爵は、サンカリヨンが誇る白亜《はくあ》の礼拝堂が紫に汚《けが》されていく様を、ため息まみれで眺めていた。

女王を迎えるとあって警備も馬鹿馬鹿《ばかばか》しいほどに厳重で、大聖堂に続くすべての通用路には、甲冑《かっちゅう》と槍《やり》で完全武装した衛兵が二歩ごとに立っている。城主である公爵も、今は軟《なん》禁《きん》状態の捕虜《ほりょ》という扱いだ。廊下を出歩いているだけで見とがめられる。

「公爵閣下。お部屋にお戻りください」

衛兵の隊長らしき中年の兵が、貴族に対するものとは思えないぞんざいな口調で言って、あろうことか槍を少し持ち上げて見せる。メドキア公は禿《は》げあがった額《ひたい》に青筋を浮かべながらも、つとめて冷静な声をつくって言い返す。

「礼拝具の扱い方などそなたらは知らぬだろう。剣や槍と同じように乱暴に運び出されて傷つけられては困る」

「異教の神を拝むための装飾具なぞ、今日このときをもって不要になりましょう」

衛兵隊長が言うと、居並ぶ若い兵たちが肩を揺らして笑う。

「いずれ鋳潰《いつぶ》すのですから傷の一つや二つ」

「こ、この不敬者どもがッ！」

老体をかえりみず隊長につかみかかったのは、公爵の精一杯の演技だった。さすがに衛兵たちが殺到する。

「御乱心か」

「落ち着きください、閣下」

「めでたき日になんという痴態《ちたい》」

四人がかりで隊長から引きはがされるまで、混乱は収まらなかった。その間に、廊下の向こう端の自室から、侍従《じじゅう》たちが荷物を運び出すのを公爵は確認している。

「ええい、部屋にお連れしろ、聖婚の密儀が滞《とどこお》りなく終わるまで外に出すな！」

赤絨毯《じゅうたん》の廊下を引きずられ、メドキア公は手荒に部屋へと押し込められた。

扉が完全に閉まり、金属の足音が遠ざかるのを確かめてから、公爵は部屋の隅《すみ》で小さくなっていた老年の侍従長を振り返る。

「見つからなかったであろうな」

「は、はあ。おそらくは」

侍従長はますます小さく背中を丸めながら、寄ってくる。

「よろしかったので。もし手引きしたことが露見《ろけん》すれば、王国に」

「黙れ」ひそめた声を矢のように発する公爵。「わしとて、矜持《きょうじ》までは失っておらぬわ」

「は。申し訳ございません」

しかし扉を叩《たた》く音があると、公爵はぎょっとして侍従長と一緒に飛び上がった。

「メドキア公、いらっしゃいますかな」

若々しく鋭い男の声。公爵は侍従長と渋い顔を見合わせ、扉におそるおそる近づき、ノブをひねった。

「御礼とお詫《わ》びにまいった」

すでに婚儀のための華美な白い法衣《ほうえ》に着替えた、コルネリウスが立っていた。

「こ、これは王配候閣下《おうはいこう》。……いや、王紳陛下《おうしん》とお呼びすべきですかな」

卑屈《ひくつ》な笑いを浮かべて公爵は言った。

「密儀が執《と》り行われるまでは、まだ聖王家の一員ではありませぬ。それよりも、さきほどは部下が非礼を働いたとか。平《ひら》にご容赦《ようしゃ》願いたい」

まるで人の皮でできた薄い仮面のような笑《え》みを浮かべたコルネリウスを前に、公爵は背中の冷たい汗を感じた。

(まさか見抜かれてはおるまいな)

(平静だ。平静を装え)

「なに。わしも度を失った。こちらこそ、祝賀の日に見苦しき真似《まね》、お赦《ゆる》しくだされ」

公爵の小さな体躯《たいく》を、コルネリウスはたっぷりとねめ回した後で、廊下に一歩退《しりぞ》き、会釈《えしゃく》した。

「それでは、また後《のち》ほど。密儀が終わりましたら、王紳《おうしん》として公を大聖堂にお呼びしましょう。もちろんウェネラリア節には参列くださいますな」

「も、もちろん」

笑顔をこわばらせて答える。女王と王配候《おうはいこう》、そして少数の神官のみによる、テュケーの神を前にした秘儀《ひぎ》が済めば、大祝典であるウェネラリア節である。

(それまでに、どんな騒ぎが起こっているのやら)

閉めた扉に背中を押しつけ、公爵は臓腑《ぞうふ》まで吐き出してしまいそうなほどの息をつく。

(あとは、わしにできるのは祈ることくらいだ)

（いや、今のうちに逃げ出しておくか）

窓に目をやったとき、鐘《かね》の音《ね》、そして荘重《そうちょう》な喇叭《らっぱ》の斉奏が聞こえてきた。

（聖婚が始まる……）


サンカリヨン大聖堂は三階層構造の巨大建築で、第二層は桟敷《さじき》となって吹き抜けで第一層とつながっている。人の手になるものとはとうてい信じられない緻密《ちみつ》な壁画《へきが》を背にした祭壇《さいだん》があり、三千人を収容できる東国最大の礼拝堂である。

その天井のさらに上、第三層は司教しか立ち入ることを許されていない至聖所《しせいじょ》であった。高い石柱に囲まれた祭壇からはパルカイ神群の像がすべて取り払われ、翼ある車輪の旗が掲《かか》げられ、シルヴィアの小さな身体《からだ》が横たえられている。身体を覆《おお》うのは、白い羽をそのまま散らしたかのような薄い衣《ころも》だ。

壇の左右に控えた巫女《みこ》たちが聖句を吟《ぎん》じる中、コルネリウスは頭を垂れ、三人の神官たちが複雑な手つきでシルヴィアの全身にかけている香油のにおいに意識をひたしていた。

「……幸いなるかな、陽《ひ》を継《よ》る者、月を曳《ひ》く者」

中央の白髪の神官がつぶやく。コルネリウスはゆっくりと立ち上がった。

シルヴィアは目を閉じたままだ。震《ふる》えるその裸体が、油に濡《ぬ》れた衣の上からはっきりと見てとれる。

（このまま、手に入れるか）

（つまらぬが……）

眠たげな聖句が、そのとき、唐突《とうとつ》に背後から響いたすさまじい崩落《ほうらく》音で押《お》し潰《つぶ》される。神官も巫女《みこ》も、一斉《いっせい》に青ざめて目を上げた。シルヴィアさえもはっとまぶたを開く。

コルネリウスはゆっくり振り向いた。

至聖所《しせいじょ》の両開きの扉は、整列した石柱のせいでひどく遠く見える。そこに灯《とも》る、真紅《しんく》の炎と、刃《やいば》の鈍《にぶ》い灰色。それだけではない。もう一人。

コルネリウスの口もとが歪《ゆが》む。

（では、ここが命運の結ばれる場所か）

闖入者《ちんにゅうしゃ》の一人がその大剣を振るった。扉そばの石柱が、天井までもが砕《くだ》け、巫女たちが悲鳴をあげる。崩《くず》れ落ちた石で完全にふさがった戸口を背に、二人は歩み寄ってくる。なにかを口々にわめいている神官たちの声の狭間《はざま》で、シルヴィアが呆然《ぼうぜん》とつぶやくのが聞こえた。

「……姉様《ねえさま》……？」

二人は血塗《ちまみ》れだった。ミネルヴァは大剣の先端を引きずり、至聖所の真っ白な敷石に血の筋を描きながら、クリスの一歩前を祭壇《さいだん》へと迫っていく。

ここに来るまでに、何人の王国軍兵を斬《き》ったか、わからない。幸いだったのは、石造りの渡り廊下が途中にあったことである。ミネルヴァの剣が要石《かなめいし》を砕き、橋は百人の兵を巻き込んで地上に落ちた。

じきに梯子《はしご》がかけられ、追いつかれるだろう、それまでに。

コルネリウスが神官たちを叱咤《しった》するのが聞こえた。

「落ち着け、じきに衛兵が来る。法衣《ほうえ》を血で汚《けが》すな、壁際《かべぎわ》に散れ！」

「しかし閣下」

「陛下は私がお守りする。神の庇護《ひご》もある。賊《ぞく》などにおびえるな」

「姉様！」

シルヴィアの声が石柱の間に響き、あたりの凍《こお》った空気にひびを入れる。神官たちがざわめく。ミネルヴァの炎の髪に、女王のものと同じ白い羽の衣《ころも》に、気づいたのだろう。

「い、いけません姉様、来てはだめ！」

「……シルヴィア。もう、わたしは逃げないから」

足と剣を引きずりながら、ミネルヴァは答える。

「ずっと、あなただけ苦しめてきた。終わらせる。今日で終わらせる」

「ミネルヴァさま。なにも終わりはしませぬよ」

コルネリウスはざらりとした笑《え》みを浮かべ、祭壇にあった装飾剣を取り上げる。

「その命のはじまりより、血の一滴にいたるまで神に捧《ささ》げられたあなたが、どう足掻《あが》こうと無駄なことです」

「コルネリウスッ」

ミネルヴァは駆《か》け出した。衣《ころも》の袖《そで》とともに、大剣も風をはらんで浮き上がる。

「ミネルヴァ、あいつの剣に触れるな！」

声を飛ばしながらクリスも走り出す。

コルネリウスは祭壇《さいだん》前の段から飛び降りると、助走と体重をすべて乗せたミネルヴァの一撃を黄金の装飾剣で受けた。わずかな角度で流された刃《やいば》が石柱を両断する。巫女《みこ》たちがひきつった声をあげながら、逆側の石柱の後ろを通って逃げ出す。神官たちがそれに続く。背中に振り下ろされたコルネリウスの剣を、ミネルヴァは持ち上げた剣の柄《つか》で受けた。崩《くず》れた姿勢のまま後転し、追いすがろうとするコルネリウスの脚を剣先で払いながら身を立て直す。分厚い刀身から払い飛ばされた血の飛沫《しぶき》が、柱にも床にも、そして婚儀の衣にも散っている。

「私を殺せると？　託宣《たくせん》で選ばれた私を？　はッ」

哄笑《こうしょう》とともに繰《く》り出《だ》された突きを、ミネルヴァは盾《たて》にした剣の腹で受ける。その肩越しにクリスはコルネリウスの喉元《のどもと》を狙《ねら》った突きを返した。とった、と確信したその手に、肉をえぐる感触はない。髪の毛一本ほどの差で首を傾けて躱《かわ》されているのだ。

「視《み》えているのではない」

可笑《おか》しそうにコルネリウスは言って、クリスの剣を蹴《け》り払い、石柱の陰に飛《と》び退《の》いた。

「おまえの剣が勝手にそれるのだ。目をつむっていても躱せる」

「戯《ざ》れ言《ごと》をッ」

ミネルヴァが飛びかかり、その白い長身を真横に斬《き》り払った。大剣は石柱を真っ二つに砕《くだ》いたが、すでにコルネリウスの姿は祭壇の向こうにある。信じがたい体捌《さば》きである。

「姉様《ねえさま》やめて、逃げて、もうすぐ衛兵がッ」

裸身に衣を巻きつけ、シルヴィアが悲痛な声で叫ぶ。逃げた神官たちが入り口の石を除《よ》けて梯子《はしご》を受け取り、追っ手を招き入れるだろう、それまでに、それまでに——

「——だれを殺すのだ？　私か？」

コルネリウスの声が、クリスの頭蓋《ずがい》の中でうつろに響いた。

脚が動かなくなる。祭壇ににじり寄っていくミネルヴァの背中を、見つめていることしかできなくなる。

コルネリウスは手を伸ばし、祭壇からシルヴィアの身体《からだ》を引っぱりあげた。

「あっ」

左腕をシルヴィアの喉頸《のどくび》に食い込ませて胸に強く押しつけ、剣先をミネルヴァに、そしてクリスに向ける。

「殺すべきは、私ではないだろう？」

「シルヴィアを放《はな》せ」

「獣《けもの》の仔《こ》に言っているのだ。殺すべきはだれだ。思い出したか？」

シルヴィアの喉元《のどもと》を絞《し》めあげる、コルネリウスの左手の甲が青く光った。刻印《こくいん》だ。呼応《こおう》するようにクリスの額《ひたい》と両手に鈍《にぶ》い痛みが走る。それだけではない。右肩にもだ。四肢《しし》が重くなる。真冬の川に投げ込まれたように、それなのに剣を握《にぎ》りしめたクリスの腕は持ち上がり、すぐ目の前の紅《くれない》の髪に叩《たた》きつけられる。

「――な、クリスっ？」

おそるべき反応力で背中に回した大剣が、かろうじてミネルヴァを守った。赤い髪が何本か舞い散る。クリスは呆然《ぼうぜん》としたまま、もう一度太刀《たち》を持ち上げる。

「クリスおまえッ」

「……や、やめろコルネリウス」

声だけはかろうじて出せた。しかし、身体《からだ》はすでにクリスのものではなかった。太刀先がしなやかな線を描いてミネルヴァの頭に打ち込まれる。受け流した大剣の柄《つか》がえぐれる。クリスはもはや、烙印《らくいん》とそして肩の傷の痛みしか感じていない。耳に流し込まれるのはコルネリウスの哄笑《こうしょう》。

「愚《おろ》かよな。おまえが気を失っている間に、私が放置していたとでも？」

肩の傷。コルネリウスが、あの妖剣《ようけん》でつけておいた傷なのだ。ほんとうに愚かだ。クリスは悔《くや》しさで身がねじ切れそうになる。おぞましいほど鋭く身体が動く。獣《けもの》の血が全身を浸蝕《しんしょく》していくのがわかる。たとえミネルヴァにすべて読み切れていたとしても、それを上回る速度で打ち込まれる剣撃《けんげき》を、すべて受けきることはできない。

「──ミネルヴァ、殺せ！　ぼくをッ、早くッ」

「ばかっ、そんなことできるか！　くそ、正気に戻れ！」

「いいから殺せエッ」

絞《しぼ》り出すように叫びながら、クリスはひときわ鋭い一撃を背中から浴びせた。ミネルヴァの手から剣が飛び、石柱の足下《あしもと》に転がる。続く二の太刀が、ミネルヴァの太ももに深く食い込んだ。とっさに飛《と》び退《すさ》らなかったら、そのまま右足を付け根から断ち切っていただろう。ミネルヴァは鮮血を散らしながら石柱に背中を叩きつける。

クリスの四肢は痺《しび》れていた。他者に操《あやつ》られているが故《ゆえ》に、無理な動きを続けたせいだ。しかし、もうミネルヴァに武器はない。あの足では逃げることもできない。

太刀の血を払うと、一歩、また一歩、にじり寄る。

「獣の仔《こ》。望む方を殺せ」

コルネリウスが言って、シルヴィアを解放した。

「姉様《ねえさま》！」

ミネルヴァに駆《か》け寄る女王の儚《はかな》い肢体を、遠ざかりそうな意識の中で見つめる。

「コルネリウス、お願い、姉様だけは」

「それはその獣が決めること。さだめの通りに」

コルネリウスは沈んだ声で言いながら、瓦礫《がれき》を踏み分けて二人の女王に歩み寄った。

ミネルヴァは妹の腕にすがり、割れた額から流す血で頬《ほお》を美しく染め、顔を上げる。

「クリス」

名を呼ばれ、澄んだ新月の瞳《ひとみ》を向けられ、烙印《らくいん》が疼《うず》いた。

「両方、殺せ」と、ミネルヴァはつぶやく。シルヴィアがはっとして姉の顔をのぞき込む。クリスのおぼろげな意識の膜《まく》が、ミネルヴァの言葉で切り裂《さ》かれる。姉妹は、額《ひたい》のしるしをぎらつかせたコルネリウスのすぐ手前に、寄り添って頼りなげに立っている。

「この血を、終わらせろ。……今、おまえにしかできない」

「愚《おろ》かな」コルネリウスが吐き捨てた。「その獣《けもの》は私が掌握《しょうあく》している。そんなことはさせない。そんなものがあなたの望みか」

「姉様《ねえさま》、だめ、……だめ」

ミネルヴァの腕の中で、シルヴィアが涙を散らしながら首を振る。

「ならば今ここでシルヴィアさまを縊《くび》り殺して自《みずか》らも命を絶てばよい。できぬはずだ。あなたも妹ぎみを殺せぬのだ。自分を殺すことも。なぜなら、人だからだ。それで、獣にすべての穢《けが》れを背負わせようとしている。私と同じだ」

苦痛に歪《ゆが》むミネルヴァの顔に、クリスは真実を見つける。

コルネリウスの言う通りなのだと、わかってしまう。

「ご自分が残るのも、妹ぎみを残すのも、怖《こわ》いのだ。わからぬのか、その怖《おそ》れも、さだめのうちだというのに」

「……そうだ。わたしは、もう……」

漂白されたようなミネルヴァの頬《ほお》に、濡《ぬ》れて光る筋がある。

そのとき、クリスは悟《さと》る。

——そうか。これが、理由か。

コルネリウスが眉《まゆ》をひそめる。クリスの掌握がわずかにゆるむ。ミネルヴァは濡れた両眼を見開いてクリスを見つめている。おそらく、クリスが笑っていたからだ。

「……ミネルヴァ。やっとわかった」

「な……にが」

「ミネルヴァの死を、なぜぼくが喰《く》らってしまったか」

涙の奥で、漆黒《しっこく》の瞳が戸惑《とまど》って揺れる。

人の幸《さち》を喰らい、凶運を呼ぶはずの獣が、なぜ死を喰らったのか——

「ミネルヴァは、ずっと死にたかったんだ。それだけが、痛みを終わらせてくれるから。ぼくに殺される命運は、ミネルヴァの求めてた幸せだったんだ。……そうだろ？」

ミネルヴァは沈黙したままだ。妹を抱き寄せた腕に力がこもり、光るしずくが頬を伝う。

それだけで、クリスには、この答えが真実だとわかる。

——だから。

——獣は、その幸を喰らって、ミネルヴァを生かした。

額で、烙印の熱が揺らめく。視界が歪みそうなほどだ。

「……くだらぬ。ならば、その幸を与えてやれ、獣の仔《こ》」

コルネリウスが言った。シルヴィアが姉の胸でもがいた。

「やめて、姉様《ねえさま》を殺さないで、わたしがっ」

クリスの四肢《しし》が再び掌握《しょうあく》され、ゆっくりと動き出す。全身の筋と腱《けん》が悲鳴をあげる。見つめる先で、ミネルヴァは微笑《ほほえ》んでさえいる。

「……なら、それでいい」

ミネルヴァがつぶやいた。

「たぶんわたしは、そのためにお前と出逢《であ》って――」

「ふざけるな」

クリスは、ミネルヴァの言葉を断ち切った。

「そんなことのために、ミネルヴァのそばにいたわけじゃない」

「おまえっ、な、なにを」

――殺すために出逢ったわけじゃない。

――痛みから死に逃《のが》れることが、それだけが、残された望みだというなら。

――そんな、そんなのは……

「――そんな運命は、ぼくが喰《く》らってやる」

ミネルヴァの涙が紅《くれない》の髪に散らばって光の粒になる。

その向こうで、コルネリウスが忌々《いまいま》しげに呻《うめ》き、烙印《らくいん》の光る手を高く掲《かか》げた。クリスの全身に、どす黒い活力が流し込まれる。太刀《たち》を握《にぎ》りしめた右手がゆっくりと持ち上がる。クリスは首をねじって、自分の右の二の腕に深く歯を立てた。

「獣《けもの》が！　無駄なことをッ」

深く肉をえぐり、噛《か》みちぎる。激痛が耳から目に抜ける。それでもクリスの右腕は止まらない。踏み込んだ足から痺《しび》れが痛みに変わって気化していく。ミネルヴァをかばって前に出ようとするシルヴィアを、血みどろの脚が必死に押しとどめている。その漆黒《しっこく》の瞳《ひとみ》に映《うつ》る自分の姿を、クリスは視《み》る。額《ひたい》に光る獣の烙印が、穢《けが》れた名を告げている。

「姉様、はなしてっ」

シルヴィアが身をよじる。姉妹が目を合わせ、獣の姿がクリスの視界から消える。

それでも、残っているものがある。声だ。

(喰らえ)

獣の咆吼《ほうこう》が頭蓋《ずがい》をわななかせる。

(その命運を喰らえ！)

右腕が跳《は》ね上がる。血に飢えた刃先が、予見された命運を求めて虚空《こくう》を裂《さ》く。

(喰らえ！)

そのときクリスは、はるか彼方《かなた》の軋《きし》みを聞く。

古い真鍮《しんちゅう》の車輪がよじれる音。

錆《さ》びた車軸に、血塗《ちぬ》られた牙《きば》が打ちつけられる音。

ちぎれた羽が舞い散る音。

それは、命運が歪《ゆが》む音だ。

ミネルヴァと、シルヴィアが視《み》た、死。

両眼の間を刺し貫《つらぬ》いた刃《やいば》——そこに映《うつ》る、自《みずか》らの漆黒《しっこく》の瞳《ひとみ》——血で汚《よご》れていない、氷鏡のような刀身——

クリスの右半身を激痛が焼き尽くす。噛《か》み裂《さ》いた傷口から筋が引きちぎられていく致命的な音が、命運を貪《むさぼ》る獣《けもの》の喉《のど》鳴りを圧《お》し潰《つぶ》す。力を失った指がほどけ、太刀《たち》の柄《つか》が血でぬめる手のひらを滑《すべ》り、解き放《はな》たれ——

二人の両眼の間にある虚空を刺し貫く、、、、、、、、。

クリスは、コルネリウスの歪んだ顔を、跳《は》ね上がった左手に光る刻印《こくいん》を見た。

幸いなる者に祝福されたそのしるしを徹《てっ》して、透き通った刃が、法衣《ほうえ》の胸に深々と突き立つのを見た。

なにかが崩《くず》れる音が、クリスの頭蓋《ずがい》を中から打ち砕《くだ》いた。膝《ひざ》が折れる。世界がすさまじい勢いで浮き上がる。なにかをつかもうと伸ばし、もがいた指には一片《いっぺん》の力も残っていない。それでも——

触れるものがあった。

手首をつかむ手、滑り落ちる身体《からだ》を支える腕。

クリスの意識と体表とをぴったりと覆《おお》っていた、掌握《しょうあく》の薄膜《うすまく》が消え失《う》せる。激痛が倍になり、すべての骨がばらばらにほどけて糸一本だけでつながっているかのようなおぞましくあやうい感触が四肢《しし》を埋め尽くしている。

倒れた祭壇《さいだん》の向こう、太刀で壁に縫《ぬ》い止められたコルネリウスの身体がある。法衣の胸は鮮血に染まり、震《ふる》える両手が刀身を引き抜こうと弱々しく持ち上がり、それから力を失って落ちる。こときれる寸前、コルネリウスの顔におぞましい笑《え》みが粘《ねば》りつく。

その像が歪む。意識が遠ざかる。痛みと熱と冷たさが入り混じって溶けていく。

けれど、倒れていない。

抱きとめた腕を背中に感じる。長い紅《くれない》の髪が肩と頬《ほお》に触れる。

「——クリス！」

名前を呼ぶ声も、肌に食い込む指も、どこの傷口に響いているのかよくわからないほどに痛い。胸のあたりに落ちるしずくが熱い。

「お、おまえっ、ばかっ、こんな、こんなこと——」

身体のどこにも、熱が残っていなかった。だからクリスは意識だけで、その声にしがみついた。まるで普通の少女のように泣きじゃくるミネルヴァの顔を、見ていたかった。

「姉様《ねえさま》！」

声に、ミネルヴァの身体《からだ》がびくっと反応する。クリスもちぎれそうに痛む首をねじって、シルヴィアが指さす先を見る。瓦礫《がれき》に埋もれた大扉が軋《きし》み、蝶番《ちようつがい》ごと引きちぎられるように開いた。積み重なった石が盛大に崩《くず》れ落ちる。

その向こう、廊下を埋め尽くす甲冑《かっちゅう》が、燈台《とうだい》の火を鈍《にぶ》く照り返すのが見える。

「陛下！」「ご無事ですか、閣下は！」

石柱の破片を蹴《け》り散らし、至聖所《しせいじょ》の中に踏み込んでくる兵士たちに、ミネルヴァは床の大剣を引き寄せる。クリスをシルヴィアの腕に任せ、一歩前に出ようとし、血塗《ちまみ》れの脚を押さえて身を二つ折りにする。

「く……」

「姉様《ねえさま》、わたしが止めます！」

無理だ、とクリスは声にならない声で叫ぶ。男たちの目は血走っている。

「お、おい、閣下が」「殺され——」

「陛下ッ、その者たちはっ？」「陛下、賊《ぞく》から離れてください！」

——突破するしかないか。

——ミネルヴァは脚をやられている、ぼくは腕が動かない、それでも。

——こんな、こんな場所で、死ぬわけにはいかない。

ミネルヴァがうめき声をあげながら大剣を持ち上げた。迫る最初の槍《やり》を弾《はじ》き飛《と》ばしたところで膝《ひざ》が折れる。腹を蹴り上げられ、倒れたところを押さえ込まれる。

「ミネルヴァっ」

走り寄ったクリスは槍の石突《いしづ》きで打たれ、石柱に叩《たた》きつけられる。シルヴィアが泣きわめくのを聞きながら、クリスはもう腕も脚もどこにあるのかわからない自分の身体に、無《む》理矢理《りやり》力を込めようとする。

——動け、くそ、動け！

——こんな、ここまで来て、こんなところで……

そのとき、ミネルヴァの肩をつかんで引き起こそうとしていた兵が、すさまじい悲鳴をあげてのけぞった。その兜《かぶと》の隙間《すきま》を正確に貫《つらぬ》いて、柄《つか》のない短剣が眼球に突き刺さっている。重たい甲冑姿がどうと倒れ、ざわめきが広がった。

「なっ」「なんだ今の」「どこから——」

空《くう》を裂《さ》く甲高《かんだか》い音が続き、うめき声がいくつもあがる。弩《おおゆみ》の矢と短剣とが兵たちの正面から浴びせられ、相次いで白い床に倒れていく。

「な、く、くそォッ」

クリスはすぐそばにいた兵に腕をつかまれ、引き起こされた。全身が激痛に軋む。

鋭い一閃《いっせん》が、その兵の腕を付け根から断ち切った。鮮血を撒《ま》き散らして床をのたうち回る姿に、王国軍兵たちが怯《ひる》む。クリスは信じられない思いで顔を上げる。

すぐ真横に立つのは、鋼《はがね》色の髪、長身の黒い人影。手にするのは、まだ屍《しかばね》から引き抜いたばかりでなまあたたかい血に濡《ぬ》れた、鏡のごとき刃《やいば》の太刀《たち》。

「絶対に手放《ばな》すなと言っただろう」

冷たい一瞥《いちべつ》の次の瞬間には、槍《やり》を手に突きかかってきたべつの兵士の首筋に刃《やいば》を突き立て、返す二の太刀《たち》でミネルヴァにのしかかっていた男の肩を切り裂《さ》いている。

「……ジルベルト？」

「な、ど、どこから──」「ザカリアのッ？」

王国軍の間にもうわずった声が感染していく。クリスは振り向き、目を剥《む》く。祭壇《さいだん》の裏側だ。隠れて短剣を振るっているニコロだけではない。地面から湧《わ》いて出るように次々と、銀卵《ぎんらん》の騎士たちが──

いや、ほんとうに地面から湧いて出ているのだ。祭壇の下に階段がある。そして、騎士たちが残らず至聖所《しせいじょ》に出てきて王国軍を押し留《とど》めるための人垣をつくると、最後に階段を上がってきて姿を現した、金色の人影がある。

最初に、クリスと目が合った。

フランチェスカが見せた安堵《あんど》の笑《え》みは、ほんの一瞬だった。まっすぐシルヴィアに歩み寄ると、囁《ささや》く。

「陛下。ご容赦《ようしゃ》ください」

「──え」

シルヴィアが質《ただ》す間もなく、フランチェスカの腕が白翼の衣《ころも》の胸に巻きつく。その手には鋭い短剣が握《にぎ》られている。

「全員動くな！」

ザカリア公女の凛《りん》とした声が、至聖所に響き渡った。


フランチェスカが連れてきた手勢は、わずか二十名だった。

それに加え、満身創痍《まんしんそうい》のミネルヴァと、瀕死《ひんし》といってよいクリス。そして、聖婚の密儀の装いをまとったままの、女王シルヴィア。

一行は、四方八方から降り注《そそ》ぐ聖王国軍の殺気立った視線の中、堂々とサンカリヨン城の中庭を通り過ぎ、東門から城外に出た。

もちろん、シルヴィアの喉元《のどもと》に、フランチェスカが刃を突きつけていたからである。

自力で歩くどころか立つことさえままならないほどの怪我《けが》だったクリスは、ジルベルトに運ばれた。脇に抱える乱暴な運び方で、いちいち傷に障《さわ》ったが、おかげで意識を失わずに済んだ。

城壁に囲まれていない場所に出ると、夜風《よかぜ》がひどく強いことがわかる。傷のせいで火照《ほて》った身体《からだ》には心地よい。痛みはもはや昨日の夢のように遠ざかっている。感覚が麻痺《まひ》しているのだろう。

星のない空にひとりきりで昇った新月が、クリスたちをどこまでも追いかけてくる。

「メドキア公には感謝しなくてはね……」

城からだいぶ離れた草野の真ん中まで来たとき、フランチェスカがつぶやいた。

「あたくしたちを手引きしたのが、ばれていなければいいのだけれど」

地下墓地から大聖堂の最上階にまで続く抜け道をフランチェスカに教え、案内したのは、他《ほか》でもないメドキア公爵だという。王国軍に完全に屈服《くつぷく》したかに見えたメドキア公も、やはり連合公国に名を連ねる将であった。

「でも、メドキア公のところまで、どうやって行ったんだ」

ニコロに負《お》ぶわれてむすっとした顔のままのミネルヴァがつぶやいた。

「わたしは、巻き込みたくなかったのに」

「貢《みつ》ぎ物の箱ん中にみんな入って城に運び込んでもらったんよ。おかげであっちこっちすって痛ぇのなんの」

ニコロの言葉に、騎士たちがそろって笑う。なるほど、それでだれ一人鎧《よろい》を着ていないのか、とクリスは思う。今は笑っていられるが、全滅していてもおかしくない作戦だ。途中で箱をあらためられたら。メドキア公が手引きを気取《けど》られていたら。目星を付けた場所に、女王がいなかったら。

なぜ、こんな薄氷の策を、とクリスはフランチェスカの青白い横顔を見つめる。

「……あたくしが、フランチェスカ・ダ・ザカリアだからよ。理由はそれだけではいけないかしら?」

クリスの疑念を見透かしたのか、フランチェスカは笑う。

川にかけられた橋のところに、馬を用意して待機している別働隊があった。クリスは戸板に乗せられる。身を横たえると、体温が残らず流れ出ていくようだ。

騎士たちのほとんどが騎乗すると、フランチェスカが言った。

「陛下は、ここでお戻りください。お送りできない非礼は平《ひら》にお詫《わ》びいたします」

「フランっ？」

ミネルヴァが色を失って、妹の腕を取り、フランチェスカに噛《か》みつく。

「なにを言ってるんだ、連れていくんだろ？」

「いいえ。陛下を公国に預かるわけにはいかないわ」

「なぜッ」

「そんなことをしても戦《いくさ》は終わらないもの。三大公家《たいこうけ》は残る。諸国を縛《しば》り付ける税制も、奥宮《おくみや》の神官団も、残る。なにひとつ変わらない」

ミネルヴァの顔が歪《ゆが》む。

「姉様《ねえさま》」

シルヴィアが、ミネルヴァの肩に優しく手を置く。

そのときに限っては、幼いはずのシルヴィアの顔が、姉よりもずっと年を経《へ》て様々な傷を深く刻《きざ》まれた古木《こぼく》のように見えた。

「この方の言う通りです。わかってください」

「シルヴィアも、な、なにを言うんだ、おまえ、戻ったらまた」

「わたしがたとえばザカリアに身を寄せたら、戦いは王国と連合公国の間だけのものではなくなってしまいます」

ミネルヴァは、肩に置かれたシルヴィアの手を強く握《にぎ》りしめる。その手が震《ふる》えているのが暗がりでもわかる。ミネルヴァにもわかっているのだろう。女王を迎え入れた小国と、他国との間に、亀裂《きれつ》が生まれないはずがない。王国もまた、女王を奪《うば》われたとなれば、公爵領の一つや二つなど焼き払う勢いで攻めてくるだろう。

「だから、わたしは聖都《サンチュリオ》に。戦いを鎮《しず》めるには、そうするしか――」

「じゃあッ」

ミネルヴァは妹の肩に顔を押しあてる。

「わたしは、なんのために……おまえを」

「姉様《ねえさま》に逢《あ》えました」

新月の明かりの下で、シルヴィアは姉の紅色《あかいろ》の髪をなでながら、柔らかい声で言う。

「今はそれだけでも、わたしは、幸せです。姉様には、護《まも》ってくれる人がたくさんいる」

その言葉が、クリスの傷にも染み込んでいく。

「おまえには、だれもいないじゃないか！」

「わたしには姉様がいます。離れていても、この血がつないでくれています」

「なら、わたしも都に戻る」

「わがままを言わないで、姉様。みなさまには、姉様が必要です」

ミネルヴァの言葉は途絶《とだ》えた。長い間、かすかな嗚咽《おえつ》が続いた。

「陛下、馬は……？」

フランチェスカが訊《たず》ねると、シルヴィアは薄く笑って首を振る。

「乗ったことがありません」

「重《かさ》ね重《がさ》ねお詫《わ》び申し上げます、ご足労《そくろう》強《し》いるなど」

「いいえ。いいんです。ひとりで出歩くのもはじめてのことですから、長く楽しめます。少し寒いので、このマントはお借りしますけれど」

フランチェスカは深々と頭を下げる。

「いつか、戦いが終わって、またお逢いできましたら」と、シルヴィアは付け加えた。

「……はい」

「馬の乗り方を、教えてくださいね」

「喜んで」

一度も振り返らずに歩み去る女王の後ろ姿を、みなが身じろぎもせずに見送った。ミネルヴァだけは橋に背を向けて土の上にしゃがみ込み、突き立てた大剣に爪《つめ》をたてて、じっと押し黙っていた。

月が天球を滑《すべ》る音が聞こえそうなほど、静かな夜だった。

小さな影が草むらに呑《の》まれて見えなくなってしまうと、フランチェスカは橋に油を撒《ま》いて火をかけさせた。女王が城に戻れば、すぐにも追っ手がかけられるだろう。燃え立った炎が、二人の姉妹の命運を、再び隔《へだ》てる。

「まいりましょう」

フランチェスカが鞍《くら》に飛び乗る。ミネルヴァはうずくまったまま動かない。ニコロが脚の傷を診《み》て、肩をすくめた。

「これ、馬に乗れる状態じゃねえぞ」

「ならいい。置いてけ」

ふてくされて、ぼそりと言うミネルヴァ。フランチェスカは嘆息する。

「戸板は一枚しか持ってきてないの？　しかたがないわね、クリス、ちょっと場所空《あ》けてあげて。一緒に乗りなさい」

「なっ、そ、そんなこと、わ、や、やめろはなせ」

ニコロに担《かつ》ぎ上げられ、傷の痛みで暴れることすらできず、ミネルヴァは戸板のところまで運ばれてきた。クリスはあわてて身をよじり、なんとか隣に空きをつくる。

「落ちないように二人まとめて縛《しば》っておこうかしら」

「フラン、あとで憶《おぼ》えていろ」

騎士たちが笑って、四方から戸板を持ち上げた。

クリスとミネルヴァは背中合わせで顔も見えず、けれど、まだミネルヴァが泣いているのがわかった。なにもかける言葉がなく、クリスは、触れ合ったミネルヴァの手を握《にぎ》る。そこにある熱さは、人のぬくもりだ。烙印《らくいん》の灼《や》ける熱ではなく。

ふと、コルネリウスの身体《からだ》にも刻《きざ》まれていたしるしのことを思い出す。この烙印は、自分だけに捺《お》された、呪《のろ》いの証《あかし》であると思っていた。けれど、コルネリウスは『神』の名を口にした。幸いなる神。苦痛の神。

この力も、それを肉に刻み込んだ者も、なんなのか、今はわからない。ただ、この先もクリスがそれから逃《のが》れられないのは、わかる。

それでも、あがき続けなければいけないことも。

「──クリス」

蹄《ひづめ》の音と、草むらをかき混ぜる風の音にほとんどかき消されそうなほど小さな声で、ミネルヴァが囁《ささや》いた。

「……うん」

肩越しに、声を返す。

「わたしを殺せと、言ったとき。おまえ、ものすごく哀《かな》しそうな顔をした」

握った手に、少しだけ力を込める。

「おまえのことを、忘れていた。……おまえの力を止めるために、わたしがいること」

──それは……ぼくだって、忘れていた。

「忘れていた。赦《ゆる》せ」

「……そんなんじゃないよ。それで怒ったんじゃない」

　背中で、体温がかすかによじれる。

「うまく言えないけど。……ミネルヴァだから」

　こちらを向こうとして、ミネルヴァが首をひねったのがわかる。

「ただ、ミネルヴァが死ぬなんて、いやだった。絶対に。死なせたくなかった。なにかのためとか、そんなんじゃなくて。ただ、生きててほしかった。それだけだよ」

　クリスの手が、細い指で強く握《にぎ》り返される。手の甲に爪《つめ》が食い込む。

「……ミネルヴァ？　い、痛い」

「うるさい。黙っていろ」

「なんかまずいこと言った？」

「黙ってろ！　ばか、こっち向くな！　見るな！」

　肩越しにのぞき込もうとすると、ミネルヴァは首を思いっきり向こうにねじってしまう。紅《くれない》の髪が覆《おお》い隠したその顔は、かすかに色づいていたような気がする。

　――ぼくは、ひどくわがままなことを言ったのかもしれない。

　一筋の銀となった新月を見上げ、クリスは背中の体温を確かめる。

　――これからも続く、死の痛みの繰り返し。

　――それでも、生きていてほしいと。

　――優しく苦しみを刈り取る死さえ、このあぎとで喰《く》らい尽くして。

けれど、握《にぎ》った細い指は、きつくクリスの手に巻きついたままだ。

さっきよりも、ずっと強く。

「……ミネルヴァ痛いってば、握力《あくりょく》すごいんだからちょっとゆるめ――」

「ばか、お、落ちないようにしてるだけだ！」

さすがに張り上げた声が聞こえたのか、馬上の男たちも、前を行くフランチェスカも、戸板を見下ろしてきて笑う。

「だから」

ミネルヴァがあわてたように声を落とす。

そのあとの言葉は、たぶん、クリスにしか聞こえなかっただろう。

「おまえも離すな」

答えのかわりにクリスは、もう一度、手のひらの中の小さな熱を握りしめた。

――今は、これのために戦う。

――あらがって、もがいているだけだとしても。

――それでもいい。今は、ミネルヴァのために、ぼくの血を流す。

目を閉じると、まぶたの裏の夜空で、新月が静かに笑った。

11 烙《らく》印《いん》

足音は、背後の大扉の向こうで止まった。

大きな石造りの卓上に広げられた書状を何度も読み返していた王配候《おうはいこう》ガレリウスは、片眼鏡を外してトーガの布地を肩に跳《は》ね上げ、振り向いた。

槍《やり》を掲《かか》げた衛兵に招き入れられ、入ってきたのは、平面的な顔にくぼんだ眼窩《がんか》が目立つ長身の男。同じくトーガをまとった王配候ルキウスである。

二人は手を軽く持ち上げるだけの礼を交《か》わす。聖句の応酬《おうしゅう》はない。三角の一辺は欠けていたし、喪中《もちゅう》だからでもある。

「メドキアの沙汰《さた》がまだ決まらぬのか」

ルキウスは、卓上の書状の一枚にちらと目をやって鼻を鳴らす。

「コルネリウスが殺された件で、メドキア公になにか後ろ暗いところが見つけられれば処《しょ》断《だん》できたのだがな」

ガレリウスは肩をすくめる。

「あの古狸《ふるだぬき》、締め上げてもなかなか尻尾《しっぽ》を出さぬ。ふん。大したものよの」

「ガレリウス殿も古狸と呼ばれておかしくない御年《おとし》であろう」

ルキウスの軽口にガレリウスは、白い毛の混じり始めた眉《まゆ》を持ち上げただけだった。王《おう》配候《はいこう》の座に留《とど》まっている年齢として、たしかに五十過ぎは珍しいが、七十の声を聞きながらまだ公爵位を息子に譲らず王国との騙《だま》し合いを続けるメドキア公と、一緒くたにされるのは心外だった。

「しかし、エパベラ近辺に駐屯《ちゅうとん》しておった公国軍は残らず帰国したのであろう?」

なにか察したか、ルキウスがそそくさと話題を変えた。

「総主教は取り逃がしたが、サンカリヨン占領は東国に深く打ち込んだ楔《くさび》。勝ち戦《いくさ》と見てよかろう」

「負けたなどとは言っておらぬ」

ガレリウスは腕組みする。

「総主教は、まずプリンキノポリの大教会を奪回《だっかい》せよ、などと叫んで諸侯の顰蹙《ひんしゅく》を買っておる有様だとか」

ルキウスは歯を剥《む》いて笑う。

「むしろ押しつけておけば七公国が割れるやもしれん。好都合よな」

「それもわかっておる」

「ではガレリウス殿の不機嫌《ふきげん》はなにゆえ。私も、勝ち戦の報告だけで呼ばれたわけではあるまいに」

「託宣《たくせん》が下りた。聖王紳《せいおうしん》についてな」

さしものルキウスも、しばらく唇を歪《ゆが》めて固まる。聖王紳――コルネリウスの死によって宙に浮いたままの、女王の夫の座。

「……殺されて一月たっておらぬぞ。陛下も都にお戻りの後、ずっと憔悴《しょうすい》なさっていて、投薬もままならなかったではないか。ほんとうに託宣なのか」

女王シルヴィアは力が弱く、これまで幾度《いくど》か、朦朧《もうろう》とした幻覚を託宣だと受け取ってしまったことがあった。しかし、ガレリウスはかぶりを振る。

「たしかだ。婚儀前の王配候が死ぬなどという前例はあるわけはないので、そなたも疑《うたぐ》るのだろうが、陛下は刻印《こくいん》まで読み取っている」

渡された書状にルキウスは目を落とす。

「……見憶《みおぼ》えのない刻印だな。形から、エピメクスの者であるのはたしかなようだが」

思わず、自分の額《ひたい》と手の甲に指をやってしまう。

「これを持つ者が……聖王紳のみならず、エピメクスの当主《とうしゅ》となるのだな？」

ルキウスの問いに、ガレリウスはうなずく。前例はないが、聖婚の栄誉に浴《よく》する以上は、この者は氏族の主《あるじ》の座も手に入れることになるだろう。

「エピメクスは眷属《けんぞく》が多かろう。捜《さが》し回ることになるやもしれぬな」

「いや……」

ガレリウスはしばらく言葉を濁《にご》した。ルキウスにも言うべきか、迷っていたのだ。確証のあることではない。この男は独断で突っ走るきらいがある。

しかし、知らせなかった場合の障《さわ》りを考えると、ガレリウスはけっきょく口を開く。

「……陛下は、これを持つ者をご存じの節がある」

「では捜《さが》す必要はなかろう」

「陛下がおっしゃってくれぬのだ」

「なぜに？」

「わからぬ」

ルキウスはわざとらしく鼻から息を吐いた。おそらくガレリウスと同じことを、もっと露骨《ろこつ》に考えているのだ。コルネリウスが存命であれば――女王を女王とも思わぬやり方で喋《しゃべ》らせたであろうに、と。

あの男の、若さに拠《よ》る強引さはガレリウスも疎《うと》ましく思っていたが、いなくなってみれば、頼りにしていた面もあったのだと気づかされる。

「私も陛下にお訊《たず》ねしてみよう。ガレリウス殿、わかっておられるのか、女王の夫のことなのだぞ？　聖王家の存亡《そんぼう》に関《かか》わる。コルネリウスの追っていたミネルヴァさまも、けっきょく取り逃がしたのだ。一刻を争う」

「わかっておる！」

ガレリウスは思わず声を張り上げた。ルキウスも少し言い過ぎたと自覚したとみえ、咳《せき》払《ばら》いする。

「神官どもにもこのしるしを見せたのであろう。ヒエロニヒカはなんと言っておった？」

その言葉に、ガレリウスは顔を引きつらせた。

「……ガレリウス殿？」

刻印《こくいん》の図案を見せたときの、神官たちの顔に一様に浮かんだ色を思い出したからだ。

真っ黒な、恐怖。

そして、神官の長、大院司《だいいんし》ヒエロニヒカがうめくように告げた言葉。

「……獣《けもの》、と」

ガレリウスのつぶやきに、ルキウスは眉《まゆ》をひそめる。

「時の果《は》てに、すべての星を喰《く》らう、獣のしるしだと」


〈了〉

あとがき

ＭＦ文庫Ｊでは最初のお仕事になります。はじめましての杉井光《すぎいひかる》です。

ＭＦさまからお仕事の話をいただいたとき、すでにプロットまでできている企画と、アイディアやキャラクターだけの企画が一つずつ手元にありまして、両方とも担当編集さんにメールで送りました。前者が通ればすぐ執筆できるからいいのですが、後者が通ってしまうとたいへんだなあと思っていました。なにせほんとうにただ思い浮かんだアイディアをテキストファイルに書き連ねただけです。

そもそもが、今まで書いたことのなかった西洋風ファンタジーで、女の子が女の子っぽい服を着たまま巨大な剣で戦う話にしたい、というだけの欲求からスタートした話です。しかし、女の子というのはともかくとして、鎧《よろい》もつけずに戦うのにはなにかしら理由が必要です。そこで色々考えました。敵の攻撃をすべて予知できるのだとしたら、鎧は着用せず身軽な方が有利ではないか。昔の戦場での死因の八割方《がた》は矢傷によるものだというから、降り注《そそ》ぐ矢をまとめて防ぐために刀身をぶっとくする理由が生まれるのではないか。

もうこの本をお読みになった方はおわかりの通り、キャラのアイディアだけだったこっちの企画の方が通ってしまったわけです。

なにも決まっていない場所から、担当編集さんとの手探りでの打ち合わせが始まりました。第一案のプロットから打ち合わせで二転、実際の執筆でさらに三転、と全然べつの展開になったりもしました。大変なご迷惑をおかけしたと思います。ごめんなさい。

ただ、二つだけ企画書の段階からまったく動かずに決まっていたものがあります。それがタイトルと、ヒロインの名前です。

トランプの絵札のジャック、クィーン、キングには、それぞれ絵柄のモデルとなった人物がいると言われています。そしてスペードのQつまり「剣の女王」に描かれているのが、ギリシア神話ではパラス・アテナ、ローマ神話ではミネルヴァと呼ばれている戦《いくさ》の女神なのです。もしトランプをお持ちでしたら、スペードのQの絵柄を確認してみてください。そこにいるのがミネルヴァです。

と書いたところでうちにあるトランプを見てみたら、これがB'zのCDの特典としてもらったやつでして、Qの絵柄も当然ながら稲葉と松本の二人でした。色々台無しです。

イラストレーターの夕仁さまには、「絵が先にできていてそれを見ながら話を考えたのではないか」と錯覚《さっかく》するほど見事な雰囲気ばっちりのイラストをつけていただきました。ていうか錯覚じゃありませんでした！　執筆中にキャラデザもらってました！　ほんとに原稿遅れてごめんなさい。素晴らしい絵をありがとうございます。この場を借りて深く御礼申し上げます。

剣の女王と烙印の仔 I

発行　2009年4月30日　初版第一刷発行

著者　杉井 光

発行人　三坂泰二

発行所　株式会社
メディアファクトリー
〒104-0061
東京都中央区銀座8-4-17
電話　0570-002-001
(カスタマーサポートセンター)

印刷・製本　株式会社廣済堂

乱丁本、落丁本はお取り替えいたします。
本書の内容を無断で複製・複写・放送・データ配信などをすることは、かたくお断りいたします。
定価はカバーに表示してあります。

©2009 Hikaru Sugii
Printed in Japan
ISBN 978-4-8401-2755-4 C0193

MF文庫J

ファンレター、作品のご感想は
あて先:〒150-0002東京都渋谷区渋谷3-3-5 NBF渋谷イースト
メディアファクトリー　MF文庫J編集部気付
「杉井 光先生」係　「タＩ二先生」係